U0028781

第三部

熹妃傳

四

解語 著

熹妃傳

目錄

第一千兩百零七章　設計

弘時脣角微翹，勾勒出一抹有些殘忍的冷笑。

「兒臣知道過幾天會有一批糧食經水路運去福州。福州之地，糧產不豐，皆靠其他地方運糧食進去，以維持當地米價平穩，若那幾艘船突然翻了，皇額娘，您說福州的米價會怎樣？」

那拉氏出自大家，又一直居於皇后之位，見識非尋常女子可比，弘時話音剛落便明白過來。

「雖然可以再運糧進去，但從籌糧到運輸，需要一段不短的時間；而在這段時間內，福州城內的糧食會變成稀缺之物，米價飆升是必然之勢。這就是你說的人禍？」那拉氏搖頭道：「只怕這樣的情況，還不足以讓皇上派欽差下去。」

「兒臣知道，但若是船再翻了呢？這樣一來，少說也有兩個月沒有米運進福州。到時候民情一定會洶湧難抑，若再有人從中挑撥，這場禍就會有多大鬧多大，憑福州那些官員絕對壓不下來，一定會上奏朝廷，而皇阿瑪也一定會在戶部中挑選欽差下福州。到那個時候，咱們就可以將弘曆推出去任這個欽差。而福州那邊民風剽悍，弘曆在那邊遇到事丟了性命，是再正常不過的事情，更追查不到什麼。」

弘時此刻說的每一句話都關係重大，一旦傳出去，就算他這個二阿哥也吃罪不起，怪不得要將所有宮人都遣走。

那拉氏沉默了許久，方才帶著懷疑道：「這些也是你自己想到的？」

弘時起身道：「不敢隱瞞皇額娘，這些是兒臣與八叔一起想到的。」

「嗯，總算你對皇額娘還老實。」早在弘時說出這個想法的時候，那拉氏便起了疑心。不是說這個計畫不好，恰恰相反，這個計畫太好，可以說只要按著這個計畫去做，十有八九能行得通。但弘時有幾斤幾兩，沒人比她更清楚，憑他絕對想不出如此精密的計畫，所以才會有此一問。

弘時不好意思地笑道：「兒臣是皇額娘養大的，兒臣一扯謊，皇額娘肯定能看得出來。」他迫不及待地問：「皇額娘，您覺得這計畫可以為之嗎？」

那拉氏沉思道：「倒是可以，只是現在就行動，是否急進了一些？畢竟弘曆到戶部的日子還短，許多事都不懂，皇上未必會派他任這個欽差。」

「這一點兒臣也想過，不過八叔說，弘曆有一個很大的缺點可以為我們所用。」

弘時這話勾起了那拉氏的好奇心。「哦？是什麼缺點？」

弘時信心滿滿地道：「如今他在戶部任差，急切地想要將戶部的事學懂學全，好得到皇阿瑪的讚賞，只要他知道有去地方賑災的機會，就一定不會放棄。哪怕他不是欽差，也一定會隨欽差同行。」

讓弘曆自投羅網……

正當弘時準備再勸的時候，那拉氏抬手道：「廉親王那邊能說動多少人上奏，保弘曆為欽差？」

「皇額娘——」

弘時連忙回道：「八叔說六位尚書之中他能說動三位，其餘的大小官員應該有數十人。」

那拉氏有些吃驚，想不到過了這麼久，又被胤禛極力打壓，允禩在朝中依然有如此大的影響力，真是不可小覷。

那拉氏低一低頭，戴著琺瑯護甲的小指微一用力，在盞蓋上劃出一條長長的印子，壞了盞蓋本身的描花。

見那拉氏尚在猶豫中，小寧子輕聲道：「主子，此事涉及四阿哥生死，若有一點兒差池，便會引火上身，不如再想——」

他話未說完，弘時便不客氣地喝道：「混帳奴才，本阿哥與皇額娘在說話，要你插什麼嘴！」

這次小寧子明顯感覺到弘時對自己的不喜，連忙跪下道：「奴才該死！」

那拉氏顯然不喜聽這些，擺手道：「行了，不說小寧子。皇額娘問你，船還有幾日到福州？」

「還有六日就到了，若現在決定下來，派人快馬加鞭過去，可以在抵岸前弄沉了船，但若再拖下去就來不及了。」弘時急切地道：「皇額娘，這樣大好的機會擺在咱們面前，您還猶豫什麼？難道真要等弘曆羽翼豐滿之後再動手嗎？兒臣只怕到時再尋不到機會。」

那拉氏意動，又將這件事前後細想了一遍後，終於點下了頭。「既是這樣，那就依你的話去辦。」

弘時聞言，大喜過望，連忙道：「多謝皇額娘，那兒臣這就去安排。」

「慢著。」那拉氏叫住迫不及待要離去的弘時。「你準備讓誰去弄沉船，又讓誰去對付弘曆？」

弘時想也不想便道：「此事兒臣之前就與八叔說了，八叔說，只要皇額娘同意，所有事他都會安排妥當。」

那拉氏不置可否地點點頭。「這麼說來，就是所有的事都要靠廉親王了，你覺得這樣好嗎？」

這個問題把弘時問糊塗了，脫口道：「有何不好？」

那拉氏驟然冷下眉眼，喝道：「都已經這麼大的人了，竟然還如此糊塗，當真該打！」

見那拉氏好端端的突然發怒，還罵他糊塗，弘時頓覺委屈得緊。「皇額娘，到底怎麼了？」

「你現在要做的事，是害自己親弟弟，害一個當朝阿哥，這麼大的事交給別人去做，你覺得合適嗎？將來你成了太子，而廉親王以後拿著這事要脅你，要你遵他命行事，你是聽還是不聽？」

第一千兩百零八章　獻言

一聽是這回事，弘時放下心來，道：「皇額娘放心，八叔不是那樣的人。」

聽得弘時近乎天真的話，小寧子嘴唇動了一下，又緊緊閉了起來。

那拉氏冷笑地道：「人心隔肚皮，你怎知廉親王不會這麼做？」

一句話問得弘時詞窮，但他還是堅信允禩不會害自己。他這個樣子，讓那拉氏恨不得一掌摑下去，打醒這個愚蠢的傢伙。想那葉秀也算精明，怎就生出這樣一個沒頭腦的兒子來，居然如此相信一個外人。

勉強壓下心中的惱怒後，那拉氏道：「自小到大，皇額娘都教過你，不可缺了防人之心，你是將皇額娘的話都拋到腦後去了嗎？」

「兒臣不敢，但是八叔一直待兒臣很好，當初冰嬉比試時，還讓自己的兩個兒子助兒臣爭奪第一，試問他又怎麼會害兒臣呢？」

那拉氏無奈，若有別的選擇，她絕不會將時間浪費在弘時身上。

「再者，兒臣建府的時間尚短，就算有幾個可用之人，也還沒摸準他們的性子，實在不宜貿然將這麼重大的事情交託，相較之下，八叔那邊更牢靠一些。」

「總算你還知道權衡利弊，沒有一味地相信廉親王。」那拉氏緩了一口氣道：「你手上雖無合用之人，但不代表你舅舅那裡也沒有。他手底下有許多暗衛，皆是咱們那拉家從小養到大的，忠心耿耿，絕不需要擔心背叛。依著皇額娘的意思，此事交給他們去辦，才是最令人放心的。」

弘時是第一次聽到「暗衛」這個詞，奇道：「皇額娘，這件事兒臣怎麼從來不曉得？」

「以前你還小，又不需要用到暗衛，所以皇額娘便沒有告訴你。如今你長大了，這些事是時候慢慢告訴你了。」那拉氏頓一頓道：「這些暗衛不只忠心，能力也極強，且一個個不完成交代的事絕不會甘休。其實暗衛這種事，各大家族或多或少都有一些，皇額娘猜測廉親王底下也有一批，所以他才說會將事情安排妥當。不過既然咱們自己手上便有這些人，又何必去倚靠別人呢？」

見那拉氏態度堅決，弘時只得道：「那就依皇額娘的意思去辦。」

「嗯，待會兒皇額娘寫一封信，你拿去給你舅舅，後面的事他自然會辦妥；至於保弘曆為欽差的事，本宮也會讓你舅舅聯絡一些官員，讓他們一起上奏，這樣把握更大一些。」她眸光一冷，涼涼道：「既然決定做了，就不容有失。」

在弘時拿信離開坤寧宮後，那拉氏對正在收拾筆墨的小寧子道：「二阿哥那些話，你聽出什麼來了？」
小寧子道：「奴才覺得，廉親王在與主子爭奪二阿哥。」
那拉氏沒有對他的話表態，而是道：「為何這麼說？」
「廉親王作夢都想坐上養心殿的龍椅，可惜皇上雄才大略，一直沒讓他得逞，但這並不表示廉親王就會放棄。這兩年來他看似蟄伏、認輸，說不定根本就是在韜光養晦。」見那拉氏沒有反對，他繼續道：「不過廉親王應該明白，他自己是絕對不會有機會登上大位了，反倒是二阿哥，乃是皇上的嫡長子，身分尊貴無比不說，又有主子為二阿哥籌謀，有很大可能繼位為帝。只要能夠控制住二阿哥，一旦二阿哥繼位，便等於控制住了整個大清，成為有實無名的皇帝。」
那拉氏頷首道：「連你都能看明白的事，偏他就看不清，真是氣煞本宮，真是枉費了本宮多年的教導。」
小寧子勸道：「主子息怒，二阿哥只是當局者迷罷了，終有一天他會明白廉親王的險惡用心。再者，不論廉親王怎麼使手段，都不可能爭得過您，畢竟二阿哥是您親手撫養長大的，與二阿哥感情最是深厚。」
「若真是這樣就好了，弘時……」那拉氏搖搖頭，恨鐵不成鋼地道：「真是夠讓本宮操心的。」
「不過二阿哥未必就是主子唯一的選擇。」
小寧子這話令那拉氏一怔，道：「你這是什麼意思？」

小寧子突然跪下道：「請主子先恕奴才無罪，奴才才敢說後面的話。」

那拉氏感到奇怪地瞥了他一眼道：「你儘管說就是，本宮恕你無罪。」

「多謝主子。」謝恩之後，小寧子起身，轉著眼珠子道：「主子，您忘了水意軒那位嗎？若她生下孩子後被趕去永安寺落髮出家，那麼她所生的那個就沒了生母，主子大可以將之收在膝下。這樣一來，主子膝下不是有了兩位阿哥嗎？前提自然得舒穆祿氏生的是個阿哥。」

「她的孩子……」那拉氏在明白之後卻也猶豫起來。她並不是很想要舒穆祿氏的孩子，一來生母尚在，二來孩子太小，等到他長大，還需要很漫長的一段時間。

小寧子明白她因何而猶豫，道：「先帝八歲登基，在位六十一年，皇上在位才四年，就算不能像先帝那樣六十一年，數十年總是可以的，到時候小阿哥早就長大了，主子可以從中挑選究竟是由二阿哥還是他來繼位；就算真沒長大……恕奴才說句大不敬的話，到時候皇上龍歸大海，那對主子而言只會更好。」

那拉氏被他說得意動，只是淡淡地道：「這話從何說起？」

小寧子凝聲道：「主子您想，小阿哥年幼無知，一旦登基，必須要有人扶持其打理朝政，就像是順治爺登基那會兒一樣。」

那拉氏眸光一閃，下一刻臉色就已沉了下來。「放肆，誰許你說這些的？看來本宮真是把你寵過頭了，居然說出如此膽大妄為的話來。」

第一千兩百零九章　急報

「奴才該死！」小寧子再度跪下，請罪之後又不無委屈地道：「但就算有罪，奴才也要把話說完。論才能、才幹，主子不讓鬚眉，只因身為女兒身，才不能插手朝堂之事。若將來，主子可以垂簾聽政，像鄧太后、武皇后那樣，必然是百姓之福。」

那拉氏怦然心動，沒有人不喜歡權力，若有朝一日成為太后，雖看著尊榮，但若皇帝不敬的話，太后就會變得有名無實，只能在慈寧宮等死；但若能垂簾聽政，便等於掌控了整個大清，可以真正做到順者昌、逆者亡。

這樣的話，無疑比扶持弘時登基為帝更為有利。

小寧子趕緊道：「奴才說的每一個字都切切實實是為主子好，主子您……」

那拉氏一拍扶手起身道：「這件事等舒穆祿氏生下孩子之後再說吧。」

只要那拉氏存下這個心思，小寧子的目的就達到了。他那些話，看似處處在為那拉氏考慮，但事實上卻是趁機在報復弘時。

他知道二阿哥看不起他這個奴才，更看不慣他卑賤殘缺之身卻能得到主子的寵信，認為他是一個小人，所以瞅到機會就拿阿哥的身分訓斥他。

不錯，他是一個小人，既是小人，那麼挨了罵自然要想方設法地報復回來，對於二阿哥而言，還有什麼報復會比失去主子的屬意更好？

那拉氏並沒有注意到小寧子在想什麼，而是道：「不管怎樣，眼下除了弘曆才是最要緊的，省得承乾宮那位一直得意洋洋，把自己當作後宮的主子。本宮真想看看熹妃知道自己兒子死時的表情，一定精采萬分，比任何一齣戲都要好看。」

在說這句話時，那拉氏眼眸微瞇，猶如一隻正在等著獵物落網的狐狸。

小寧子輕笑道：「奴才相信這一日，主子不會等太久的。」

六月中旬的一個午後，胤禛正在承乾宮與凌若說話，接到了一封快馬加鞭送來的急報。胤禛一看，說的竟然是經由水路運往福州的數十萬石糧食，在快抵達時突然沉沒，糧食盡數沒入海中不說，押送糧食的官差也只活下來兩個。

凌若驚聲道：「竟有這種事！可是海上起了風浪，打翻了船隻？」

胤禛心情沉甸甸地道：「沒有，信上說是船隻突然漏水，像是撞到了暗礁。以往這種事情也不是沒有過，不過所有船全部傾沒，卻還是第一次。整整幾十萬石的糧食，說沒就沒了，實在可惜。」

「事情既已發生，再難過也無用，皇上還是趕緊想想從哪裡調糧重新運過去，否則福州那邊缺了米，米價飆升之餘，定然會引起百姓恐慌。」

胤禛點頭道：「之前那次運糧，搬空了江寧的一個米倉，浙江那邊雖然富庶，卻也很難再勻出那麼多糧食來，所以朕這次打算從兩湖或者兩廣籌糧，一定要在缺米之前送到。」這樣說著，他道：「四喜，立刻傳戶部尚書及侍郎等人進宮，還有讓他們將記載了今年賦稅及各地餘糧情況的冊子帶進宮來。」

在吩咐完四喜後，胤禛握一握凌若的手道：「若兒，朕要先去處理籌糧之事，改日再來看妳。」

凌若點點頭，道：「皇上趕緊去忙吧，臣妾這裡不打緊。」

胤禛點頭，行色匆匆地離開承乾宮。水秀端著剛洗好的葡萄走到門口，看到胤禛出來，連忙欠身行禮，待胤禛走遠後，方才進殿道：「主子，出什麼事了？皇上怎的突然走了？」

「朝堂出了些事。」畢竟是朝堂之事，凌若沒有細說，改而道：「水意軒那頭怎麼樣了？」

水秀擱下水晶碟道：「舒穆祿氏自有孕後，就一直待在水意軒中沒有出來，何太醫每日都有去診脈。周太醫曾悄悄看過脈案，並無任何問題。」不等凌若問，她又道：「至於皇后那邊，並沒有什麼動靜。」

水月忍不住道：「主子，奴婢覺得這次皇后很可能會由著舒穆祿氏生下龍胎。」她的話讓凌若與水秀好奇起來。「為什麼這麼說？」

「主子，您忘了皇后膝下的二阿哥是怎麼來的嗎？」

凌若一怔，旋即露出凝重之色。「妳是說，皇后想要故技重施？」

「舒穆祿氏之所以可以留在宮中，皆因腹中龍胎之故，一旦生下龍胎，無非會出現兩種情況，一是重新起復，二是出家落髮。若是第二種，那她留下的子女……」

凌若接過她的話道：「一定會交給後宮中人撫著，而皇后就是最有可能的那個。」

水月點點頭。「不錯，所以奴婢才有這個想法。」

凌若輕敲著桌子，閉目半晌道：「若皇后不動手，咱們就只有自己動手了。不論是舒穆祿氏復位，還是將孩子交給皇后撫養，對本宮而言，都不是什麼好事。」

第一千兩百一十章　福州

劉氏來到了水意軒，對半躺在床上的舒穆祿氏道：「本宮知道娘子有了身孕，甚是高興，所以特意帶些適合孕婦服用的滋補品給娘子。」

「多謝娘娘。」

不等舒穆祿氏撐起身子，劉氏已經阻止道：「娘子不必多禮，躺著就是了。」

在示意海棠將東西交給水意軒的宮人後，劉氏笑道：「本宮原以為娘子這次必定要去永安寺，沒想到娘子竟然在這個時候有了身孕，化解了危機，也算是不幸中的大幸了。若非如此，本宮如今也不能與娘子坐著聊天了。」

舒穆祿氏低頭看著自己錦被下的腹部，輕聲道：「是啊，這個孩子來得實在是巧，但臣妾只怕與這孩子有緣無分。」

劉氏安慰道：「無端說這話做什麼，將來的事誰能預料，眼下最要緊的是養好身子。」

「對了，娘娘的兄長怎麼樣了，可曾轉危為難？」

劉氏的臉色沉了下來，撫著袖間的金絲，涼聲道：「順天府尹已經判了本宮兄長死罪，只等秋後行刑！」

舒穆祿氏驚呼一聲，道：「順天府尹當真一點兒面子都不賣給娘娘嗎？」

「熹妃要脅他若不判本宮兄長死罪，便將這事捅上天聽，妳說順天府尹敢不聽她的話嗎？」說到這裡，劉氏恨恨地道：「不論是妳阿瑪的事，還是本宮兄長的事，都是熹妃與謹嬪兩人做的好事。本宮有生之年，絕對不會放過她們！」

舒穆祿氏面色一黯，道：「只可惜臣妾幫不了娘娘。」

「這倒未必，皇上又沒說妳生下孩子後不許留在宮裡，指不定皇上會念在孩子的情面上，免了妳的罪。這件事，本宮也會幫妳想辦法。」

舒穆祿氏臉上滿是感激之色。「若真能免臣妾出宮，娘娘就是臣妾的再生父母。娘娘之恩，臣妾有生之年絕不會忘。」

「恩情之事乃是次要，最主要的是，妳千萬不要忘了是何人害得妳我兩人失去親人。」

舒穆祿氏銀牙輕咬，道：「娘娘放心，臣妾這輩子都不會忘，哪怕拚卻臣妾這條性命不要，也一定要她們血債血還。」

「妳明白就好。」又說了幾句後，劉氏起身道：「好了，本宮不打擾妳了，妳好生歇著，本宮改日再來看妳。」

在回永壽宮的路上，金姑小聲道：「主子真打算尋機會為舒穆祿氏在皇上面前美言嗎？」

劉氏瞥了她一眼道：「怎麼，妳覺得不好？」

「奴婢不敢，奴婢只是覺得主子沒必要為舒穆祿氏費神。她現在勢不如人，所以在主子面前裝可憐、扮同情，若真讓她留下來，甚至復位，到時候她就會成為主子的隱患，倒不如趁現在她搖搖欲墜時，再推一把。」

劉氏一扶鬢邊的珠花道：「妳說得也有幾分道理，不過本宮現在首要對付的人並不是她，而是承乾宮那位，但是要對付那位，必然要尋一個幫手，舒穆祿氏無疑是最合適的。再說，她現在與本宮也是一樣的心思，甚至比本宮更恨。所以，在承乾宮那位倒下之前，妳不需要擔心她會倒戈相向。」

胤禛在回到養心殿後，與戶部的尚書、侍郎一直商量到很晚，才最終決定從兩廣籌糧，以最快的速度運到福州，避免出現民情不穩；另外，與福州相近的幾個府縣，也盡量勻出一部分糧食運送去福州。

戶部連夜發文至兩廣，將胤禛的旨意告訴兩廣總督與巡撫，那邊不敢耽擱，自府倉、縣倉還有大戶出資興建的義倉中籌糧二十五萬石，立刻運上已經準備好的運糧船，一刻不停地駛往福州。

然，誰都想不到，同樣是在快到福州的時候，這些船皆觸礁沉沒，無一倖免。

當這個消息傳到京城時，不論對胤禛還是戶部來說都是一個沉重的打擊。

此時距離上次沉船，已經過去一個多月，福州的米價在這種情況下節節攀升，到後來，竟然高達一兩銀子一斗米，一升米就得要十兩銀子。

這樣的米價就是連那些富戶也覺得吃緊，更不要說普通百姓，砸鍋賣鐵也湊不出那麼多銀子，只能餓著肚子去地裡刨東西吃。

一開始還能刨到地瓜、花生這樣的東西，到後面卻是連地瓜的根莖都被人吃光了。

在連像狗一樣吃飽肚子都變成一件奢侈的事後，情況就開始變得不受控制，一些餓得面黃肌瘦的人開始拿起菜刀、鋤頭阻劫運糧車。福州府雖極力控制，事態卻依然惡化。

運糧車被劫的結果，直接導致米價再次漲到一個嚇人的價格，足足五兩銀子一斗。

這個價促使了更多人走上劫糧車的道路，在鮮血與死亡中，搶奪可以讓他們活下去的糧食。

有更多的人因為搶不到糧食，而開始搶奪富戶家中的糧食以及……人吃人。一時間，福州變成了人間地獄。

有能力離開的只有殷實的富戶，成千上萬的百姓被困在福州，在這片猶如地獄一般的土地中掙扎。

福州府的急報一封接一封地送到京城，知府稱其被困在府衙中無法出去，如今府衙靠著糧倉中的餘糧支撐，但也撐不了多久了。

很可笑，在沒有鬧饑荒的情況下，福州卻變成了饑荒最嚴重的地方，每時每刻都有慘劇在發生。

第一千兩百一十一章　朝議

福州的情況讓胤禛頭痛不已，在朝堂上問群臣的意見，有大臣說應立刻從兩湖運糧過去，也有大臣說應派官員先帶一部分糧食去福州穩住人心，然後再慢慢籌糧過去。畢竟以兩湖的存糧，要一下子拿出十幾、二十萬石糧食，並非一件容易的事。當然，最擔心的還是萬一再有觸礁情況發生該怎麼辦，若每次船都沉沒，朝廷就算有再多的糧食也不夠折騰的。

胤禛也正是擔心這一點，所以遲遲未下決定，可事態之嚴峻，逼使他一定要盡快想出一個解決辦法。

在這兩派大臣中，支持派欽差下去的大臣占了多數，胤禛撫額道：「若要派欽差送糧下去，你們覺得該從水路還是陸路走？」

工部尚書道：「啟稟皇上，陸路去往福州需要繞山路，少說也要大半個月才能到達福州；福州的情況已是十萬火急，萬萬等不了這麼久，所以微臣建議還是從水路走。至於暗礁，可以在快接近福州那片水域時，派人入水查探，以便船隻可以安全前行。」

他這麼一說，其餘大臣紛紛附和，贊同他的提議。

胤禛不說話，轉向時不時在咳嗽的允祥，道：「老十三，你有什麼看法？」

「回皇上的話，咳！咳咳！」允祥剛說了幾個字，就不住地咳了起來，怎麼也停不下來。

看到他這個樣子，胤禛親自走下龍椅，來到允祥身邊，替他撫背順氣，待得允祥咳嗽好一些後，方才對四喜道：「去拿把椅子來，另外再給十三爺沏杯茶來。」

允祥連忙搖手勸阻道：「皇上，臣弟……咳，不要緊了！」

此時，四喜已經端了椅子上來，胤禛強按著允祥坐下道：「朕讓你坐就坐著，你身子不好，往後再上朝，坐著就行了。」

「謝皇上隆恩！」允祥被逼無奈，只得謝恩。在喝過四喜沏來的茶後，他感覺舒服了一些，連忙道：「臣弟覺得派欽差去福州一法雖然可行，但太過冒險。現在福州人心惶惶，百姓因為飢餓變得不受控制，就算平安抵達福州，只怕船剛靠岸，就會有人來搶米。若只是搶東西還好，就怕連派去的欽差也有危險。」

「皇阿瑪，恕兒臣不同意十三叔的意見。」說話的不是別人，正是弘時，只聽他道：「派欽差去福州固然有危險，但如果不派欽差去，而是由著福州百姓自生自滅的話，只怕他們對朝廷會有敵意，一旦傳揚到各府縣，對朝廷的聲譽會有極大的損傷，讓百姓對朝廷失去信心，認為朝廷只會收糧徭賦，不理百姓死活。」

「二阿哥所言雖有些道理，但先設法運糧過去，待災情緩解之後，再派欽差過去，也是一樣的。如今派去，像怡親王說的，實在太過危險。」一直甚少說話的張廷玉也開口說了自己的意見。

「張大人此言差矣，雖說派欽差過去有危險，但食君之祿，擔君之憂，如今朝廷有難，豈可因為貪生怕死，而不敢去福州。」說到這裡，他一臉憤慨地道：「皇阿瑪，恕兒臣說句實話，若人人皆如張大人這樣想，那朝廷還可指望什麼人？」

弘時的話引來一大批官員附和，這些人自是一早得了吩咐，支持同意派欽差，並且在決定欽差人選時，全力舉薦弘曆。

弘時這番話倒是讓胤禛刮目相看，神色微微一緩道：「那依你之見，該派何人出任這次的欽差為好？」

「弘曆」二字幾乎脫口而出，幸虧最後牢牢忍住了，弘時改而道：「如今是饑荒，應該由戶部派人出任這個欽差。兒臣入朝時間尚短，又一直在禮部，對戶部之事並不熟悉，實在不知該派何人為好，皇阿瑪可問問諸位大人的意見。」

從剛才到現在，弘時的每一句話都是允禩教的，並且叮囑他，若是胤禛問起人選，千萬不要搶著說弘曆。他們兩兄弟間的明爭暗鬥，胤禛多少知道一些，所以「弘曆」二字，他絕對不能提，以免令胤禛起疑；相反的，他到時候還要假意反對，甚至將自己推出去。

不過，弘時不提，自然會有別人提，這一次他們做足了萬全的準備，誓必要將弘曆送上不歸路。

果然，在胤禛轉而問那些支持派欽差下福州之人的時候，許多大臣都提議弘曆，理由也很充分。

弘曆是皇子，身分尊貴，足以代表朝廷還有胤禛的意思，讓災民知道胤禛雖遠在京城，但一直都惦記著福州的災情。

面對這個答案，胤禛卻是大為皺眉。弘曆入朝才兩月不到，對戶部的差事還有些一知半解，而且福州之行太過危險。

「皇上，此提議萬萬不可。」允祥是第一個反對的，神色激動地道：「四阿哥是皇子，身分尊貴，豈可去冒這個險；再說能夠代表朝廷意思的，並非只有四阿哥一人，臣弟不才，願意任這個欽差。」

胤禛當即反對道：「不行，你的身子骨禁不起這樣來回折騰。」

允祥還待要說，弘時已經先一步道：「皇阿瑪說得對，十三叔身子不好，根本不適合去福州，而四弟又還年幼，不如讓兒臣任欽差吧。」

此言一出，胤禛與允祥皆是愣住了，有些不敢置信。

其中又以胤禛的觸動最大。

以前弘時的本性雖然不壞，對於差事卻說不上多熱中，更是怕辛苦，要不然他也不會一直將弘時安置在相對較清閒的禮部。雖然這些日子弘時有所改變，但也沒有令他起了讓弘時改去其他幾部當差的念頭。

難道弘時真在不知不覺中脫胎換骨了嗎？

胤禛鄭重其事地道：「弘時，任這個欽差會有很大危險，你真的想清楚了嗎？」

「是，兒臣想得很清楚。」弘時硬著頭皮回答。他真怕皇阿瑪下一刻會開口讓他任這個欽差，若真是這樣，麻煩可就大了。

第一千兩百一十二章　同去

胤禛坐在龍椅中仔細思索弘時的話，當他問那些大臣意見時，大臣紛紛反對，皆說二阿哥既非戶部的人又不懂戶部之事，實在不適合任這個欽差；但也有人說既然二阿哥主動請纓，就說明他有信心，讓他任這個欽差，也並沒有什麼不妥。說這話的不是別人，正是凌若的兄長榮祿，他如今已是從三品光祿寺卿。

聽了各人的意見後，胤禛轉向弘曆道：「你自己倒是說說，是個什麼意思？」

弘曆走到殿中，跪下回話道：「皇阿瑪，福州百姓受此重災，實在可憐。他們皆是皇阿瑪的子民，如今他們有難，兒臣實在難過，所以兒臣願意任這個欽差，請皇阿瑪應允。」

弘時鬆了一口氣，既然弘曆自己都答應了，想必皇阿瑪不會再反對。呵，八叔真是猜得一點都沒錯。

「皇上，萬萬不可！」允祥忍著胸口的難受，反對道：「四阿哥經驗不足，他任欽差，未必可以安撫住已經失控的福州百姓，到時候，局勢只會更混亂。」

「是啊，皇阿瑪，還是讓兒臣任欽差吧，雖然兒臣對戶部之事不懂，但也好過老四去冒險。」弘時亦假意說著。

「二阿哥一派憂國憂民之心，令臣等欽佩，但賑災送糧，本是戶部之事，怎有讓禮部派人去的道理？傳揚出去，於理不通，於情不合。」說話的是工部尚書。

弘時搖頭，假意道：「我與弘曆都是皇阿瑪的子嗣，理應為皇阿瑪分憂，豈可因差事有別，就說誰該誰不該的道理。」

胤禛擺手道：「行了，你們都別爭了，這件事朕自有安排。」

這一句話，讓底下眾臣頓時安靜下來，但同樣的，他們的心也都一個個提了起來，不曉得胤禛究竟會派何人任這個欽差。

在這樣的安靜中，胤禛目光一轉，落在隆科多身上。「舅舅，在朕決定之前，想先聽聽你的意見。」

隆科多與弘時、弘曆都沒有直接的關係，不像榮祿和英格那樣，所以他的話應該比較中立，可以入耳。

弘時暗自鬆了一口氣。八叔和舅舅拉攏了那麼多位大臣，又怎麼會漏了隆科多這個重要的人物。

果然，隆科多如弘時預料地道：「啟稟皇上，老臣以為，欽差一事雖有危險，但對四阿哥而言未必不是一個很好的歷練，經此一事，老臣相信四阿哥一定會更加成熟，成為皇上的左膀右臂。而且以四阿哥的聰明才智，一定可以安然度過這一關。再者，若皇上實在放心不下，大可以派軍隊沿途護送，這樣就算有亂民鬧事，也傷害不了四阿哥。」

隆科多不愧是吏部尚書，一番話說得滴水不漏，明明是要送弘曆入險地，卻說得完全是為弘曆好一樣，心思城府著實深不可測。不過，能站在這朝堂上的，又有哪一個是簡單之輩，好幾個人都聽出了隆科多真正的意思。

榮祿第一個道：「皇上，若照隆大人所言，二阿哥較為年長，不是更合適嗎？難不成隆大人覺得二阿哥不及四阿哥嗎？」

隆科多頗為不喜，卻也只是皺了一下眉頭，便四平八穩地道：「我自然不是這個意思，就像之前所說的，二阿哥不是戶部之人，於情理上實在說不通。」

榮祿冷笑一聲道：「隆大人說那麼許多，無非就是想讓四阿哥去福州，恕下官直言，究竟隆大人是真心覺得四阿哥任欽差為好，還是另有目的？」

隆科多眸光一冷，朝胤禛跪下道：「皇上，老臣自問一直以來都忠於大清、忠於皇上，所說的每一句話、所行的每一件事，都是以大清與皇上的利益為先。老臣實在不知，為何會引來榮大人那句『另有目的』，若皇上知道，還請告訴老臣，老臣究竟說錯或是做錯了什麼，還是說連皇上也覺得老臣那番話是另有目的？」說到後面，隆科多已是聲帶哽咽，看起來像是受了極大的委屈。

隆科多乃是朝中重臣，他這樣子，胤禛自然不能沒有什麼表示，何況榮祿剛才那番話也確實有些不對，遂道：「舅舅的忠心，朕心裡一清二楚，朕怎麼會懷疑你，朕還要靠你輔佐，一道治理這大清天下，快快請起。」

「多謝皇上信任。」隆科多深知見好就收的道理，當即謝恩起身。

胤禛訓斥了榮祿幾句，隨後話題又回到究竟該派何人任欽差的事上。

這一次胤禛沒有讓百官爭論，而是道：「朕已經決定了。」

此話一出，殿中頓時鴉雀無聲。眾人之中，又以弘時最為緊張，手心都捏得出了汗，心中不住地祈禱著：弘曆！弘曆！

胤禛自御座上起身，環顧眾人，一字一句道：「朕決定由弘時與弘曆一道出任此次前往福州賑災慰民的欽差。」

所有人都呆了一下，待得反應過來後，不由得一片譁然，皇上竟然要一次將兩位阿哥派去那等危險之地，一旦出了什麼事，可如何了得！

剛才最緊張的是弘時，如今最害怕惶恐的也是弘時。

他之前不過是做做樣子罷了，八叔他們早就安排妥了，只要自己一請纓，就會有許多大臣反對；可現在……竟然弄成這樣。皇阿瑪他莫不是發瘋了吧？明知道福州那邊已經變成了人間地獄，活著的百姓，一個個都跟惡鬼差不多，居然還將自己與弘曆派出去，他就不怕出事嗎？還是說他根本就想送自己去死！

雖然知道這個想法很荒謬，但弘時無法控制自己不去想。

不，他不會去福州的，絕對不會！

第一千兩百一十三章　後悔不已

與弘時的恐慌相反，弘曆對於落在自己身上的命運很是坦然，拱手道：「兒臣一定會盡自己所能，安撫百姓，緩解災情，不負皇阿瑪所託。」

「甚好。」弘曆的回答讓胤禛頗為滿意，目光一轉，落在弘時身上，很明顯是在等弘時的回答。

弘時感覺到落在身上的目光，抬起頭想要說話，但喉嚨卻像是被一隻無形的手扼住，說不出一個字來。他不想去，可是他知道自己若在這個時候拒絕，將會從此失盡皇阿瑪之心，到時候不管自己做什麼都於事無補。

正當弘時不知所措時，有大臣開口，意思便是同時將兩位阿哥派去福州太過冒險，且不說福州附近海域存在暗礁，就是福州如今的災情，都是大險特險，萬一兩位阿哥出事，那對整個大清來說，都是無可彌補的損失。

對於這個問題，胤禛淡淡地道：「剛才諸位大臣提議讓四阿哥出任欽差的時候，不是還說不會有太大的危險嗎？怎的現在一下子又改口了？」

隆科多等人心裡一緊，明白胤禛對於眾人一力保舉弘曆為欽差的事還是起了疑心，若繼續反對，只會令他的疑心更甚。

隆科多思忖片刻，打破了僵局。「皇上容稟，微臣等人並無他意，只是擔心事有萬一。若真如此，那我大清就將同時失去兩位阿哥，而這樣一來，皇上膝下便只剩下五阿哥與六阿哥了。六阿哥又尚不足歲，無法為皇上分憂。」

「朕知道舅舅在擔心什麼，他們兩個同是朕的兒子，朕對他們有信心，定可以完成此事，平安歸來；另外，朕會派一千軍士沿路護衛，相信足以保證他們的安全。」

「可是……」隆科多本想盡最後的努力，卻在接觸到胤禛幽暗的眸光時改口道：「既然皇上有此信心，老臣自然同樣，老臣會在朝中等著二位阿哥的好消息。」

弘時差點罵出口。這該死的老東西，見風使舵的本領倒是好得很，一見勢頭不對，就連忙轉了向，連答應過的事也不管了！

隆科多都這樣了，其他大臣更是不敢多言；而胤禛這個決定，也讓榮祿無話可說，不過對於弘曆的擔心卻是有增無減。

一千軍士聽起來很多，但福州百姓又豈止一千，就算逃了、死了不少，剩下的也是成千上萬，一旦弘曆他們處理得不好，衝突起來，後果實在堪虞。

胤禛將目光轉向了從剛才起就一直沒說話的弘時，聲音微妙地道：「弘時，你怎麼說，可是不願任這個欽差？剛才可是你自己主動請纓的。」

朝服下，弘時的身子在不住發抖。他真的不想任這個欽差，但是他可以說不嗎？皇阿瑪已經將他之前說的話都搬出來了，分明就是不許他拒絕。

該死的，本想算計弘曆，卻悲哀地把自己算計了進去，這個結果是他與八叔都沒有想到的。

不管心裡再恨、再後悔，面對胤禛的問話，弘時只能努力擠出一個比哭還難看的笑容。

「皇阿瑪能給兒臣這個為您分憂的機會，兒臣自是求之不得，又怎會不願。兒臣剛才是在想，到了那邊，該用什麼法子安撫住災民，不讓他們鬧事，一時想出了神，才沒有及時回答皇阿瑪的話。」

胤禛幽微的目光，因弘時這句話閃了一下，旋即點頭道：「如此就好，只要你與弘曆齊心合力，定可以助福州度過此劫。並且，朕答應你們，只要你們辦妥此事，回京之後，朕封你們一人一個親王。」

換了往常，弘時若聽得胤禛封自己為親王，定會高興不已，可現在他一點都高興不起來，因為他根本不曉得自己有沒有這個性命來受封。

在弘時兩人謝過恩後，胤禛道：「從現在開始，戶部全力籌糧，一有結果，立刻告知朕。」

戶部尚書與二位侍郎依言領命，而早朝也在不久之後散去。

出了皇宮後，弘時迫不及待地拉住隆科多，低聲道：「隆大人，你剛才為什麼不幫我再勸勸皇阿瑪，讓他改變主意。」

隆科多嘆道：「二阿哥，皇上的性子，老臣比您更清楚，若那麼容易就勸動，那就不是皇上了。他決定的事，沒人可以更改，以前如此，現在同樣如此。福州一行雖然危險，但有一千軍士相隨，二阿哥不必太過擔心。」

見隆科多將責任推得一乾二淨，弘時沉下臉道：「可隆大人你答應八叔的時候，可不是這樣說的。」

隆科多看著被弘時拉住的袖子，不動聲色地道：「老臣只說會設法向皇上推舉四阿哥為欽差，旁的可是什麼都沒答應，現在老臣並沒有食言，四阿哥確實成了欽差，只是還多了一個二阿哥您罷了。」

「你口中的多了一個，對於我而言，可是關乎性命的大事。隆大人，你這個樣子，未必也太不地道了些！」弘時氣急敗壞地說著，若非事情嚴重，他又怎會如此急切。

見弘時纏著不放，隆科多也不禁沉下臉道：「不知二阿哥所謂的地道是怎樣？老臣只是一個臣子，臣子能提議、能諫言，但最終決定的卻是皇上。若二阿哥真那麼不願去，剛才養心殿上，為何不自己拒絕了皇上？」

這句話可算是一針見血，問得弘時啞口無言。他若是有膽子，早就回絕了，哪還會與隆科多在這裡糾纏。

看他這個樣子，隆科多哪有不明白的理，搖頭道：「既來之，則安之，也許這件事對二阿哥而言是福非禍也說不定，畢竟皇上可是開了金口，說事成之後，允二阿哥一個親王之位。」不等弘時說話，他又道：「老臣府中還有事，先走一步，來日二阿哥凱旋歸來，老臣一定為二阿哥接風洗塵。」

第一千兩百一十四章　廉親王府

在掙脫了弘時的拉扯後，隆科多坐上了候在一旁的綠呢轎子，四名轎夫抬著轎子一路往府邸行去。

望著遠去的轎子，弘時恨恨地啐了一口，暗罵一句老匹夫！

不過罵歸罵，出了這麼大的事，還是要趕緊找人商量才行。想到這裡，他也快步上了等候多時的轎子，在放下轎簾時吩咐了一句：「去廉親王府。」

見弘時說得急切，轎夫不敢怠慢，疾步前往廉親王府，不過一刻鐘的工夫就已經看到廉親王府的影子。就在轎夫還要往前的時候，弘時忽地道：「慢著，我突然想起之前在古玩齋看中一幅古畫，還是先去那裡吧。」

轎夫雖覺得奇怪，卻也不敢多問，又去了古玩齋。弘時下轎後，扔了幾錢碎銀子，讓轎夫先回府後，自己進了古玩齋。

古玩齋的掌櫃識得弘時，一邊喚著「二阿哥」一邊將他請進去，而不久之後，一頂不起眼的轎子從古玩齋後門抬了出去，坐在裡面的正是弘時。

這家看似普通的古玩齋，幕後真正的老闆卻是允禩。因為胤禛不喜歡弘時與允禩往來，所以弘時每次去廉親王府，都在這裡換轎子。除了廉親王府的人，無人曉得弘時其實經常過去王府，連胤禛也不曉得。

剛才，他是急昏了頭，所以才讓轎夫直接抬去廉親王府，幸好在進去前想了起來，否則萬一傳到皇阿瑪耳中，免不了又是一頓責罰。

一下轎，弘時便迫不及待地往書房行去。這裡他來過許多次了，熟悉得很，根本不需要人帶路。

到了書房外，弘時也不讓人通報，逕自推門走進去，對正坐在案後寫字的允禩道：「八叔，不好了，出事了。」

允禩驚訝地抬起頭，打量了滿面急切的弘時一眼，道：「出什麼事了，怎的把你急成這樣。」不等弘時回答，他已猜測道：「可是皇上不同意弘曆任去福州的欽差？」

「不是。」弘時嚥了口唾沫，一屁股坐在椅中道：「皇阿瑪同意了，但除了弘曆之外，皇阿瑪讓我也任這個欽差。」說到這裡，他忍不住大吐苦水：「八叔，這次真是被您害死了，您讓我向皇阿瑪假意請纓，結果皇阿瑪當了真，讓我跟老四一道去福州。那個地方現在人吃人，比地獄還慘，若是去了，只怕沒命回來。」

弘時對於此時的福州避之不及，卻忘了，造成福州眼下這個局面，害死那麼多福州百姓的罪魁禍首就是他自己。
允禩吃驚地擱了筆，顯然對胤禛這個決定也是頗感意外。若不成年的阿哥總共就兩位，胤禛卻一下子將兩人都派去福州那等險惡之地，若不是他對胤禛了解甚深，幾乎要以為胤禛得了失心瘋，想要自己兩個兒子死。
「八叔，您一定要幫我想想辦法，我說什麼也不要去福州。」對於下人端上來的茶，弘時根本沒心思喝，只是緊緊盯著允禩，盼他幫自己想辦法。
允禩起身走了幾步，在問過弘時今日朝堂上的具體情況後，連連搖頭道：「既然皇上已經開了金口，這件事只怕再無轉圜的餘地。」
弘時一聽，大驚失色，迭聲道：「那可怎麼辦？去了福州，我一定會死的，我不想死！」
「皇上不是說沿途會派一千軍士護衛你跟四阿哥，又怎麼會有事？」
允禩話音剛落，弘時就激動地打斷他的話，道：「八叔，福州的情況您應該很清楚，靠那一千軍士，根本鎮不住那些窮凶極惡的賤民。我不管，總之我是絕對不會去送死的！而且我之所以會主動請纓，是八叔您說我捏的是禮部差事，對戶部一竅不通，就算我主動請纓，皇阿瑪也絕對不會同意，可現在……」
見弘時將事情都怪到自己頭上，允禩揚一揚眉毛，不動聲色地道：「二阿哥你先別急，容我再想想。」
他負手走了幾圈後道：「咱們之前聯繫的那些大臣是怎麼說的，尤其是隆科多。」

一說起這個，弘時頓時氣不打一處來，氣呼呼地道：「八叔您還說隆科多呢！他就是根牆頭草，一聽皇阿瑪說要讓我與老四去福州，就一個屁都不敢放，還說得冠冕堂皇，絲毫沒有覺得不對。」弘時氣怒之下，連粗話也脫口而出。

允禩卻沒弘時那麼生氣，看事也沒他那麼膚淺，一聽這話便知道肯定是隆科多察覺到胤禛心意已定，再勸也無用，才會如此。畢竟自己可是拐著彎地將一隻價值不菲的翡翠鳥送到他府上。

見允禩站在那裡不說話，弘時急切地道：「八叔，您到底想到辦法了沒有？再拖下去，萬一戶部已經籌到了糧草，可就是斬釘截鐵的事了，由不得咱們再想辦法。」

允禩一敲桌子道：「不急，我是在想皇上這麼決定的用意。」

「還能有什麼用意？皇阿瑪根本就是存心看我不順眼，所以想讓我去送死！枉我為了討他歡心還故意與弘曆親近，簡直就是……就是……」弘時一時找不到該用什麼詞形容，想了一會兒方憋出一句。「簡直就是浪費時間！」

「皇上不會讓你去送死。」

正在氣頭上的弘時幾乎從椅子上跳起來。「什麼時候連八叔您也幫著皇阿瑪說話了？」

「怎麼會呢，我只是實話實說罷了。你想想，皇上有可能不心疼你，但沒理由不心疼弘曆，若這是一場死局，推你入局便可，又何必推弘曆入局呢？這根本就說不通。」

被他這麼一說，弘時也沉默了下來。是啊，皇阿瑪有心害自己勉強還說得過去，可要說害他一向喜愛、器重的弘曆，於情於理都說不通。

允禩繼續道：「雖然我一時猜不到皇上在想什麼，但應該不會是壞事，而且真正護衛你們的，也不會僅僅是那一千軍士那麼簡單，應該暗中還有布置，以確定你們兩人的安全。」

第一千兩百一十五章　並非巧合

「真的嗎？」弘時半信半疑，以他對此時福州的認識，除非派數萬大軍過去，否則「安全」二字真不知從何說起。

允禩和顏道：「八叔又怎麼會騙你？再說，這一次福州之行，於你未必不是一個機緣。你想想，皇上說了，只要你們兩人完成差事，便封你們一人一個親王。當年先帝在世時，那麼多阿哥，但被封為親王的卻只有寥寥數人，一旦封了親王，離太子之位又近了許多。」

弘時剛高興了一會兒，便又洩氣地道：「可又不是只有我一人封親王，有什麼用。」

允禩微微一笑道：「二阿哥忘了我們為什麼要將福州變成現在這副模樣了嗎？只要四阿哥去了福州，就斷然沒有再回來的道理。」

弘時眼睛亮了起來，撫掌道：「對啊，我怎麼把這事忘了，弘曆……」他陰陰一笑道：「我定要他有去無回！」

「這是自然，而且若弘曆死了，你便成了賑災的頭功，皇上不只會封你為親王，甚至有可能直接立你為太子。」在弘時雀躍的神色中，他神色一凝，又道：「不過這一次，皇上明裡暗裡一定會派許多人沿路跟隨，所以對付四阿哥的事一定要仔細計議，不可有一點兒紕漏才行，否則於你於我都是一場大難。」

一說到這個，弘時也緊張了起來，連連點頭道：「八叔說的正是，而且有那麼多人跟著，只憑我身邊那些人很難下手。」

「這一點你倒是不用擔心，我身邊有一些忠心的手下，到時候可以暫時派給你用，一來保護你的安危，二來讓你有可用之人。」

弘時大喜過望，他現在最擔心的就是自己在福州那邊的安危，身邊能多一個人都是好事。

「等戶部籌糧，然後再去福州，肯定還有幾日的準備，趁此期間，你也可以與皇后商量一下此事。皇后家族在朝中乃是數一數二的大族，手底下能人異士眾多，只看能神不知、鬼不覺地鑿沉那兩批運糧船便知道了，若能派一些人相隨，那麼二阿哥就會更加安全。」

對於允禩的關切，弘時很是感動。「八叔如此為我考慮，我真不知該說什麼才好。原本鑿船那件事，該是八叔去的，卻因為皇額娘她……」

允禩拍著他的肩膀，呵呵笑道：「你我既是叔姪，就莫要說這些見外的話。你記著，不管皇后娘娘說什麼，都是為你好；再說，能不派人去，我也輕鬆一些，這不是很好嗎？」

允禩越是說得不在意，弘時就越覺得內疚。「八叔待弘時的好，弘時實在無以為報。」

允禩不以為然地道：「都說不要說這樣見外的話，總之你好，八叔心裡也高興。正好，趁著你在，八叔把人都叫來讓你挑，願意帶多少都行，總之你的安全才是第一要緊的。八叔等著你府邸上面的匾額改成親王府，甚至搬去毓慶宮。」

「謝八叔吉言。」弘時高興地道：「那我就不客氣了。」

在弘時與允禩在廉親王府密談的時候，允祥也來到南書房，他剛一進到裡面，胤禛便道：「朕就猜到你下朝後肯定會來見朕。」

允祥的身子實在很不好，動不動便會咳嗽幾聲，就著小太監的手坐下後，順了口氣道：「皇上猜得到臣弟來，應該也能猜到臣弟是為何而來。」

胤禛擱下茶盞道：「為了弘時與弘曆去福州的事，朕猜得對不對？」

「恕臣弟直言，皇上膝下統共才四位阿哥，成年的更只有二阿哥與四阿哥，皇上您現在將他們兩人都派去福州，萬一出事可怎麼得了。」一急之下，允祥忍不住又咳了起來，想喝口茶順順，卻將茶水也咳出來了。

胤禛連忙走下來撫著允祥的背，又對四喜道：「快去傳太醫過來。」

允祥拉住胤禛的手臂，勉強道：「不……不用了，臣弟……臣弟沒事。」胤禛哪裡肯聽他的話，道：「看你連話都說不好，還說沒事。四喜，還愣著做什麼，趕緊去傳太醫。」

咳了半晌，終於感覺好一些了，允祥搖頭道：「皇上，真不用了，臣弟這是老毛病了，就算太醫來了也沒用。」

見允祥如此堅持，胤禛只得作罷，然眉宇間的憂心卻是揮之不去。「唉，你這身子骨可讓朕怎麼放心得下。」

「皇上放心，臣弟這身子骨雖說差了些，但一時半會兒還出不了事。」允祥感覺舒服一些後道：「皇上還沒回答臣弟，二阿哥與四阿哥的事。那一千軍士聽起來很多，可真到了福州……只怕根本護不住二阿哥他們的安全。」

胤禛眸光微閃，看著宮人將允祥的茶盞注滿，緩緩道：「你錯了，沿路護送他們的，不是一千軍士，而是五千。」

「五千？」

在允祥詫異的目光下，胤禛緩步走到窗邊，道：「就算你不進宮，朕也會傳你入宮商量這件事。一千軍士，朕會在步兵衙門當中挑選，至於另外四千，朕希望從你手下的豐臺大營抽取，因為朕不想這四千人暴露在明，但是不管是驍騎營還是步兵衙門，都在城內，只要稍有動靜，就會立刻為人所知。唯有豐臺大營，不在城內，又一向是你統領，應該可以神不知、鬼不覺地抽出四千人來。」

胤禛這一番話讓允祥更加不解，皺了濃眉道：「皇上派人保護二位阿哥是理所當然的事，雖說五千人多了一些，但考慮到福州現在的情況，也在情理當中，但為何要避著人？」

「朕在朝堂上沒有說太多，但福州一事，連著兩批船沉，無一倖免，老十三，你真覺得是湊巧嗎？」

允祥愕然不已，許久方道：「皇上覺得這兩次船沉，並非巧合？」

第一千兩百一十六章　真正用意

胤禎望著朱紅窗格，道：「往福州運糧也不是一次、兩次的事了，若真有暗礁，應該早被發現才是，怎會一直拖到現在，而且沉的還不是一艘、兩艘，是全部運糧船。老十三，你不覺得當中很有問題嗎？」

允祥眼皮突突跳著，緊張地道：「皇上懷疑，沉船一事，並非天災，而是人禍？」

胤禎回過身來，咬著字道：「不錯，朕懷疑一切皆是有人在背後搗鬼。還有今日朝堂上，同樣很奇怪，弘曆才多大年紀，雖說聰明好學，但在戶部不過兩月，事情都還沒學齊，那些大臣就一個個地上奏說讓弘曆去任這個欽差，其他戶部的官員，連名字都沒被提起，這絕對不是巧合二字能解釋的。」

若弘時在這裡，必會因為胤禎的話而魂飛天外。胤禎在朝政上實在敏銳精明得可怕，他們做得這樣隱蔽，還是被胤禎看出了不對。

「所以皇上故意順著意思，讓四阿哥出任這個欽差，又只說派一千軍士護衛，目的就是想引蛇出洞？」

「不錯，朕懷疑他們的目的是弘曆，至於用意，要等抓到了才知道。」雖然是自己下的決定，但提到這個名字時，胤禛還是有些憂心，只希望他這個決定沒有錯。

允祥點頭之後，又道：「就算如此，皇上為何將二阿哥也派去？去一人已是冒險，去兩人，豈非險上加險？」

胤禛不答反問：「老十三，你覺得弘時如何？」

允祥剛露出猶豫之色，胤禛便道：「朕既然問你了，你就儘管照實說，不需要有什麼避諱。」

允祥答應一聲，沉思道：「臣弟以前看二阿哥行事不夠踏實，為人也浮躁了些，不過最近似好了一些；尤其他今日還肯主動站出來，請纓去福州的差事，實在是令臣弟刮目相看。」

胤禛不置可否地點點頭，好一會兒方道：「弘時雖自薦欽差，但朕看他還是有一些害怕，不過這是人之常情，不能怪他。」頓一頓，續道：「以前弘時常常針對弘曆，不知顧念手足之情，如今雖然改變了一些，但還遠遠不夠。朕希望他們將來可以如朕與你一般，而非與允禩他們一般。」

「二阿哥年紀尚輕，待大一些後，自然會明白手足的重要；何況二阿哥一直都聽皇上的話，不曾再去過老八那裡。」

「就是這樣，朕才想給他這個機會。」胤禛撫著腦後的髮道：「有些事一旦成形，不管過了多少年都不會改變。他們兩個都是朕的兒子，朕不想看到手足相殘的一幕，所以趁著現在嫌隙不深，而弘時又逐漸懂事，讓他們兄弟倆可以有所了解，明白相扶相持的重要。這樣一來，將來不管何人繼位為帝，另一個都會全力扶持。」

聽到這裡，允祥總算明白了胤禛的打算，道：「二位阿哥若知道皇上這番苦心，定會感動不已。」

胤禛笑一笑道：「身為阿瑪，為兒子操心是應該的，只希望朕這番心思不會白費。」說到這裡，他擺手道：「好了，不說這些了。言歸正傳，你估計一下豐臺大營那邊抽調得出那麼多人來嗎？而且還要這些人可靠。」

「臣弟以前帶過的一些人，都頗為忠心，可以靠得住，拼湊之下，四千人應該可以。皇上放心，臣弟會對他們下封口令，晚些臣弟擬好名單送給皇上過目。」

胤禛搖頭道：「不必了，你說忠心就一定忠心，朕信得過你。到時候，他們隨坐朕另外安排的船，沿路南下。除了這些人，朕會再派暗衛跟隨，一定要保護好他們兩個的安全。」

見胤禛連暗衛都動用了，允祥大為安心。暗衛皆是千挑萬選之人，足可以一當十，是胤禛手上一股雖不為眾人所知、卻絕對不可小覷的力量。

想了一下，允祥道：「既然此行除了賑災之外，還要引蛇出洞，那皇上是否要與二位阿哥說一聲，好讓他們有所準備？」

胤禛也有這個打算，遂道：「等事情都安排妥當後，朕自會告訴他們。」

在又議了幾句後，允祥告退離去。胤禛在準備批今日剛剛呈上來的摺子時，想起一事，將還沒翻開的摺子往旁邊一放，對候在一旁的四喜道：「去承乾宮。」

「嗻！」四喜趕緊開門，隨胤禛往承乾宮行去。到那邊的時候，卻沒看見凌若人影，一問之下，方知她在小廚房。

見胤禛欲往小廚房去，四喜忙道：「皇上，小廚房悶熱，還是奴才去請熹妃娘娘過來吧。」

「朕自己去就行了。」

剛到門口，便聽到凌若在吩咐宮人將爐上的火改成小火慢慢煮熬。

四喜推門的動靜，並沒有讓在裡頭低頭忙活的凌若在意，直至廚房一下子靜得有些不對勁，她抬起頭來，這才看到了站在對面的胤禛，訝然道：「皇上，您……」

她一邊說著一邊想要行禮，手上卻還沾著白白的麵粉，想要拍去，卻使得麵粉揚了起來，迷住了眼睛，看不清東西。

凌若抬手就要去揉，卻被人抓住，耳中更傳來胤禛的聲音。

「這樣揉只會讓眼睛更難受，得用清水洗去才舒服。」說罷，他帶了凌若去水缸前，親自舀了一杓水，仔細清洗著凌若的眼睛。

洗淨擦乾後，凌若睜開眼，果然再無一絲難受，又見胤禛手還是溼的，取過手巾將他的手拭乾，口中道：「皇上怎麼這時候過來了？臣妾還想等做好了酸梅湯和點心給皇上送去呢。」

「朕想妳了便過來看看，再說來妳這裡吃，不是更好嗎？」因心中有事，胤禛的笑容有些不自在。

凌若沒有注意到這些，輕言道：「那臣妾讓水秀在這裡看著，好了之後端上來給皇上享用。」

第一千兩百一十七章　驚弓之鳥

胤禛點點頭，拉著凌若出了悶熱的小廚房。進到正殿時，殿內的陰涼讓剛剛熱得還有些出汗的凌若手臂上冒起細細的雞皮疙瘩。

在一道坐下後，胤禛忽地道：「這樣熱的天，妳以後不要進小廚房了，想做什麼東西，吩咐宮人就行了，否則很容易中暑。」

凌若笑道：「臣妾想親手做給皇上吃，再說臣妾只待了那麼一會兒，哪會中暑？倒是皇上這麼熱的天過來，才該小心。」

如此又說了一陣子後，水秀端了用冰碗盛著的酸梅湯並幾碟精細的點心上來，凌若親自盛了一碗放到胤禛面前。「皇上您嘗嘗味道，看酸甜可剛好？」

胤禛心不在焉地點點頭，連著舀了好幾勺都沒有說話，這下子，凌若明顯看出不對來，問：「皇上可有什麼心事？」

胤禛此來就是為了與凌若說弘曆將被派去福州任欽差一事，但真面對凌若時，又不知該如何開口，一直拖到現在。眼下見凌若主動問起，他神色複雜地道：「若兒，妳可知道福州的事？」

「臣妾有過耳聞，說是因接連兩批運糧船沉沒，使得福州一地，糧食稀缺，民不聊生，還有百姓因腹餓而動亂，不過陸路一直有糧食運送過去，情況應該慢慢會得到控制。」

對於凌若的話，胤禛苦笑道：「若情況真有妳說的這樣樂觀就好了。陸路是有糧食運去，但往往剛到福州邊境，糧車就被劫了。最可怕的是，那些人劫了糧車不說，有時候還抓送糧車的官兵，妳可知是為何？」

凌若搖頭，茫然道：「還請皇上明示。」

「因為糧食根本不夠吃，所以他們就把官兵押去，把他們當成糧食豢養著，等餓了的時候，就宰殺吃掉。」在凌若錯愕恐懼的目光中，他緩緩道：「福州……已經到了人吃人的地步。」

凌若喉嚨癢癢的，像是隨時要嘔吐出來。她猜測福州的真實情況可能會比自己知道的慘烈，但怎麼也想不到竟已經慘到人吃人的地步。好一會兒，她方慘白著臉道：「既是如此，皇上為何不再運糧過去？」

「沉沒的糧食加起來足足五十萬石以上，全國各地倒還是能籌到糧食，但絕對禁不起再一次的意外，所以這一次除了糧食之外，還會有欽差隨行。一來是為了確保糧食安全，二來是為了安撫福州百姓，讓他們知道朝廷並沒有放棄他們。」說到這裡，他目光微閃，神色複雜地道：「若兒，妳覺得朕這樣做對不對？」

對於胤禛的詢問，凌若感到極是詫異。胤禛是一個極有主見與手段的皇帝，從不會拖泥帶水、猶豫不決，尤其是在朝堂之事上，今兒個怎麼這般反常地問起她的意見？

雖心下奇怪，但凌若仍是思索著答：「皇上這麼做自是對的，眼下最重要的是人心穩定，否則就算有了糧食，百姓不需要再為肚餓而做出什麼過分的事，但依那裡一貫的民風，必然會混亂很長一段時間。不過這個欽差人選卻是不好選，定要是戶部的人不說，還得有著不低的身分，如此才可代表朝廷；但是戶部尚書他們要統籌調糧一事，還得想著後面的事，走開不得，可若是侍郎那一類，身分又太低，不能代表朝廷。」

胤禛幽幽地看著凌若，忽地道：「朕已經想好了欽差人選。」

看到胤禛這個樣子，凌若無端地浮起一絲憂心來，略帶一些緊張地道：「不知皇上選了哪位大臣為欽差？」

「是弘時與弘曆。」

當這六個字從胤禛嘴裡吐出來時，凌若大腦一片空白，錯愕地看著胤禛，不敢相信自己所聽到的話。良久，她才顫聲道：「臣妾……臣妾剛才沒聽清楚，能否請皇上再說一遍？」

胤禛料到她會有這個反應，畢竟那是猶如地獄一般的福州啊，哪個會希望身邊的人去，尤其弘曆還是凌若視若性命的命根子。「是弘時與弘曆。」

凌若顫抖地撫著袖子，那一根根用金銀絲線繡成的繁複圖案突然變得刺手無比，感覺手指像是要被劃出血痕。「為什麼……為什麼要是他們？他們也是皇上的兒子，難道皇上不擔心嗎？萬一有些意外……意外……」後面的話，凌若無論如何都說不下去。

胤禛用力扳過凌若的肩膀，讓她看著自己。「若兒，朕知道妳一定會擔心，但朕答應妳，一定會讓弘曆兩兄弟平安歸來，絕不食言。」見凌若不說話，他再一次道：「妳不願意相信朕嗎？」

凌若這個時候心亂如麻，哪裡回答得了胤禛的問題，掙開胤禛的手，起身道：「臣妾……不知道。」

事關弘曆性命，她真不知道究竟該怎麼回答，手足無措地站了一會兒，道：「臣妾去看看酸梅湯好了沒有。」

她說罷便要離去，被胤禛一把抓住道：「酸梅湯就在這裡，早就好了。若兒，朕知道妳怕弘曆有危險，但朕既然會派他與弘時一道去，朕就已經做好了防範，一定不會讓他們兩兄弟有事。就像妳說的，他們都是朕的兒子，朕對他們的緊張只會比妳更多；尤其是弘曆，朕在他身上寄託了無數期望。」

聽到這裡，凌若激動地道：「既是如此，皇上就不應該讓他去福州！皇上剛才也說了，那邊人吃人，早已經不是人能待的地方。臣妾只有弘曆一個兒子，他不可以有事，絕對不可以有事的！」說到後面，凌若忍不住潸然淚下，臉上盡是對弘曆未知命運的憂心。

自從溫如言死後，她就無比害怕身邊的人會出事，就像是驚弓之鳥一般，稍有些風吹草動，就會擔心上半天；而弘曆無疑是最讓她擔心的那一個，否則當初弘曆提前入朝歷練的時候，她也不會那麼擔心了。

「若兒！」看到她這個樣子，胤禛的手握得越發緊。「若兒，妳將朕的話聽進去好不好，否則妳讓朕怎麼再跟妳說下去？」

過度的憂心，令凌若失了分寸，急切地道：「臣妾不想聽，臣妾此刻只想讓皇上收回成命，不要讓弘曆去福州。」

第一千兩百一十八章　厚望

「若兒！」在喚這一聲的時候，胤禛已經有些生氣了。他料到凌若會不贊同此事，卻沒想到反應如此激烈，連叫自己收回成命的話都說出口了。

他加重了語氣：「這世上，不是只有妳一人擔心弘曆，朕同樣擔心。妳這樣緊緊將弘曆護在翼下，不讓他受風吹雨淋，對弘曆來說真的就是好嗎？弘曆是阿哥，不是尋常男子，他將來要承擔的責任很大，若一直不曾離開額娘的庇護，他這一輩子就等於毀了，妳明不明白？妳現在所說的一切不僅不是為他好，恰恰是在害他！」

凌若搖頭，神色淒涼地道：「臣妾知道，皇上說的每一句話，臣妾都知道，可是臣妾沒辦法不擔心。溫姊姊已經走了，還陪著臣妾的，除了雲姊姊便只有弘曆了，臣妾不可以失去他們當中的任何一個！」

「朕知道，朕什麼都知道。」

胤禛不顧凌若的掙扎，將她緊緊抱在懷中，至於伺候的宮人早在水秀的示意下悄悄退下去，殿中只有他們兩人。

胤禛的下巴抵著凌若額頭，鄭重地道：「鈕祜祿凌若，自從朕將妳從宮外接回來後，哪一次讓妳失望過？」感覺到凌若停下掙扎，他續道：「以前沒有，現在沒有，將來同樣不會有。朕既然派他們去，就已經做好了萬全的保護，不會讓他們有一丁點兒事，妳相信朕。」為怕凌若擔心，他沒有提及自己對福州這件事的懷疑，也沒有說他以弘曆為餌，欲引出幕後之人的目的。

許久，凌若抬起頭，不安地揪著胤禛的衣裳道：「真的不會有事？」

「是，朕答應妳，一定不會有事。弘曆也好，弘時也好，都會安全歸來，到時候，朕會封他們為親王。」

見凌若稍稍安心，他撫去她臉上的淚水道：「不妨與妳說句實話，弘曆是朕幾個孩子當中最聰明懂事的，朕一直很器重，更將他視為朕的接班人，否則妳以為憑著允祥幾句話，朕會讓他隨朕批閱奏章？會讓他提前入朝當差？」

「可是現在的弘曆聰明歸聰明，卻有一個極大的缺點，就是太稚嫩，不曾經歷過大風大雨，也不曾見過世間真正的險惡，以致他的目光不夠長遠，思考亦不夠全面，做起事來遠不能達到朕的期望。」

「若兒，朕當了四十五年的皇阿哥，從十六歲辦差開始，整整辦了二十九年，黃河水患、戶部虧空、兄弟奪嫡，哪一樣沒經歷過？正是因為朕堅持了下來，沒有被差事難倒，所以才可以在眾兄弟中拔得頭籌，成為皇阿瑪的繼承人。」

「建立王朝不容易，但要守住甚至守好這個王朝，更是不容易，所以這幾年來，朕從不敢鬆懈，每一件事都親力親為；而有一些新政，明明被人在暗地裡戳著朕的脊梁骨罵，朕也要堅持下去，為什麼？因為朕堅信這些新政可以造福百姓，可以讓大清變得更好。」

「在朕的有生之年，朕會努力幫弘曆鋪路，讓他以後可以平坦一點，不需要像朕一樣走得那麼崎嶇，但這並不代表他可以坐享其成。既然要成為皇帝，那就一定要成為最好的皇帝，要讓大清在他手上變得更加繁榮昌盛，讓萬國來朝！」

說到這句話時，胤禛眸中迸發出異樣的神彩。「所以，在此之前，他必須歷經艱險，不可過於安逸。」

凌若怔怔地望著胤禛，這樣的胤禛是她不曾見過的。她一直都知道胤禛在弘曆身上寄託了某種期望，卻不知竟是這樣重的期望。

良久，她終是道：「臣妾並不在意弘曆將來是尋常人還是皇帝，臣妾只希望他平平安安，無病無災。」

這句話，她自己也分不清幾分真、幾分假。從本心上說，她確實不願弘曆捲入爭位的漩渦中，可皇后對自己虎視眈眈，若弘曆在爭位中失敗，使得弘時成為最終的贏家，那麼自己與弘曆將死無葬身之地。

「可惜，有些事由不得我們選，弘曆既然生在帝王家，就一定要挑起他該負的責任。」這一句話，胤禛說得無比沉重，臨了更是嘆道：「皇帝，皇帝，看似尊貴，實際卻是孤家寡人一個。孝誠仁皇后與皇阿瑪伉儷情深，卻只做了幾年夫妻便走了；而皇阿瑪有二十幾個兒子，可一個個卻都盯著那個皇位，讓皇阿瑪傷透了心，也操盡了心。朕比皇阿瑪幸運一些，有妳一直陪在身邊，而弘曆……」他再度擁緊凌若，澀聲道：「不要怪朕狠心，這是弘曆從出生就註定的命運。」

凌若反手擁住他，慨然道：「臣妾知道，臣妾亦明白皇上的苦心，是臣妾太過不懂事，還請皇上莫怪。」

胤禛撫著她的頭髮，輕聲道：「妳也是因為擔心弘曆才會如此，朕怎麼會怪妳。朕考慮過，若弘曆這一次做得好，朕在封他為親王後，會再立他為太子，讓他早些跟著朕，光明正大地學習為君之道。」

「臣妾相信皇上會替弘曆選一條最合適的路給他走。」說到這裡，她的心情已經徹底平復，想一想又道：「若只是欽差，弘曆一人足矣，為何還要讓二阿哥同去？皇后娘娘同樣只有二阿哥一位阿哥，這一去，皇后娘娘不知要怎麼擔心了。」

「弘時與弘曆是兄弟，難得這一次弘時會主動請纓，朕便讓他們同去，兄弟之間也好多體諒著一些。至於皇后，她一向識大體，相信會有所理解。」

「話雖如此，但這麼大的事，皇上還是要親自去與皇后娘娘說一聲才好，否則臣妾知道，她卻不知，皇后娘娘心裡會不高興的。」

胤禛想一想，點頭道：「也罷，朕待會兒就過去一趟。說起來，也有陣子沒去坤寧宮了。」說罷，他低頭看著凌若道：「那妳呢，已經沒事了嗎？」
　凌若微微一笑道：「皇上與臣妾說了那麼多，若臣妾再想不明白，就枉費皇上這些年待臣妾的好了。」
　胤禛頷首道：「妳無事就好。朕剛才真有些擔心，妳愛子心切，會聽不進朕的勸說。」

第一千兩百一十九章　等不到

凌若認真地道：「論起愛子心切，臣妾相信皇上絕不會比臣妾少，而且皇上的愛才是真正對弘曆好的。」

胤禛拍拍凌若的手道：「好了，不說這事了，弘曆還要過陣子才走，這段時間，朕會讓他多入宮陪陪妳。相信朕，弘曆一定會平安無事。」

「臣妾相信皇上。」這句話，凌若說得無比感慨。過了這陣子，她就有很長一段時間看不到弘曆了，不過這一切對弘曆而言，都是必經之路，只要躍過這些，他今後就會走得更穩更遠，而她這個做額娘的，將以這個兒子為榮。

胤禛點點頭，坐回椅中，想要去喝擱了許久的酸梅湯，卻發現冰碗已經化了一半，酸梅湯漏到外面的碗裡，只得讓人重新拿了個冰碗進來。

這一回，胤禛可是有了心思品嘗，點頭道：「酸甜可口，既可以提起胃口，又不會覺得太酸，很合朕的口味。」

「皇上喜歡，臣妾往後每日都做一盞，然後給皇上送去。」

凌若話音剛落，胤禛便搖頭道：「妳這樣豈非每日都要待在小廚房中受悶熱之苦？朕記得妳一向怕熱，還是不要了。」

凌若道：「左右臣妾都閒著，倒不如做些事來打發時間，如此還充實一些。再說，朝堂之事，臣妾幫不上忙，只能在皇上衣食起居上下些工夫，希望皇上沒有後顧之憂。」

「朕明白妳的心思。」說到這裡，胤禛無端嘆了口氣，凌若追問之下，方才知道是因為擔心允祥的身子。

「朕這幾日見他，身子是越來越不支了，問起他，他說一直有在按時服藥，可卻是半點起色都沒有。」胤禛的聲音無比沉重。他雖還有不少兄弟，卻無一個可以取代允祥的位置。

說到這個，凌若也沉默了下來，好一會兒方道：「怡親王的身子真變得這麼差了嗎？臣妾許久都沒見他了。」

「唉，如今沒說幾句話就要咳個不停，朕看他連身子都佝僂了，他可比朕小了差不多十歲啊，看著卻比朕老多了，都是那些年的圈禁壞了他的身子。」

凌若想了一下道：「皇上，不知可有請徐太醫為怡親王看過？」見胤禛搖頭，她連忙道：「徐太醫醫術超卓乃是眾所周知的事，或許他有辦法調理怡親王的身子也說不定。」

這一說，倒真給胤禛提了個醒，連連點頭道：「不錯，朕怎麼把這個給忘了。」這般說著，他將四喜喚進來。「你立刻派人出宮去請徐太醫到怡親王府，為怡親王看診。立刻去，不許耽誤了。」

就算胤禛不說後面這句話，四喜也不敢慢了半分。誰人不知怡親王是皇上最看重與信任的人，事關他安危，斷然不敢耽擱。

在四喜傳完話回來後，胤禛亦喝完酸梅湯，道：「朕還要去坤寧宮與皇后說弘時的事，改明兒朕再來看妳。」

「嗯，臣妾恭送皇上。」

在送胤禛離去後，水秀扶起凌若道：「主子，皇上真決定讓四阿哥去福州了嗎？連您求他也不行？」

凌若嘆道：「嗯，不過本宮應該相信皇上，相信他所做的每一件事，都是為了弘曆好。」

「可剛才聽著皇上在說，奴婢覺得福州實在太過可怕了，居然會有人吃人這種事。」一說到這個，水秀就感覺背後冒涼氣。

「吃人也只是為了活下去而已，妳可以說這很可怕，但又何嘗不是可憐。」凌若搖頭之後又道：「不過本宮總覺得皇上還有話沒說完。」

「話，什麼話？」不只是水秀，楊海等人也好奇地看著凌若。

「本宮若知道就不必在這裡煞費思量了。」凌若撫一撫額道：「本宮本來還想見見怡親王，問他是否知道些什麼，但眼下這情況，還是不讓他勞頓了。楊海，待皇上回養心殿後，你請喜公公設法過來一趟，本宮想問問今日朝堂上究竟是怎麼一回事。」

這個時候，胤禛亦到了坤寧宮，將弘時會去福州的事告訴了那拉氏。

那拉氏雖然吃驚，卻沒有像凌若那樣激動，在問及胤禛對於弘時此行的安排後，便平復了心情，欠身道：「皇上肯給弘時這個歷練的機會，是弘時的福氣，臣妾代弘時謝過皇上。」

那拉氏的回答讓胤禛滿意，頷首道：「妳能這樣想最好，妳也不必過於擔心，弘時一定會平安歸來。」

那拉氏一笑，溫聲道：「不只是弘時，弘曆也要平安歸來才好。」

胤禛看了她一眼道：「不錯，他們兩兄弟都會平安歸來。」頓一頓，他道：「朕還有許多奏摺未看，就不在此久留了，改日再來看皇后。」

見胤禛欲走，那拉氏面上掠過一絲急切，道：「皇上不再多坐一會兒嗎？」

對於那拉氏的挽留，胤禛沒有說話，只是擺擺手，便帶著四喜離開了坤寧宮，留下形隻影單的那拉氏。

小寧子等了半晌都不見那拉氏有所動作，忍不住上前喚道：「主子？」

那拉氏澀澀一笑道：「小寧子，看到了嗎？皇上走得那樣迫不及待，好像坤寧宮是什麼龍潭虎穴，多待一刻就會有危險一般。」

小寧子小聲勸道：「多想傷身傷心，主子應該要看開一些才是。」

那拉氏抬起戴著玳瑁嵌珠護甲的手，輕輕撫過眼角。「本宮活到這把年紀，也以為自己看開了，原來不是，看到皇上連正眼都吝嗇給本宮的樣子，本宮心裡還是會覺得不舒服，會覺得難過。皇上已經很久沒來過坤寧宮了，這一次要不是弘時要去福州，皇上也不會來。」

「皇上終有一天會明白主子的好……」

小寧子話還沒說完，那拉氏已經嗤笑道：「這話本宮聽過太多了，但所謂的『終有一天』本宮卻一直沒等到，皇上依然將心思放在熹妃還有那些年輕的嬪妃身上，只怕本宮永遠……永遠都等不到那一天了。」

第一千兩百二十章　兩手準備

小寧子沉默了下來，過了一會兒，那拉氏再次道：「不過幸好，本宮也從沒指望過那一天，不過……」她斂了有些哀傷的心思，轉過話題道：「皇上這次派弘時去福州的用意卻很讓本宮擔心，不曉得皇上為何要一下子派兩個阿哥同去，而弘時對戶部的事根本一竅不通。」

小寧子帶著些許驚意道：「主子，會不會是皇上識破了咱們的計畫，所以才會做此安排？」

那拉氏搖頭道：「若真是這樣，那今日皇上就不會來見本宮。本宮猜測皇上頂多是有些疑心，但對於具體事情，並無頭緒。」

小寧子還是有些擔心。「可這樣，對咱們終歸是有些不利。主子，要不要召二阿哥進宮當面問問？再說事情既然有變，原本的計畫也得跟著變才好。」

「計畫固然要變，但並不止於此，雖然皇上說弘時一定會平安回來，但福州那邊已經一派混亂，猶如地獄一般，究竟結果如何，誰也無法預料。若弘時死了，本宮多年來的部署心思也就全廢了。就像你之前勸本宮的那樣，不可再將希望全放在弘時身上，得以防萬一。所以，從現在開始，看牢舒穆祿氏的胎兒，一定得給本宮懷到十月再臨盆。」

對於那拉氏的話，小寧子自然沒有意見，不過他也道：「主子，那萬一舒穆祿氏生個格格呢？」

那拉氏的眸光因這句話而變得冷酷無比，冷冷道：「她只能生阿哥！」

小寧子身子一顫，有些不敢相信地道：「主子是說，萬一舒穆祿氏生個格格，咱們就……」

「你既然知道了，還問本宮做什麼？」那拉氏睨了低下頭的小寧子一眼，道：「福州的事不會拖太久，最多兩、三個月就會有結果，若弘時真死了，那舒穆祿氏腹中那個就是本宮唯一的選擇，不容有失；即便弘時沒死，本宮也同樣要得到另一個阿哥，明白嗎？」

小寧子不敢抬頭，只低低地回答：「奴才明白，奴才會讓人去安排。」

沒有人可以保證腹中孩子是男是女，就算月份大了之後由大夫診斷，也只能說有極大的把握，卻從沒一個敢說是十成，唯有等到瓜熟蒂落，方可確定。可現在那拉氏這麼說，自然不是因為她能掐會算，而是她決定萬一舒穆祿氏真生個格格，就行李代桃僵之計，必要得到一個阿哥。

對於小寧子的話，那拉氏擺一擺手道：「不用了，你尋機會將這件事告訴英格便可，他自然會辦妥。」

「奴才遵命。」小寧子細聲答應著，見那拉氏不再說話，他又道：「主子放心，您一定會得償所願的。」

「得償所願？」那拉氏冷冷一笑，搖頭道：「這四個字還早著呢。對了，你現在去敬事房拿腰牌出宮，先去英格那裡把本宮交代的事情說了，然後讓弘時進來見本宮，本宮親自問問他。」

此時正是一天當中最熱的時候，莫說是人了，就是停在樹上的夏蟬也受不了熱，拚命叫著；但那拉氏的話，小寧子如何敢不遵，甚至不敢有絲毫不悅之意。

在小寧子出宮的同時，四喜也來到承乾宮。在命人賜座後，凌若道：「本宮也不與喜公公拐彎抹角了，特意請你過來，是想問問你今日朝上的情況，為何皇上會讓弘曆與弘時任欽差？滿朝上下，不見得就沒有比他們兩個更合適的人選。」

因為莫兒的關係，四喜與承乾宮一向親近，見凌若這樣問了，也不隱瞞，把今日早朝的事一一說了遍，隨後道：「皇上也是見眾位大人一起舉薦四阿哥，而二阿哥又主動請纓，所以才最終決定讓二位阿哥一同任這個欽差。不過娘娘放心，皇上會沿路派一千軍士護衛，以保證二位阿哥的安全。」

凌若搖頭道：「喜公公，本宮雖然不曾親眼看見福州的情況，但從皇上口中也知道一二，一千軍士只怕還保證不了二位阿哥的安全，這一點，以皇上的性子不應該沒想到。從某方面而言，這甚至可以說是送他們去死，皇上真的一點兒都不擔心嗎？」

不論是群臣的舉薦還是弘時的自動請纓，都讓她覺得不對。弘曆去朝中才多長日子，不可能得到那麼多大臣的認同，覺得他可以擔負起欽差這樣的重任；至於弘時……他會主動要求去那樣危險的地方，實在是不可思議，所以她一定要設法問個清楚。

「這個……」胤禛真正的打算，之前四喜已經聽得清清楚楚。然而不管他與熹妃關係如何親近，他始終是皇上的奴才，並不能什麼都與熹妃說；而且若是挑明了，讓熹妃知道皇上有意將四阿哥當作誘餌，只怕心裡會有疙瘩，哪怕皇上明明做好了萬全的安排，也不見得能消除。

四喜臉上的猶豫被凌若看在眼中，再次道：「喜公公，你若是知道什麼，還請告訴本宮，否則本宮總是忐忑難安。」

「娘娘恕罪，非是奴才不肯如實相告，只是有些事，以奴才的身分，實在不便說。但有一點，奴才可以告訴娘娘。」四喜斟酌了一下道：「為了這件事，下朝後，怡親王曾去南書房求見過皇上，他當時表現得很擔心，但在與皇上密談一陣子後，怡親王認同了皇上的安排，並且相信四阿哥不會有危險。怡親王一向關心四阿哥，既然他也認同了，那娘娘應該放心才是。」

凌若微微一驚，道：「真有此事？」

「奴才怎會騙娘娘。」

四喜話音剛落，水月便插嘴道：「喜公公，都已經說到這分上，你乾脆把皇上與怡親王密談的內容也說出來得了，省得咱們在這裡猜來猜去的。」

「水月姑娘恕罪，不是咱家有心賣關子，實在是有些話……」

不等四喜說完，凌若已道：「本宮明白喜公公的為難之處，喜公公能與本宮說這些，已是很難得了。」

「娘娘明白就好，皇上一向器重四阿哥，若非有萬全的準備，皇上也不會派四阿哥去福州，所以娘娘大可放心。」說完這句，四喜起身道：「若娘娘沒有別的吩咐，奴才還要回養心殿做事，先行告退了。」

第一千兩百二十一章　授意

在四喜離去後，凌若輕敲著桌子未說話，倒是水秀道：「主子，既然喜公公都這樣說了，您就別再擔心了，四阿哥他……」

凌若蹙眉道：「本宮不是在擔心弘曆，而是在想皇上究竟是何打算。聽四喜的話，絕對不是簡單地派弘曆、弘時他們去福州那麼簡單，應該還有別的安排。」

水秀皺眉想了一陣子，茫然道：「請恕奴婢不明白主子的意思。」

「不明白便算了，左右也只是懷疑，至於懷疑什麼，本宮自己也不清楚。」說到這裡，凌若輕嘆一聲道：「罷了，不說這些了，本宮說過會相信皇上的安排。」

水秀應和了一聲後道：「那奴婢扶您去裡面歇會兒？您還沒歇過午覺呢。」

「也好。」凌若答應一聲，由水秀扶著她進到內殿躺下。

在水秀退下後，她一個人躺在床上，感覺腦袋亂哄哄的，也不知過了多久才感覺到一點兒睡意。在迷迷糊糊間，她作一個夢，夢到弘曆剛出生時的情景。

當她夢醒之時，隱約聽得外頭有人說話，又感覺口渴得緊，遂拍著床榻道：「水秀，可是妳在外頭？」

凌若沒有聽到答應的聲音，不過卻有開門聲以及腳步聲，當腳步聲在床榻前停下後，一個頗讓凌若意外的聲音在內殿響起。

「額娘。」

「弘曆？」凌若轉頭，果見弘曆就站在床邊，她撐起身子道：「你什麼時候來的？給額娘倒杯茶，額娘口渴。」

弘曆趕緊答應一聲，取過桌上的提梁玉壺倒了一杯金銀花茶給凌若。見凌若將一盞茶喝盡，正欲再去倒，凌若已是拉住他道：「不用了。」

弘曆拿著空茶盞，有些緊張地道：「額娘，有件事兒臣想與您說。」

「可是為了去福州的事？」

凌若的話令正思索著該怎麼開口才好的弘曆訝然抬眸。「額娘您都知道了？」

凌若點點頭道：「你皇阿瑪已經與額娘說了這件事，你跟弘時將會一道擔任前往福州安撫災情的欽差。」

凌若平淡的語氣卻是令弘曆越發緊張。「額娘可是在怪兒臣？」

「為什麼這樣說？」

面對凌若的問題，弘曆低下頭，內疚地道：「兒臣明知道額娘會很擔心，卻還答應去那樣危險的地方，兒臣實在很不孝。」

凌若撫著他臉頰道：「本宮都聽說了，當時許多大臣都舉薦你去，你若是退縮不肯去，只怕朝中立時會多了許多閒言碎語，讓你不得安寧。」

凌若的回答令弘曆很是意外。他原以為額娘知曉了這事，一定會狠狠訓斥自己一頓，豈料竟然沒有絲毫責怪的意思。「額娘，您當真不怪兒臣？」

「若要怪你，就不會與你說這些了。」凌若笑一笑道：「不過你真要多謝你皇阿瑪，若非他為你說了許多話，本宮可不會這樣輕饒了你。」見弘曆因為這句話而露出笑容，她搖頭道：「看看你，一聽本宮不怪你，就高興成這樣。你皇阿瑪說得沒錯，你長大了，要去走自己的路，唯有經過風吹雨打，才能成為堅強不屈之人，否則一直在本宮身邊永遠都不能真正長大。」

「剛才額娘作了個夢，夢到你剛出生的情景，那個時候的你又小又軟，額娘抱著你都不敢用力，唯恐把你弄疼了。然後看著你一點點長大，到現在，你已經比額娘都要高了。十五年光陰，猶如白駒過隙，好快。」

弘曆眼圈微紅，哽咽道：「不管兒臣多高、多大，也不管過去多少年，兒臣永遠是額娘的孩子，這件事一輩子都不會變。」

凌若亦是眸帶淚光，頷首道：「額娘知道，有你做額娘的孩子，是額娘最大的福氣。不過額娘更貪心一些，想有生之年都能看到你，所以你答應額娘，一定要保護好自己，然後平平安安歸來。」

弘曆鄭重地點頭。「兒臣答應額娘，不管福州多麼艱險，兒臣都不會有事，待兒臣從福州歸來後，再侍孝於額娘膝下。」

「乖！」凌若將弘曆攬入懷中，輕拍著他的背，與此同時，含在眼裡的淚亦終於不堪重負地落下，化為弘曆衣上小小的一點兒溼潤。

這個時候，弘時亦到了坤寧宮，不過那邊卻沒有太過感傷，更多的是算計。

那拉氏同樣是先問了他在朝上的情況，然後道：「你去見過廉親王？他怎麼說？」

「八叔說皇阿瑪之所以做這樣的安排，除了明面上的那些話之外，應該還有另外的目的，只是他暫時猜不到。」說到這裡，弘時眉頭一挑道：「皇額娘，您可能猜得出來？」

「你皇阿瑪心思一向複雜，本宮又不是神仙，如何能猜得到。」見弘時露出失望之色，她又道：「不過你也不必太擔心，既然連弘曆也去了，那應該不會是什麼壞事。你皇阿瑪有多緊張弘曆，你也是知道的。」

「是，兒臣知道。」這句話弘時說得咬牙切齒。明明他才是嫡長子，皇阿瑪卻器重庶出的次子，這一點是從他懂事起就知道了。

「福州那裡形勢險峻，其實應該多帶一些人去，除了廉親王安排的人以外，本宮會讓你舅父將一半的暗衛調撥你用，這些人除了負責你的安危之外，還會助你完成此行的目的。不過有一點，本宮要提醒你，此次人多眼雜，除掉弘曆一事，一定要隨機應變，不可被人看出問題，必要之時，你可施苦肉計來避免他人的懷疑。」

「苦肉計，皇額娘是說讓兒臣假意受傷？」在問這句話的時候，弘時目光有些猶豫，顯然是對那拉氏的話有所保留。

那拉氏怎有看不出的道理，拭一拭脣角的茶漬，道：「害怕了？」

被那拉氏看破心思，弘時訕訕一笑道：「到底是皮肉之痛，兒臣又不是不知痛的鐵人，怎會不害怕。」

那拉氏眸中掠過一絲嫌棄，旋即又隱了下去。「害怕也沒辦法，你們兩人同去福州，弘曆死了，你卻毫髮無損地回來了，以你皇阿瑪的為人，會沒有一點兒懷疑嗎？」

這句話將弘時問得說不出話來。是啊，一同去福州，一個死了，另一個卻什麼事都沒有，這本身就是一件極不合理的事，是人都會想三分，更不要說一向疑心極重的皇阿瑪。

第一千兩百二十二章　離開

見弘時不說話，那拉氏再次道：「所以，為了取信你皇阿瑪，你身上必須要有傷，最好是與弘曆一道遇襲，他死了，你則受傷僥倖逃過一命。」

雖然那拉氏已經對弘時起了棄心，但一來舒穆祿氏的事還沒有一個準信，二來那麼多年的心血一朝拋之，終有些不捨，所以她才會與弘時說這些；若弘時能做成這一切，被胤禛冊為太子，那舒穆祿氏那頭就可有可無了。

弘時想了一陣子後道：「兒臣明白皇額娘的意思，兒臣會設法安排，盡量不讓人起疑。」

那拉氏點頭之後又囑咐道：「去了那邊，萬事小心。除弘曆的事盡量交給你舅父那邊的暗衛做，以免有把柄落在廉親王手上，本宮知道你信他，但多一些防人之心總是好的。」

這一次，弘時頗不以為然，不過為了避免與那拉氏爭論，不曾多說，只一一應承下來。

日落西山，弘時準備離開的時候，那拉氏忽地想起一事來，叫住他道：「去了福州之後，你除了小心跟隨你們同去的那些人之外，也要當心暗中尾隨之人。」

弘時皺眉道：「皇額娘是說，會有人暗隨兒臣等人去福州？」

那拉氏望著染紅天空的夕陽道：「這只是本宮的猜測，本宮說不準，但本宮總覺得以你們的身分，這一次只派一千人去是少了一些。福州那裡的混亂，你皇阿瑪是清楚的，沒理由會讓你們去涉險，應該還留有後手。不管有沒有，總之小心駛得萬年船，要是弘曆死了，卻被人知道是你害了他，從而告到你皇阿瑪面前，那可就是得不償失了。」

最後那句話，讓弘時眼皮子狠狠跳了一下。皇位是屬於他的，他不許有任何人破壞。「是，兒臣會記在心上，小心行事。」

當弘時與那拉氏在商量對策的時候，戶部也緊張地籌備著要送去福州的糧食，最後拼拼湊湊總共弄出八萬石糧食，雖然不多，但也足夠緩解福州的饑荒；另一方面，隆科多管轄的步兵衙門也選了一千名最精幹的士兵。

此次只有兩艘現船，裝不下八萬石糧食，所以工部立刻召集所有工匠，日夜趕工，另外造了一艘大船出來，前後只用了十餘天的時間。

在準備出發的那一日，總共三艘大船在碼頭揚帆等待起航，糧食早在前一夜就已經裝上船。

弘曆與弘時一早進宮，拜別胤禛，然後又分別去坤寧宮與承乾宮拜別那拉氏與凌若。

凌若知道弘曆今日會入宮拜別，所以一早將瓜爾佳氏也請了過來。自知曉此事後，瓜爾佳氏一直睡得不甚踏實，此刻看到弘曆拜別，頓時忍不住落淚。

凌若見狀，勸道：「姊姊怎麼哭了起來，我都沒哭呢。」

瓜爾佳氏拭著淚道：「妳是沒哭，不過眼圈都紅了，又能比我好到哪裡去。」

看到她們兩個這樣子，弘曆忍不住道：「額娘，姨娘，您們不要這樣，兒臣只是暫時離開京城一陣子罷了，很快就會回來。」

「這可是你說的，不許食言！」這般說著，瓜爾佳氏站起身來，從貼身處解下一塊雕有仙鶴的羊脂玉珮。「這是姨娘打小戴在身上的，聽姨娘的阿瑪說，是去廟裡請大師父開過光的，最是靈驗，這些年虧得有它保佑，姨娘才能安然無恙。如今你要去福州那等危險的地方，姨娘便將這塊玉珮送給你，你好生戴著，千萬不要摘下來。」

弘曆搖頭道：「這是姨娘心愛之物，弘曆如何能要，姨娘的心意弘曆明白，但玉珮還請姨娘收回。」

聽他這麼說，瓜爾佳氏立時板起了臉。「姨娘都已經拿出來了，難道還要再收回去嗎？又或者說，你不喜歡這塊玉珮？」

弘曆慌忙搖手道：「我不是這個意思，姨娘不要誤會。」他連連道歉，無奈瓜爾佳氏還是一臉不悅，弘曆不知該如何是好，只得朝凌若投去求救的眼神。

凌若望著他道：「這是你姨娘的心意，你就收下吧。」

見凌若也這麼說，弘曆只得道：「既然如此，那弘曆就愧受了，多謝姨娘。」

瓜爾佳氏點點頭，親自將玉珮掛在弘曆脖子上，鄭重其事地道：「記住了，一定要隨身戴著，不可解下，如此才能護你平安。」

待弘曆謝過起身後，凌若道：「好了，時辰不早了，額娘送你出宮門吧。」

弘曆依言答應，與凌若和瓜爾佳氏一道往午門行去。到了那邊，只見那拉氏似乎正在叮囑著弘時什麼，看到凌若等人過來，她微微一笑道：「本宮知道熹妃一向疼愛四阿哥，還以為熹妃捨不得送四阿哥過來了呢？」

在行過禮後，凌若淡淡地道：「娘娘對二阿哥何嘗不是疼愛異常，但同樣將二阿哥送過來了，臣妾又怎敢落在娘娘之後。」

那拉氏微微一笑，不在意地道：「宮外已經準備好了欽差儀仗，若熹妃沒有其他事的話，就讓他們兄弟兩人出宮吧，以免誤了時辰。」

凌若點點頭，對一身朝服的弘曆道：「萬事小心，額娘與你姨娘在宮裡等著你回來。」

那拉氏在心底冷笑。

從頭到尾，福州之事，都是為除弘曆設下的局，若他不擔這個欽差，或許還能多活幾年；只可惜，他擔了，所以註定不可能活著回京城，而鈕祜祿氏將會嘗到她曾經白髮人送黑髮人的心情。

雖然鈕祜祿氏的第一個孩子死了，但剛出生就死，又如何及得上養育了十五年後再驟然失去來得痛心。

呵，真是想想都痛快，不枉她等了那麼多年！

第一千兩百二十三章　午門望別

在弘曆再次拜別後，那拉氏假意道：「弘時，你身為兄長，在福州一定要好好照顧弘曆，莫要讓他出事，知道嗎？」

弘時心裡同樣是冷笑不止，面上則是一本正經地道：「皇額娘放心，兒臣會保護好弘曆，就算兒臣自己有事，也絕不讓人傷他一分一毫。」

凌若根本沒有心情聽他們的假言假語，萬般不捨地看著弘曆隨弘時走出午門。弘曆不時回頭，為了不讓他難過，凌若一直保持著微笑，然沒人知道，在這份微笑背後，是咬得發疼的牙齒。

在他們兩個走遠後，那拉氏收回目光，嘆道：「唉，這一去，也不曉得何時能回來。」

小寧子連忙趁勢接上去道：「主子放心，有二位阿哥同去，福州的事，一定很快平定。」

「希望如此。」那拉氏點點頭，待要離開，看到凌若與瓜爾佳氏還望著宮門口，遂道：「熹妃與謹嬪還不回去嗎？」

見凌若不說話，瓜爾佳氏代為言道：「左右回了宮也沒事，臣妾們想再多待一會兒。」

那拉氏目光一轉，忽地在隨凌若前來的宮人中發現一個熟悉的身影，眸光微冷，走過去道：「三福，見了舊主，怎麼連禮也不行？」

三福低頭，不卑不亢地道：「剛才奴才已經行過禮，只是皇后娘娘顧著二阿哥，這才不曾看到。」

那拉氏漫然一笑，道：「許久不見，你還是這麼能說會道。說起來，沒你與翡翠在本宮身邊，本宮真是寂寞了不少。如何，在熹妃身邊可還習慣？」

聽到翡翠的名字，三福瞳孔微縮，雙手漸漸握緊。「多謝娘娘關心，熹妃娘娘待奴才很好。」

「以前你也說本宮待你很好，可結果你還不是棄本宮而去？」那拉氏手指撫過描繪精緻的遠山眉道：「由此可見你的話是不能相信的，卻不曉得你下次棄了熹妃這個好主子之後，又會去跟誰？」

不等三福開口，凌若已經出聲道：「不勞娘娘費心，臣妾相信三福一定不會背叛臣妾，因為臣妾不曾殺過翡翠。」

那拉氏面色一冷，旋即又若無其事地笑道：「既然熹妃有這樣的信心，那就當本宮什麼都沒說過吧。小寧子，咱們走。」

「嗻！」小寧子朝三福輕哼一聲後，扶了那拉氏的手臂往坤寧宮行去。

在他們走得不見蹤影後，三福方垂頭道：「多謝主子相信奴才。」

「你是本宮的人，本宮不信你信誰？皇后的話，你不必放在心上。」在說完這句話後，凌若忽地提裙疾步往雁翅樓奔去。

所謂雁翅樓，也即建在午門城臺上的崇樓，因為此樓兩翼突出，勢若朱雁展翅，故名雁翅樓。

不論是已經跟隨凌若多年的水秀，還是入宮後才開始伺候凌若的楊海乃至三福，都從未見過凌若這樣急切到不顧儀態的模樣，更不明白她為何要突然奔上雁翅樓。唯有瓜爾佳氏心有所悟，在吩咐三福他們在原地等候後，自己疾步跟了上去。

到了雁翅樓上，只見凌若正目不轉睛地望著某處。瓜爾佳氏順著她的目光望去，隱隱可以看到欽差儀仗，聽到送欽差出京的樂鼓聲，而兩個人影正走向那裡。

在一聲若有似無的嘆息中，瓜爾佳氏道：「妳始終還是放心不下。」

凌若搖頭道：「不，我只是要親眼看著他離開，等他凱旋回京時，我亦要站在這裡親眼看著他入宮。」

瓜爾佳氏迎著吹來的熱風道：「我相信，這一日很快會到來，到時候，弘曆就是咱們大清國的親王了。」

「親王也好，貝勒也罷，都只是一個稱呼而已，只要他平安，我便無所求。」

在凌若話音落下後，瓜爾佳氏便接著道：「我亦如此。」「墨玉昨日入宮見我，說是允祥已經派了他手下最得意的人沿路護送弘曆，另外，我也修書一封給李衛，浙江離福州不遠，看他能否派人跟去福州保護弘曆。」「妳這個額娘，真是什麼都為他考慮到了。」瓜爾佳氏搖頭道：「看到妳這樣，我突然又慶幸自己沒有生孩子，否則除了弘曆之外，我還得再操心一個，可是要把自己累死。」

凌若側目看著瓜爾佳氏，嫣紅流蘇在耳邊晃動。「看姊姊這樣子，似乎除了玉珮之外，還準備了別的東西。」

瓜爾佳氏低頭一笑道：「我可沒李衛這麼得力的門人，能夠官至浙江總督，只有我阿瑪門下養了多年的清客，勉強還算有些本事。」

瓜爾佳氏的話，凌若豈會不明白，感動地道：「多謝姊姊這樣愛護弘曆。」「有何好謝的，若溫姊姊在，一定也會這樣做。」說到此處，她神色一黯，嘆息道：「不過溫姊姊比我們兩人都可憐許多，她……並無家人可靠。」「姊姊妳忘了，我們就是溫姊姊的家人，而她也從未離開過我們。所以，我相信，她一定會保護弘曆，讓他遇難呈祥，逢凶化吉。」

弘曆並不知道凌若一直站在城樓上看著他，想到要留她一人在宮中，情緒不禁有些低落，到了外金水橋，對於那些前來送行的公侯大臣、親王貝勒只是淡淡地接了幾句；相較之下，弘時便顯得活躍多了，與那些大臣一個個打招呼，臉上掛著合宜的笑容。

因為這一次事情重大，而弘曆與弘時身分又特殊，所以前來送行的人有許多，且都身分不低，當中身分最高的莫過於允祥與允禩，英格也來了，不過只能排在他們之後。

待弘時喚了聲「八叔」後，允禩一臉關切地道：「二阿哥，福州一行不易，千萬要小心。」

因為此處人多眼雜，所以弘時沒有對允禩表現出任何親切之意，以免傳到胤禛耳中，徒增麻煩。他淡淡地應了一聲道：「多謝八叔關心，姪兒會小心的。」

允禩曉得弘時在想什麼，是以對他的反應不以為忤，反而更加客氣地道：「那就好，來日凱旋歸來，我必在廉親王府為二阿哥接風洗塵，還請二阿哥到時候賞臉。」

第一千兩百二十四章　龍爭虎鬥

「到時候再說。」弘時不假辭色地回了一句，然後走到允祥身邊，恭敬地道：「十三叔。」

允祥仍是一臉病容，輕咳一聲道：「嗯，記著你八叔剛才說的話，萬事小心。你與四阿哥都是咱們大清的將來，不容有失。」

「十三叔說的是，弘時必定牢記在心，時刻警惕。」說到這裡，他看了一眼跟在身後的弘曆道：「弘時亦會拚卻性命保護弘曆，不讓他有任何危險。」

「你皇阿瑪若聽得你這番話，不知會有多高興。」允祥甚是欣慰。四哥說得沒錯，弘時確是變了許多，不只沒有一句抱怨，還知道愛護弟弟，與以前可說是判若兩人，只盼這一次福州之行，可以讓他更明白親人的可貴，懂得珍惜，如此亦不枉了四哥的一番苦心。

在弘時離開後，允祥看著情緒明顯有些低落的弘曆，溫言道：「怎麼了？之前在朝堂不是挺勇敢的嗎？難不成現在又害怕了？」

「自然不是！」弘曆連忙反駁一句，隨後又道：「我只是在想額娘一人在宮中，有些放心不下而已。」

「十三叔知道你是個孝順的孩子，不過既然決定了，想太多只是徒添煩惱罷了。你額娘那邊有你皇阿瑪在，不必擔心；另外十三叔也會常入宮去看你額娘，不會有事的。」

允祥這番話令弘曆頗為高興，連忙道：「那就多謝十三叔了。」見弘時已經上馬車，他匆忙道：「十三叔，我該走了，待從福州回來後再與您說話。」

在弘曆準備離開的時候，允祥突然拉住他，暗中遞給他一樣東西，悄聲道：「這一次福州之行，你皇阿瑪雖已做了萬全的準備，但十三叔還是會派一些可信且武藝高強之人，暗中尾隨，一旦有什麼危險，你就立刻打開這只穿雲煙花，他們自會來救你。記著，不要輕易相信任何人。」

允祥這番突如其來的言語，令弘曆愕然，不過他也是聰明之人，很快便將這絲愕然掩下去，收起煙花後道：「是，弘曆記下了。」

允祥點頭，拍拍弘曆的肩膀道：「好了，快去吧！」說罷，忽地又露出一絲令弘曆莫名的笑意。「待會兒你會收到一份驚喜。」

驚喜？帶著這個疑惑，弘曆坐上了馬車，與弘時在一千護衛軍士的拱衛下往天津碼頭駛去，他們將在那裡登船，然後一路往福州行去。

在他們走後，允禩走過來，笑言道：「十三弟剛才在與四阿哥說什麼驚喜，可是讓我很好奇呢。」

允祥咳了一聲，道：「我不過是見四阿哥有些緊張，所以與他開個玩笑罷了，其實哪有什麼驚喜。」

「原來如此。」允禩露出一副恍然之色，旋即道：「你我兄弟難得今日聚在一起，不如去我府裡喝幾杯。我記得你最愛吃烤羊肉，恰好我府裡來了一個擅長做烤羊肉的廚子。」

「多謝八哥好意，不過太醫說我身子虛，不宜吃這些躁熱的東西，所以我已經許久沒吃了，更不要說喝酒。」

「那真是可惜了。」允禩搖頭之後又道：「想起咱們以前一道喝酒吃肉的時光，真是懷念得緊，以後只怕都沒這個機會了。」

允祥沒有就他這個話題接下去，而是道：「我還得回府去處理一些事，就不與八哥多聊了。若八哥真想敘舊，改日我請八哥吃飯，只要八哥到時候別嫌菜太清淡就好。」

「我就是嫌棄誰也不敢嫌棄你這個拚命十三郎啊！」允禩輕笑一聲道：「好，那就這樣說定了，改日咱們兄弟好好敘舊。」

兩人上了馬車，往各自府邸駛去，在他們後面，那些大臣也各自散了。

弘曆自上了馬車後，就一直在想允祥所謂的驚喜是什麼。他並不曉得，就在他們出城後不久，一隊從豐臺大營出來的軍士，足足四千人，全換上百姓服飾，隔著數里地，遠遠跟在他們後面，而每過一段時間都會有探子悄悄跟上去，看他們的動向。

而這，還不是全部，另有數撥人帶著各不相同的目的，隱匿於暗中。看似只有千餘人的欽差隊伍，實際上卻足足有五、六千人。

福州，這個已經化為人間地獄的地方，在不久之後，將迎來一場以皇位為獎賞的龍爭虎鬥。

勝者為王，敗者為寇，端看誰會勝出，從而主宰大清天下！

在走了半天後，車隊停了下來，有隨行的小太監端了飯食進來。弘曆與弘時這樣的身分，都是在馬車中單獨用膳，並不下車。

弘曆心中有事，哪有胃口吃飯，對端了飯菜進來的兩個小太監一指道：「你們把飯菜放下就是，我待會兒再吃。」

馬車甚大，雖多了兩個人卻一點兒也不擁擠，其中一個小太監道：「四阿哥從晨起到現在都沒用過膳，很容易餓壞身子，還是先吃一點兒吧。」

弘曆正想說不餓，突然覺得這個小太監的聲音有些耳熟，不像是服侍慣了他的小鄭子，倒有些像……

想到這裡，弘曆傾前一把掀開小太監故意戴低的帽子，露出他的廬山真面目。

「兆惠，竟然真的是你！」

見身分被識破，兆惠也不再裝傻充愣，一屁股坐在車板上笑道：「四阿哥可真是好耳力，只憑這麼一句，就認出是我來。」

「你的聲音我不會聽錯。」弘曆答了一句後，皺眉道：「但是你為什麼會在這裡，還扮成小太監的樣子？你不是應該和阿桂一起在戶部的嗎？」

這時，另一個小太監抬起頭道：「四阿哥，阿桂在這裡。」

「你！」弘曆怎麼也沒想到，除了兆惠之外，阿桂竟然也在，目瞪口呆地看著他們，好一會兒才回過神來道：「你們是怎麼混進來的？所有人在動身之前都經過檢查，不可能會沒發現你們兩個冒充小太監。」

第一千兩百二十五章　一言為定

兆惠拿袖子搧著風道：「四阿哥還記不記得怡親王剛才說的驚喜？」

一聽這話，弘曆不敢置信地道：「難不成你們兩個就是十三叔說的驚喜？」

兆惠笑道：「不錯，我們知道就算求您，您也一定不會答應讓我們跟您一起去福州，所以我跟阿桂商量後，決定去求怡親王，以他的身分要安排兩個人混進欽差隊伍中，不過是輕而易舉的事。結果……四阿哥也看到了。」

弘曆回過神來的第一句話就是：「你們兩個實在膽大妄為，這樣的事也敢做，還跑去給十三叔添麻煩，實在太過膽大了。」

見他有些發怒，阿桂嘟囔道：「可是我們只有這個辦法。」

「你還說！」弘曆怒斥了一句，沉下臉道：「你們現在立刻回去，好生在戶部做自己的分內事，我就當沒見過你們兩個。」

兆惠與阿桂互望一眼，不約而同地搖頭，兆惠更是道：「我們既然來了，就沒打算回去。」

「你們兩個究竟知不知道福州現在的局勢？去了那裡，隨時有可能死人，我還好一些，有這麼多人保護著，可你們呢？你們是以太監的身分混進來的，萬一你們遇襲，軍士是不會管你們的。」

兆惠聞言笑道：「軍士不管，但四阿哥您一定會管，不是嗎？只要四阿哥將我們留在身邊，自然就是在軍士的護衛之下，無須擔心安全問題。」

弘曆堅持道：「不管怎樣，你們現在都得給我回去，不許有任何意見。」見兆惠他們不動，乾脆道：「我這就叫人來押你們回城。」

他堅持，兆惠兩人同樣堅持，攔在弘曆面前不讓他下車。「我們知道四阿哥是為我們好，但是就算四阿哥您派人將我們押回去，我們也會設法逃出來去福州的，到時候，我們只會更危險。」

弘曆不料他們還有這麼一說，不由得急道：「你們兩個怎麼這麼固執呢，好生待在城裡有什麼不好，非得去福州送死！」

阿桂口快地接上來道：「四阿哥既然知道去福州等於送死，為何還要去？」

弘曆被他們問得答不上話，好半晌方道：「我與你們不一樣，我……」

不等弘曆說完，兆惠道：「您除了身分比我們更尊貴一些，還有何不一樣，為何您去得，我們就去不得？」

「你們……你們……」弘曆憋了半天勉強擠出一句話來。「總之你們不許去就對了。」

看到弘曆這個樣子，兆惠嘆了口氣道：「四阿哥，我與阿桂都明白，您是為我們好；但同樣的，您要我們怎麼眼睜睜看著您去冒險？雖然您身分比我們尊貴，但這些日子相處下來，我與阿桂都將您當成兄弟看待，兄弟有事，我們責無旁貸。」

「對，責無旁貸！」阿桂一邊說一邊拍著胸口道：「而且我與兆惠武功都不差，去了說不定還能幫上您的忙，再不濟，就幫著一道扛米分給災民。」

弘曆沒好氣地瞪了他一眼道：「分給災民？小心災民把你給分了。」

阿桂一揚拳頭，惡狠狠地道：「他們敢分我？看我不一拳打爆他們的頭！」

「沒腦子的武夫！」兆惠不屑地說了一句，旋即又道：「四阿哥，不管怎樣，我們留下來一定可以幫到您。」

「你們兩個真是讓我不知道說什麼好。」弘曆搖搖頭，無奈地道：「罷了，既然你們這麼想，就留下來吧。不過以後要是後悔了，可別怪我。」他心裡明白，兆惠與阿桂既然跟到這裡，又說了那麼多，是絕對不會再走了，要是強行將他們帶走，後果可能更糟。

「絕對不怪！」聽得自己可以留下來，阿桂不禁喜笑顏開，兆惠亦是如此。

「不過你們得答應我，一定要牢牢跟在我身邊，不許擅自離開半步，直至咱們回京為止。」

「一言為定！」隨著這四個字，三個少年擊掌為誓，許下他們共同進退、生死與共的誓言。

自弘曆走後的每一日對凌若來說都是提心吊膽的，一直在留心著福州的消息。胤禛心中亦明白，所以一有什麼消息，就立刻來告訴她，讓她可以稍稍安心。

另外，墨玉經常入宮給凌若請安，陪著她一道說話解解悶，讓她不會總想著弘曆的事。

凌若曾問過墨玉關於允祥的病情，在讓容遠替允祥看診後，允祥的身子確實有在慢慢好轉，至少已經不再動不動便咳得透不過氣來了。

每每說起這個，墨玉臉上便盈滿笑容，她向來緊張允祥的身子，眼下見他好轉，自是高興不已。

這日，在墨玉離開後，楊海突然來報，說佟佳氏來了。平常都是凌若派人請她來，哪怕是後來與凌若熟了，她也很少有主動過來的時候。

凌若怔了一下後道：「請彤貴人進來吧。」

過不了多時，佟佳氏走進來，隨她一道進來的兩個小太監，一人手裡捧著棋盤，一人手裡拿著棋子。

凌若看了一眼棋子與棋盤道：「彤貴人來，是想與本宮下棋嗎？不過本宮今日並沒什麼精神，怕是要讓彤貴人失望了。」

「臣妾剛剛看了一本棋譜，覺得對棋藝頗有些進步，便想來找娘娘切磋，不想卻是臣妾冒昧了。」

就在凌若以為佟佳氏會自己離開的時候，她忽地道：「外頭太陽毒辣得很，臣妾實在不想現在回去，能否讓臣妾在此待一會兒，娘娘不必理會臣妾，臣妾自己下棋即可。」

水秀好奇地插了一句嘴道：「自己與自己下嗎？這樣豈非很容易下混？」

「只要學會分心二用，便不會出現混棋的情況。」說罷，她抬眸看著凌若，顯然是在等她的答案。

凌若猶豫了一下道：「既是這樣，那彤貴人自便吧。」

在得了凌若應允後，佟佳氏也不客氣，微一點頭，對身後的宮人道：「小方子，小應子，把東西擺好了。」

「嗻！」這兩個小太監都是佟佳氏平日使慣的人，手腳俐落，很快便將東西擺好了。因為是佟佳氏自己與自己下，所以黑白棋子都放在她面前。

第一千兩百二十六章　至情至性

佟佳氏左手撚黑子，右手撚白子，交錯而落，動作極快，似是連想都沒有想過，很快的，棋盤上的棋子便多了起來。

凌若本想去裡頭歇一會兒，看到佟佳氏棋子落得這樣快，心下奇怪，不由得停住腳步。

在下棋當中，並非沒有快棋，但現在佟佳氏是分心下棋，相當於一人分飾兩角，這樣的下法，很容易出錯的。

這個念頭還沒有轉完，她便看到佟佳氏的黑子落在不該落的地方，想也不想便指著棋盤一處道：「不對，彤貴人這一手應該下在這邊才對。」

話音落下，她才想起自己不該隨意插嘴。下棋之人，最忌旁人指指點點，關係好的尚無事，若是關係不好的，很可能當場就翻臉。

而佟佳氏亦停下手中的動作，抬頭看著她，凌若正待解釋，佟佳氏忽地起身道：「下棋可以怡情，可以養性，更可以讓心情變得安寧。臣妾斗膽，再請熹妃娘娘與臣妾對弈一局。」

凌若的目光在她臉龐與棋盤上徘徊，忽地笑道：「本宮明白了，彤貴人先是故意下快棋，之後又故意下錯子，為的就是引本宮與妳對弈是嗎？」

被人識破心思，佟佳氏並未有所慌張，反而輕笑道：「娘娘睿智，臣妾這些小花招果然入不得娘娘法眼。」

凌若垂目，自佟佳氏面前的棋盒中撚了一顆黑子在指間把玩。「既知如此，為何還故意耍這些？」

佟佳氏輕言道：「臣妾知道娘娘掛念四阿哥的安危福禍，定然沒有心情與臣妾下棋，但臣妾又希望娘娘能夠稍加展顏，所以明知是下策也只能施展，只盼娘娘不要見怪。」

凌若搖頭坐了下來。「彤貴人如此煞費苦心，本宮又怎麼會怪妳，反倒是本宮自己甚是汗顏。」

佟佳氏感到奇怪地道：「娘娘何出此言？」

凌若將把玩許久的棋子擺放在棋盤中，口中道：「這原是本宮自己一人的事，卻要彤貴人也跟著擔心，豈不該汗顏。」

「臣妾雖不曾生養過孩子，卻也明白『兒行千里母憂心』的道理，不論兒女長到多少歲，都是額娘心頭的掛牽，更不要說四阿哥這次去的地方還如此危險，若娘娘絲毫不擔心，那才讓人奇怪。」

見凌若因自己這番話而露出一抹清淺的笑意，佟佳氏又道：「不過有些事既來之，則安之，娘娘一味擔心，並不能解決事情，反而會讓自己鬱結於心，不得展顏，久而久之，甚至會因鬱結而生病。若是四阿哥從福州回來，看到娘娘病容憔悴的樣子，豈非要自責難過？哪怕是為了四阿哥，娘娘都一定要保重身子。」

凌若不苟言笑地看著佟佳氏，而後者亦一臉正色地回望凌若，良久，一縷笑意在凌若脣角慢慢擴大，直至攀爬上眼眸。「真讓本宮驚訝，一向不喜多言的彤貴人，竟然如此會勸人。」

佟佳氏亦被她說得笑了起來。「娘娘這是在誇臣妾還是在怪臣妾多事？」

笑過後，凌若彎眼道：「好了，不說這個了，彤貴人不是想讓本宮與妳下棋嗎？如今本宮已經落了棋子這麼久，彤貴人怎的一直不接子？」

在片刻的怔忡過後，佟佳氏便由衷地輕笑起來。她知道熹妃接受了自己的勸言，正在試著看開一些。

兩人在不大的棋盤上展開一場不見硝煙卻激烈的廝殺，彼此各不相讓。隨著黑白棋子的膠著，凌若的心神已經完全被拉了進去，而非時時刻刻記掛著遠在福州的弘曆。

她們連著下了三盤棋，全神貫注，連外頭下雨了也不知道，更不知道身邊多了一個人。三盤棋，一局勝，一局負，還有一局平，竟是平分秋色，誰也不輸誰。

待得最後一子落下後，凌若取過手巾拭著手心的潮汗，輕笑道：「彤貴人棋藝進步頗快，與妳對弈，本宮已經有些力不從心了。」

佟佳氏亦是手中生汗，一邊拭汗一邊道：「娘娘過獎了，是娘娘讓著臣妾才對。」在放下手巾時，忽地發現棋盤上有一團異常的陰影，剛才因為過於專注棋局不曾發現，如今心一鬆才發現問題。

當佟佳氏抬起頭時，看到了一個讓她無比意外的人。「皇上？」

凌若聽到這聲輕呼，一抬頭，果然發現一身寶藍繡四方紋的胤禛正站在旁邊，連忙與佟佳氏一道站起行禮，隨後問：「皇上幾時來的，怎的也不叫臣妾們一聲？」

「來了有一會兒了，見妳們在下棋，便沒吵妳們。」胤禛心情看著不錯。「不過也讓朕看了一場精采的棋局。熹妃妳棋藝一向不錯，想不到肖彤能與妳下成平手，真是讓朕意外。」

凌若笑笑道：「彤貴人棋藝一向不弱，只是皇上不知道罷了。」

胤禛笑而不語，倒是佟佳氏臉皮微微一紅，欠身道：「皇上來此，必是有話要與娘娘說，臣妾就先告退了。」

見胤禛不說話，凌若也不便多留，只讓水秀取傘給她，囑她雨天小心路滑，走慢一些。

望著佟佳氏沒入雨中遠去的身影，胤禛道：「妳與肖彤很投緣，她在妳面前，看著沒有平日裡那份冷傲。連朕平日裡見她，都沒見過她有這樣平易近人。」

凌若微微一笑道：「其實彤貴人並沒有皇上以為的那樣冷傲，只是皇上對她不太了解罷了，若皇上肯稍微花些時間去了解，便會對彤貴人改觀了，甚至會覺得她是一個至情至性的女子。」

胤禛挑一挑眉，頗有些驚訝地道：「至情至性？宮裡頭那麼多人，能得妳這四個字評價的，似乎還是頭一個，看樣子妳與她已非只是投緣了。」

凌若道：「臣妾只是實話實說罷了，皇上若覺得臣妾有意偏向彤貴人，大可以不必理會臣妾的話。」

胤禛收回目光，輕笑道：「朕怎麼會這樣想妳，妳一向公允又有條理，否則朕如何放心將後宮諸事交給妳。即便妳真的偏向肖彤，她也一定是有值得讓妳偏向的理由。朕說得可對？」

凌若微微欠身，說了一句。「皇上英明。」

第一千兩百二十七章　安心

就在凌若話音剛落之時，臉上忽地多了一隻手，卻是胤禛。

他緩緩撫過凌若盤成髻的青絲以及與青絲混在一起的珠玉，仔細撫過後，他有些感慨地道：「人人都喜歡用珠釵首飾妝點，朕卻覺得『天然去雕飾』才更美。」

凌若抬手自髻間取下步搖、珠釵，不一會兒工夫便已將固定髮髻的所有飾物悉數取下，輕笑道：「不知皇上覺得臣妾這樣，可勉強能及得上那句『天然去雕飾』？」

看到她這個樣子，胤禛失笑。「若是連妳也及不上，那普天之下只怕無人可及。」隨著這句話，胤禛目光忽地溫柔起來。「今日來看妳，感覺妳似乎看開了許多，沒像以前那麼緊張，一見朕就問有沒有弘曆的消息。」

凌若低頭一笑，隨手將飾物交給楊海，口中道：「那皇上可真得謝謝彤貴人，是她煞費苦心地開解臣妾，臣妾才可以如此。」

「肖彤？」胤禛驚訝無比。「她竟然可以勸動妳？」

凌若笑而不語，倒是楊海在一旁笑道：「啟稟皇上，千真萬確，剛才彤貴人借棋說事，勸了主子好一通話，讓主子漸漸釋懷，要不然也不會與彤貴人下這麼久的棋。」

「肖彤……」胤禛再一次唸叨這個不算太過熟悉的名字，倒是有了一絲別樣的感覺。

在拉著胤禛一道坐下後，凌若有些好奇地道：「話說回來，皇上今日怎麼如此有空，看臣妾與彤貴人下棋？」

胤禛失笑道：「瞧妳這話說的，朕哪日不曾來看過妳？」

「臣妾並非此意，只是皇上平時都是來去匆匆，今日……」凌若仔細打量了胤禛一眼，搖頭道：「瞧著卻是有些不同，不過具體是什麼，臣妾卻說不出來。」

「真是什麼都瞞不過妳。」胤禛拉過凌若的手，於不絕於耳的雨聲中道：「今日朕收到來自福州的奏報，是弘曆親自寫來的。他說雖然初至福州的形勢很險峻，還與那裡的百姓起了衝突，不過幸好最後轉危為安，在他與弘時的勸說下沒有衝突太甚，之後便將米糧按序發了下去，如今已經暫時控制住福州的形勢，至少在這批糧食派完之前，不會有危險。另外，福州府衙那邊也暫時沒事，只是死了幾個衙差，如今他們就在那裡落腳。」

聽得這個消息，凌若不禁喜上眉梢。之前雖然也有從福州來的消息，但都是各地官員報上來的，有些模糊，怎及得上弘曆親自寫來的奏報準確真切。

「皇上，臣妾能否……」

不等她把話說完，胤禛已經從袖中取出一本黃綾封面的奏本放到她手裡。

「喏，就在這裡，妳自己看吧。」

見胤禛如此明白自己的心意，甚至將奏本帶來了，凌若感動不已，匆匆道了聲謝後，便接過奏本仔細看了起來。奏本內容果然與胤禛說的一模一樣，但更細一些，還說起福州各處的街市已經重開，米價也正在恢復當中，不過因為百姓之前被餓怕了，仍然不時出現哄搶的情況，所以派米時仍需官兵維持秩序。

之前有一回，弘時以為情況已經得到控制，便沒有派出官兵看守，造成百姓哄搶推搡。有一個人被活活踩死，受傷者不計其數，原本準備派兩天的米也在一時間被哄搶光，虧得官兵及時趕到，才沒有由著事情惡化下去。

而弘曆在奏本中說到最可惜的一件事就是，明明已經萬般告誡那些人，大餓過後，必須由少轉多，由薄轉稠，不可一時貪飽，吃的太多，但還是有不少人不聽勸告，被活活撐死。他們熬過了饑荒，卻不曾熬過饑荒後的飽腹之感。不過，總的來說，福州的局勢正在不斷好轉。

凌若仔仔細細看完所有字後，撫著奏本喃喃道：「臣妾認得，認得這是弘曆的字。臣妾告訴過他，寫字筆鋒一定要正，所以他每一筆、每一劃都特別仔細端正。」

胤禛扶著她的肩膀道：「妳現在總可以放心了吧？」

凌若剛要點頭，忽地想起一事來，連忙道：「奏本說在這批糧食派完前不會有危險，那要是派完了，豈非……」

胤禛安撫道：「妳放心，朕已經讓戶部繼續籌糧了，一定會趕在糧食派完前運到的，弘曆他們不會有危險。只要福州的災情一緩和下來，朕就命他們回京，如此妳就不必一直提心吊膽了。」

凌若被他說得一笑，揚眉道：「自從彤貴人勸過臣妾後，臣妾這心可是放了許多，沒有像皇上說的那樣提心吊膽呢。」

看到她展顏，胤禛自然高興。「朕巴不得如此。」

笑鬧一陣子後，胤禛陪著凌若一道用過晚膳方才離開。

在漸晚的天色中，雨勢漸漸停止，只剩下毛毛細雨還在飄著，打在臉上，有著夏末秋初的微涼，好不舒服。

從承乾宮出來，在走了一陣子後，亦步亦趨跟在胤禛身後的蘇培盛忽地望著一處宮宇，低聲說了一句。

胤禛聽得旁邊有聲音，停下腳步道：「你在說什麼？」

蘇培盛一臉惶恐地道：「回皇上的話，奴才並未說什麼，只是看到再過去一點兒就是景仁宮，娘子就住在那裡，不曉得她現在怎麼樣了？」

胤禛濃眉微皺，狐疑地盯著蘇培盛道：「你何時對她這麼關心了？」

蘇培盛心裡「咯登」一下，曉得是自己提得太明顯讓胤禛起了疑心，忙誠惶誠恐地道：「奴才哪裡是關心娘子，實在是關心娘子腹中的龍胎。自從奴才曉得娘子懷了龍胎後，就一直在巴望著娘子為皇上誕下一位小阿哥呢。」

聽著蘇培盛這番話，胤禛眼中疑色並未消去，盯著他道：「為何要是小阿哥，難不成你覺得舒穆祿氏要是生了阿哥，朕就不會讓她出家了嗎？」

蘇培盛一聽之下趕緊跪下道：「皇上這話可真是冤死奴才了，奴才是皇上的奴才，娘子出不出家與奴才有何關係，又分不得好處。奴才只是覺得三阿哥、七阿哥先後離去，皇上雖嘴上不說，心中定然是難過的，若是宮中多幾位阿哥，那皇上心情也會好一些。」說完這些，見沒有傳來胤禛的聲音，他又賭咒發誓地說：「奴才若有半句虛言，就教奴才天打雷劈，不得好死！」

第一千兩百二十八章　探望

胤禛冷笑一聲道：「看你說得那麼溜，這誓言也不是頭一次發了吧？」

蘇培盛跪在那裡不敢吭聲，好半晌才聽得胤禛再次道：「行了，看你還知道自己主子是誰的分上，饒過你這一回，起來吧。」

蘇培盛暗吁一口氣，趕緊站起身來，不過幫舒穆祿氏的話，卻是一句也不敢再說了。再說下去，只怕自己真要進慎刑司了。

至於胤禛，雖然喝斥了蘇培盛，卻沒有立刻離開，而是一直站在原地，目光望著水意軒那邊，露出不為人知的掙扎之意。

在蘇培盛還沒有說之前，他就已經知道不遠處是景仁宮，舒穆祿氏正在裡頭養胎；而當舒穆祿氏這個名字冒出來的時候，心裡就閃過陣陣悸動，有一種想要奔進去的衝動，只是被他強行壓制下來，才沒有轉去景仁宮。

自從舒穆祿氏懷孕後，他就一直不曾去看過，平常頂多是讓蘇培盛或是四喜過去看看情況。

這並非意味著他不想舒穆祿氏，恰恰相反，每日總會有那麼一、兩次想起，而每一次想起，他都能感覺到體內深處的那絲邪火，雖然沒有以前那麼明顯，但還是很真切。

一來，他怕見了舒穆祿氏，自己會被那絲邪火引得動慾，如此就會傷了舒穆祿氏的胎氣；二來，他不想一直縱容自己這麼下去，否則他真怕舒穆祿氏十月臨盆後，會捨不得送她出宮。這樣的事，是他絕不允許發生的。

見胤禛望著景仁宮的方向發呆，蘇培盛感覺到事有轉機，暗自捏了捏袖中的鼻煙壺。那是前一次去看舒穆祿氏，她讓人拿給自己的，算不得珍品，卻也價值不菲；舒穆祿氏也說了，只要她可以留在宮中，給予自己的東西，只會更多。

想到這裡，蘇培盛再一次大著膽子道：「皇上，奴才上次去看娘子的時候，她看著鬱鬱寡歡，吃什麼東西都說沒胃口，雖說如今龍胎還小，但奴才怕她一直這樣下去，會影響龍胎。」

這一次胤禛沒有斥責他，而是露出猶豫之色。他可以強迫自己不理會舒穆祿氏，卻不能不理會她腹中的孩子，那畢竟是他的親生骨肉。

在思索許久後，胤禛輕咬了一下牙齒，於細雨中再一次舉步。不過這一回，蘇培盛欣喜地發現，胤禛是往景仁宮去的，可想而知，他是改變主意去見舒穆祿氏了。

水意軒內，舒穆祿氏剛接過如柳端上來的冰糖燕窩，就聽得外面傳來太監獨有的尖細嗓音。「皇上駕到！」

如柳怔了一下，旋即驚喜地道：「主子，皇上……皇上他來了！」

「我聽到了。」舒穆祿氏雖然也表現得甚是驚喜，卻比如柳鎮定許多。聽著耳邊傳來隱約的腳步聲，她想也不想地便將燕窩塞到如柳手中，自己則掀被下地，朝已經打開並且隱約可以看到人影的門口欠身施禮，帶著一絲無力道：「臣妾恭迎皇上，皇上萬歲萬歲萬萬歲。」

在走到門口時，胤禛猶豫了一下方才跨進來，對妝扮素雅的舒穆祿氏道：「免禮平身。」

「謝皇上。」舒穆祿氏謝恩之後，待要起身，身子輕晃一下，像是要摔倒一般，幸好如柳扶了一把。

看到她這個樣子，胤禛微擰了眉頭道：「妳身子不好嗎？」

舒穆祿氏虛弱地道：「臣妾沒事，只是一時覺得有些頭暈，想是起得太急的緣故。」

看著她微微隆起的腹部，胤禛壓著腹中的邪火道：「既是不舒服就去床上躺著，起來做什麼。」

舒穆祿氏連忙道：「皇上漏夜前來看望臣妾，臣妾未曾外出相迎，已是萬分失禮，又怎可躺在床上不起。」

「妳如今身懷六甲，與平日不同，無須太過拘禮。」這般說著，胤禛對如柳道：「還不扶妳家娘子躺好。」

「是。」如柳趕緊答應一聲，先扶舒穆祿氏躺好，隨後端起那碗燕窩道：「娘子，您這幾日一直都未用過東西，這碗燕窩燉足了火候，很是軟糯，您就吃上幾口吧。」

剛才如柳在扶舒穆祿氏上床的時候，看到舒穆祿氏先瞥了一眼擱在小几上的燕窩，隨後又朝她使了個眼色，她便明白舒穆祿氏的用意，說出那句話來。

舒穆祿氏自然不是沒吃過東西，相反的，她這些日子胃口不錯，除了一日三餐之外，午後、晚間還會用些點心，不過這些話是絕對不會在胤禛面前說的。她反而病懨懨地道：「我不想吃，妳拿下去吧。」

如柳不敢去看胤禛，只是一臉急切地道：「主子，求您吃幾口吧，就算不為了您自己，也得為腹中的小阿哥想想。」

這一次舒穆祿氏沒有說話，但任憑如柳怎麼勸都依舊不肯張口，正當如柳無計可施時，胤禛忽地道：「把燕窩給朕。」

如柳等的就是這句話，趕緊把燕窩遞給胤禛，自己則退到一邊。

胤禛端著燕窩在床邊坐下，舀了一口遞到舒穆祿氏嘴邊，有些不自然地道：「吃一些，否則身子會吃不消的。」

舒穆祿氏痴痴地望著胤禛，隨即眼淚不斷地往下落，猶如斷了線的珍珠，落在錦被上，化為一處處暈染的痕跡。

胤禛拿過她手裡的絹子，拭去她臉上的淚道：「好端端的哭什麼？」

舒穆祿氏抽泣著道：「臣妾以為皇上生臣妾的氣……以後都不會再理臣妾了。」

「朕並未說過這樣的話。」見她眼淚不斷落下來，胤禛道：「莫要再哭了，否則將來孩子出生後，也會哭個不停。」

聽得這話，舒穆祿氏努力止住淚意，但目光仍一直落在胤禛臉上，怯怯地道：「皇上，臣妾的阿瑪與額娘都死了，在這世上，您與腹中的孩子就是臣妾僅餘的親人，您能否不要再生臣妾的氣？」

胤禛將帕子放在她手邊，沉聲道：「朕現在不想說這些，妳若還要再說，朕……」

不等胤禛將話說完，舒穆祿氏已經連連搖頭道：「臣妾不說，臣妾什麼都不說了。」

第一千兩百二十九章　不肯鬆口

舒穆祿氏眸中流露出的害怕，令胤禛有些不忍，再次將勺子遞到她嘴邊。「快吃吧，不然就要涼了。」不等舒穆祿氏搖頭，他又道：「為了自己與孩子，再沒胃口也得吃一些，否則不等臨盆，身子就吃不消了。」

迎視著胤禛的眼眸，舒穆祿氏點頭張開口，就著胤禛的手慢慢吃著燕窩，在吃了大半碗後，為難地道：「皇上，臣妾實在吃不下了，能否晚些再吃？」

「隨妳吧。」胤禛將碗遞給如柳，對蘇培盛道：「你讓御膳房那邊再燉一盅燕窩，燉好後用爐火熱著，以備娘子隨時用。」

「嗻！」

蘇培盛答應一聲，正待去御膳房傳話，舒穆祿氏輕聲道：「皇上不必麻煩了，臣妾實在沒什麼胃口。」

「沒胃口歸沒胃口，該備的還是要備著，否則若是腹中飢餓卻沒東西吃，豈非難受？」這般說著，胤禛示意蘇培盛趕緊下去，而他自己亦站起身來。

還沒等他說話，舒穆祿氏已經一臉驚慌地拉住胤禛的袖子道：「皇上可是要走？」

胤禛沒有去看舒穆祿氏，只是淡淡地道：「朕改日再來看妳。」

「不要，皇上不要走！」她驚慌地說著，隨即似意識到自己話中的不對，怕胤禛不喜，連忙改口道：「請皇上再陪臣妾一會兒，只要一會兒就好。」

聽著她近乎卑微的言語，胤禛心裡微微一軟，回頭道：「朕還有許多政事要處理，不可再耽擱了。」

「真的連一會兒都不行嗎？」這般問著，她臉上忽地浮現出痛苦之色，旋即伏在床榻上乾嘔起來。

如柳連忙過去替她撫背，緊張地道：「娘子您怎麼樣了？」

待得胸口舒服一些後，舒穆祿氏靠在軟墊上道：「只是害喜罷了，又不是頭一回，妳這麼緊張做什麼。」

如柳目光一閃，旋即滿臉憂心地道：「娘子每次一害喜都會嘔個不停，奴婢怎能不緊張。幸好這次只是乾嘔，否則那些燕窩就白吃了。」

舒穆祿氏正待說話，胤禛已是皺眉道：「娘子害喜很嚴重嗎？怎麼朕聽到的都是說胎氣安穩，少有害喜？」

如柳趕緊屈膝道：「回皇上的話，自有孕後，娘子就一直害喜很嚴重，但娘子怕皇上擔心，所以每次二位公公來問話，娘子都說一切安……」

不等她說完，舒穆祿氏便輕喝道：「多嘴，誰許妳說這些的！」

如柳委屈地撇撇嘴道：「奴婢只是實話實說罷了。」

「妳還敢說！」在喝斥了如柳一句後，舒穆祿氏對胤禛道：「皇上您別聽如柳胡說，臣妾沒事。」

胤禛垂目道：「既是身子有不舒服的地方，就照實說，不必藏著瞞著。」

「臣妾真的沒什麼事。」這般說著，舒穆祿氏又有些失落地道：「皇上既有政事要忙，那臣妾就不多留了，臣妾恭送皇上。」說罷，便要讓如柳扶自己下地。

胤禛按住她道：「既是來了，也不在乎多待一會兒。」

聽得胤禛改變主意，舒穆祿氏喜形於色，不過仍是有些擔心地道：「真不會影響皇上嗎？」

「朕說了不會，自是不會。」

說話間，蘇培盛回來了，已是按著胤禛的吩咐，讓御膳房多備一盅燕窩，而且整夜都會有人看著，不必擔心會熄火變涼。

胤禛頷首之後又道：「明兒個記得吩咐太醫，讓他開些可以減輕害喜症狀的藥在安胎藥中，否則總是這樣吃了便吐，就算吃再多也無用。」

吃了便吐？蘇培盛有些莫名地看著胤禛。他明明記得舒穆祿氏害喜的情況並不嚴重，怎的皇上這麼說？

不過在收到舒穆祿氏使來的眼色後，他便會意過來，趕緊附和：「是，奴才明日一早就與太醫說去。」

在坐了一會兒後，胤禛再次起身，這一回，舒穆祿氏沒有再挽留，但是在胤禛快走到門口的時候，她忽地說了一句。

「皇上，臣妾會記著您的話，以後都不會再與熹妃娘娘去比。」

胤禛腳步一頓，微側了頭，聲音涼薄地道：「妳能這樣想便好。」

不等胤禛再次起步，她立刻接上道：「那您呢？您願意再給臣妾一個機會嗎？臣妾別無所求，只求將來可以陪在皇上與孩子身邊，哪怕一輩子無名無分也不要緊。」

她一邊說一邊掙扎著起來，「撲通」一聲跪在地上，流淚哀聲道：「求皇上開恩，哪怕是在冷宮中也好，只要可以望見養心殿，臣妾就心滿意足了。」

對於她的話，胤禛沒有回答，只是默默地望著外頭沉沉的夜色，良久，有一陣帶著細細雨絲的風吹入屋內時，終於有聲音傳來。

「這些事，等妳生完孩子再說吧。好生歇著，朕改日再來。」扔下這句話，胤禛帶著蘇培盛沒入茫茫夜色中。

直至他們兩人的身影消失，如柳方扶著舒穆祿氏站起來，輕嘆道：「唉，皇上始終不肯鬆口。」

舒穆祿氏一改剛才柔弱無依的樣子，冷聲道：「還有七個月的時間，一定有辦法讓他鬆口，哪怕是死，我也絕不會出家！」

如柳點頭之後，又神色怪異地道：「主子，皇上今日過來，奴婢總覺得有哪裡不一樣了，但具體又說不上來。」

舒穆祿氏在床上躺下，取過錦被覆在雙腿上後道：「可是覺得皇上眼中的慾望少了許多？」

被她這麼一說，如柳總算明白過來，連忙點頭道：「主子說的正是。今日皇上來，奴婢看他好像跟沒事人一般，完全沒有動慾的念頭。」

舒穆祿氏冷笑一聲道：「妳看得還是不夠仔細，皇上對我並非一絲慾念也沒有，只是與以前相比淡了許多，使得他可以很好地克制住，尋常看不出來。」

「難道是因為主子那麼久沒用藥，所以……」

如柳剛說了一半，舒穆祿氏便道：「這只是其中一個原因，另一個則是皇上最近一直在服用齊太醫開的藥，雙管齊下，體內的虛火自然沒有之前那麼旺盛，情慾減退也是情理之中的事。」見如柳神色發急，她淡淡地道：「妳不必擔心，這對於現在的我來說不失為一樁好事。眼下，最重要的是我腹中這個孩子，唯有他平安生下，我將來才有好日子。至於以後……呵，只要繼續用藥，皇上同樣擺脫不了對我的情慾，所以我一定要想辦法留在宮中，哪怕是冷宮也好。」

第一千兩百三十章　如意與否

如柳點點頭，將被子拉到舒穆祿氏小腹上蓋好。「雖然皇上現在嘴上不說，但奴婢相信真到小阿哥出來的時候，皇上一定會鬆口的。」

舒穆祿氏慢慢握緊了光滑的錦被，神色複雜地道：「我現在就怕腹中懷的是一個格格，雖說都是龍胎，但格格如何能與阿哥相提並論。」

如柳同樣擔心，可這種事並不是她與舒穆祿氏說了算的。在想了一會兒後，她道：「主子，奴婢聽說在胎兒長到五、六個月的時候，有經驗的大夫可以透過脈象還有孕婦的身形、口味，診出男女來。」

舒穆祿氏冷笑一聲道：「且不說太醫會不會告訴我，就算說了，他若說是格格，又能怎樣，難道不要嗎？還是說求神拜佛，求老天爺把她變成男孩？」

如柳被問得答不出話來，無奈地道：「那……那該怎麼辦？」

舒穆祿氏撫著微微隆起的小腹不語，雖然還有七個月，但一日接一日，很快便會過去，她必須要在這段時間想出一個萬全之策來；而想要確保她一定生下男孩，只有一個辦法……

她突然問：「如柳，我們手頭上還有多少銀子？」

如柳愣了一下，旋即答：「回主子的話，以前老爺讓人送進來的銀子約莫還剩下五百兩。」

舒穆祿氏皺了眉頭道：「才這麼少？那水意軒裡其他能換成銀子的東西呢？」

「能換成銀子的只有以前的首飾與古玩，原本還有幾幅字畫的，不過……」

正當如柳不知是否該說下去的時候，舒穆祿氏接過話道：「不過被我送給了蘇培盛是嗎？」

「是，眼下只剩下一幅不是很值錢的畫。」如柳好奇地道：「主子，您問這個做什麼？」

舒穆祿氏斟酌了一下道：「妳明日帶上那五百兩銀子出宮，去偏郊少人之處尋幾個孕婦，問她們買下腹中的孩子。」

如柳張了張嘴，驚訝地道：「主子，您突然說這些，是想……是想做什麼？」

舒穆祿氏沒有立刻回答，而是盯著如柳因吃驚而睜大的眼睛，一字一句道：「這一胎，我一定要是個阿哥，妳明白了嗎？」

如柳怎會不明白，剛才舒穆祿氏讓她去尋孕婦的時候就已經想到了，但這種事太過驚世駭俗，她實在不敢往那方向去想。迎著舒穆祿氏的目光很久，她方才結結巴巴地道：「主子，您是在與奴婢開玩笑嗎？」

「妳覺得我的樣子像是在開玩笑嗎？」

如柳沒有說話，只是機械地搖搖頭，隨後一個激靈，跪坐在床榻上，有些發抖地道：「主子，您想清楚了嗎？混淆皇嗣血脈可是死罪啊，萬一被發現了，會被處死的！」

舒穆祿氏的神色出奇地平靜，甚至在聽得「死」字時，沒有一絲動容。「我知道，可是我寧願死也不願去永安寺出家，這已經是我唯一的選擇了，所以如柳，妳一定要幫我。再說，若我運氣好，生下一個阿哥，我們便不需要走到那一步。」

「可……」如柳心亂如麻，曉得這事做不得，卻不曉得該怎麼勸說。正如主子所說，這是唯一的選擇，一旦生下格格，去永安寺出家就是必然的結果；若是阿哥，子嗣單薄的皇上或許會看在阿哥的面子上，對主子網開一面。

「如柳，我身邊只剩下妳一人，是否現在連妳也不肯幫我？」在說這話時，舒穆祿氏聲音裡多了一絲哽咽。

如柳見她有些難過，趕緊道：「自然不是，奴婢既然跟了主子，就會一輩子聽主子的話。奴婢只是在想，若到時候真要兵行險招，奴婢該怎麼將孩子悄悄帶入宮中，那些侍衛可不好瞞過。」

「幸好有妳在我身邊。」舒穆祿氏欣慰之餘，亦因如柳的話而緊緊蹙了眉頭，許久方道：「想要瞞天過海，只憑妳一人是斷然辦不到的，必得有人襄助才行。」

如柳為難地道：「恕奴婢直言，以咱們現在的情況，只怕沒有人願意冒著這麼大的風險助咱們。」

舒穆祿氏卻是笑了起來。「或許吧，但有一人卻絕對會助我們。」

如柳正想問是誰，忽地明白過來，連忙道：「主子，您是說蘇公公？」旋即又有些擔心地道：「奴婢只怕這麼大的事，他不會肯。」

舒穆祿氏笑意比剛才更盛了幾分。「這事可由不得他。自從他收了那兩幅字畫開始，便與咱們在一條船上，沒有我的允許，他這輩子都休想從船上跳下去，除非他願失去如今所擁有的一切，包括性命。」

如柳會意地點頭。「有蘇公公襄助，那這事就好辦多了。主子放心，奴婢明兒個一早便出宮。」

「嗯，小心著些，別像上次那樣被人跟蹤了。」

面對舒穆祿氏的叮囑，如柳臉上有些發燙，鄭而重之地道：「是，奴婢絕不會再犯同樣的錯誤。」

舒穆祿氏怎麼也沒想到，早在她之前，那拉氏就已經想到了李代桃僵之策，並且早早做好準備，只等坐收漁翁之利。

在同樣的茫茫夜色與細雨下，水月帶著宮人熄去承乾宮的大半燈火，只餘下幾盞照明用。而在內殿中，楊海正拿著白玉梳，仔細地梳著凌若亮滑如綢又如水的青絲，水秀則將凌若手中的戒指、護甲一一摘下，隨後絞來熱巾帕敷在她雙手上。

凌若端坐在椅中，在水秀換第三遍熱巾帕的時候，她從銅鏡中看到三福走了進來。待三福行過禮後，她啟唇道：「看你去了這麼久，皇上從本宮這裡離開後，似沒有直接回養心殿。」

三福點頭道：「主子猜的正是，皇上在中途去了景仁宮。眼下景仁宮只住著寧貴人與舒穆祿氏，寧貴人早已失寵，而舒穆祿氏懷著龍胎，皇上應是去看她了。」

第一千兩百三十一章　青絲

「舒穆祿氏……」默默唸著這個名字，凌若忽地笑道：「這個女人真是讓本宮無法小覷。」

水秀聞言，有些緊張地道：「主子，您可想到除去舒穆祿氏腹中龍胎的辦法了？奴婢只要想著她在皇上面前惺惺作態的樣子，便覺得噁心。」

凌若輕嘆一口氣，搖頭道：「暫時尚未想到。之前用過的法子，舒穆祿氏肯定會有所防範，成功的可能性微乎其微，可新法子又豈是說想便能想出來的。」

這句話讓殿內異常沉靜，所有人都在低頭思索著該用什麼法子除去舒穆祿氏腹中的胎兒，連楊海也不例外。

他這一走神，未曾注意到有一綹頭髮纏在梳子上，仍是繼續往下梳，一扯之下，頓時令凌若吃痛地輕呼出聲。等楊海匆匆忙忙將纏著的頭髮解開時，已經有兩根被扯了下來。

楊海連忙捧著纏有斷髮的梳子跪下，滿面惶恐地道：「奴才該死，請主子恕罪！」

「不過是兩根斷髮罷了，有什麼好該死的，起來吧。」這般說著，凌若撚指自梳子上取過斷髮，有些感慨地道：「一拉便斷了，看來本宮的頭髮比以前脆了許多，沒那麼有韌性，到底是有些年紀了。」

雖然凌若說得淡然，但水秀還是從中聽出一絲落寞，忙安慰道：「哪有這回事，主子仍與以前一樣年輕貌美。」

凌若撫著臉頰，感慨道：「妳不必說好聽的安慰本宮，本宮自己是個什麼情況，心裡清楚。就算保養得再好，也不能與從前相比了。」

水秀輕笑道：「奴婢說的都是實話，不過主子根本無須與以前相比，因為不論以前還是現在，主子都是皇上心中最重視的那個人。」

水秀後面這句話，令凌若露出一絲笑意。雖然她與胤禛中間還隔著一個納蘭湄兒，但經過這麼多年，這個阻礙正在變得越來越小，有時候她甚至都忘記了。相信有朝一日，這個阻礙會徹底消失。

待要說話，她忽地看到三福若有所思，不禁問：「在想什麼？」

三福驚醒過來，理了理思緒後道：「主子，奴才突然想到一個法子，或許能除去舒穆祿氏腹中的龍胎……都說身懷六甲之人，不只會胖，容顏也會變醜。」

楊海道：「福公公想要在舒穆祿氏的容色上動手腳？可是她視龍胎如命，就算會變胖、變醜，她也絕對不會動龍胎分毫的，只會拚盡一切保護龍胎。」

「我要動手腳的地方不是容色，而是頭髮。」三福望著凌若仍撚在指間的斷髮道：「三千青絲，向來為每一個女子珍視，自出生一直蓄養，視為性命一般。容顏一時變醜，舒穆祿氏或許還不會在意，但若是青絲脫落，定會急如熱鍋上的螞蟻。」他看向若有所思的凌若，道：「既有固髮、烏髮的方子，就一定有脫髮、白髮的方子，主子您說是嗎？」

三福拖著不便的腿走上前道：「只要舒穆祿氏一急，就會失了冷靜，從而病急亂投醫，到時候，就會給咱們可乘之機，除去她腹中的龍胎。」

三福說的，倒不失為一個可行的法子，尤其是在現在這種無計可施的情況下，不過脫髮、白髮這種方子，她卻是不清楚。她想了一會兒道：「水秀，妳明日去找一趟徐太醫，問問他是否有這種法子。」

水秀連忙點頭道：「是，奴婢記下了。」頓一頓，她又道：「主子，就算真有這方子，咱們也沒法加到舒穆祿氏所用的飯菜中去。上次奴婢去御膳房，看到她的宮人在燉燕窩，一直寸步不離地守在旁邊，根本沒有下手的機會。」

三福勾了脣角道：「奴才相信，只要是人就一定有破綻。從明日開始，奴才會仔細監視水意軒那邊的動向，務求尋到破綻。」

凌若點頭之後又有些不放心地道：「你腿腳不便，是否麻煩？」

三福動了動腿，不在意地道：「主子放心，奴才雖然瘸了，但還不至於走幾步路都不行。由奴才去監視，萬一被人發現了也好掩飾，沒人會認為主子會派一個廢人去監視他人。」

凌若頷首道：「你說的也有幾分道理。罷了，那你自己當心些，莫要勉強，最重要的是莫要引起水意軒那邊的懷疑。」

夜，悄然過去。天一亮，水秀便去了敬事房領腰牌。管事的白桂在裡頭，看到水秀進來，連忙笑著迎上前道：「水秀姑娘今日怎麼得空來咱家這裡？」

水秀同樣笑道：「會來找白公公，自然是來領腰牌出宮的，就不知道白公公可否肯給腰牌？」

「水秀姑娘說笑了，妳來哪有不給的道理，不過咱家照例還是要問一下，不知水秀姑娘可帶了熹妃娘娘的手諭？」

「曉得你白公公做事謹慎，我哪敢不帶。」水秀一邊說著一邊將凌若寫下的手諭交給白桂。

白桂驗過後，從櫃中取過腰牌遞給水秀，同時笑道：「今日出宮的人還真不少，剛剛如柳也來咱家這裡取腰牌了呢。」

第一千兩百三十二章　阻礙

水秀怔了一下道：「如柳？可是舒穆祿氏身邊的那個宮女？她這個時候出宮去做什麼？」

白桂有些奇怪地道：「她說是出去看生病的老母，也有舒穆祿氏的手諭。水秀姑娘，可是有什麼問題？」

「自然有問題。」水秀臉色一冷道：「白公公是敬事房的管事，按理許多事都比我更清楚，輪不到我說什麼，但這件事，我卻以為白公公做的有欠妥當。」

若換一個人說這話，白桂肯定當場發脾氣，但水秀是熹妃身邊的紅人，他就算心裡再不高興，也不敢露在臉上，陪笑道：「不知是哪裡欠妥，請水秀姑娘明示。」

「我與白公公你也不算陌生，就不兜圈子了。我問你，舒穆祿氏是何身分，她寫的東西，憑甚稱一句『手諭』？」

水秀這句話當場將白桂問住了，好半晌方搓著手，支吾道：「這個……這個……她以前是貴人，所以稱慣了，未曾改過來。」

水秀寸步不讓地道：「白公公也說是以前了，現在她只是一個庶人，庶人怎有權力寫手諭讓宮人出宮，這點兒規矩，難道白公公還不懂嗎？」

白桂自己理虧，對於水秀的話連連點頭。

「是，水秀姑娘說的極是，此事確是咱家疏忽，等如柳回來了，咱家便立刻與她說，不許她以後再出去。」

水秀冷冷瞥了他一眼道：「希望白公公這一次可以記牢宮裡的規矩，不要再犯同樣的錯誤，否則我只能如實去回了娘娘。」

一聽這話，白桂心裡立馬慌了起來，連連搖手道：「別啊，千萬不要，咱家發誓，絕對不會再犯。還請水秀姑娘高抬貴手，不要驚動了熹妃娘娘，咱家在這裡先謝過水秀姑娘的大恩大德。」

「如此最好，我也不願給主子添事。」這般說完後，水秀拿著腰牌出了敬事房，留下出了一頭冷汗的白桂。

他想了一會兒，喚過一個小太監，讓他去宮門盯著，一看到如柳就立刻帶來敬事房。

日落西山之時，如柳一臉疲憊地從宮外回來，剛跨進宮門，便聽得有人喚自己。

她仔細想了一會兒，記起是敬事房當差的，遂道：「可是有事？」

「是，白公公吩咐下來說，請如柳姑娘一入宮就立刻去敬事房見他。」小太監一五一十地將白桂交代的話說了，領著如柳往敬事房行去。

到了那邊，白桂正在準備今夜要呈給胤禛翻閱的綠頭牌，一看到如柳，連忙放下手裡的東西走過來，如釋重負地道：「如柳姑娘，妳可算是回來了。」

如柳有些莫名地道：「白公公這麼緊張做什麼，難不成是怕我不還你腰牌嗎？」

白桂一邊接過如柳遞來的腰牌，一邊道：「我自然不是信不過如柳姑娘，而是有一件事要與妳說。」

他有些為難地道：「以後……如柳姑娘還是不要再出宮了。」

如柳一聽，險些驚跳起來。舒穆祿氏交代的事剛有些頭緒，若現在被困在宮裡，豈非前功盡棄？想到這裡，她連忙問：「白公公，你這是什麼意思？」

「總之眼下這段時間，如柳姑娘還是好好伺候娘子，不要再出宮了。」

見白桂說得甚是含糊，如柳眼珠子一轉道：「白公公可是覺得娘子給的禮薄了？若是這樣，一切都好說，待會兒我便再送一份厚禮過來。」

舒穆祿氏知曉自己身分不比以前，所以出手比之前更加大方，蘇培盛也好，白桂也罷，都是收了她銀子的，否則白桂怎可能這樣輕易放如柳出宮。

白桂嘆了口氣道：「我哪是嫌娘子的禮薄，實在是迫不得已啊！」

如柳不解，追問：「白公公，到底出了什麼事？」

「唉，實話與妳說吧。妳今日出宮後不久，熹妃身邊的水秀來拿腰牌，都怪我不好，一時口快，說妳今兒個也來拿過腰牌，豈料她抓著這點大作文章，說娘子已經不是貴人，無權寫手諭遣身邊的人出宮，總之把我罵得狗血淋頭；之後還說，若再有下一次，她就把這件事告訴熹妃娘娘，撤了我這敬事房管事的職位。」

白桂苦著臉道：「如今熹妃娘娘掌著宮中大權，妳說我這個小小的管事，哪敢不從啊？所以還請如柳姑娘與娘子說一聲，不要讓我難做。若是真有什麼事，或是如柳姑娘擔心宮外的老母，大可以與我說，我自會派人去辦妥。」

又是熹妃！

如柳恨恨地暗罵一句，勉強笑道：「既是如此，那我這就去回了我家娘子。」

一聽這話，白桂高興不已，連忙道：「那就辛苦如柳姑娘了，總之只要是我力所能及的，一定盡量襄助。」

從敬事房出來，如柳心情變得甚是沉重，疾步回到水意軒，將這件事告知舒穆祿氏後，憂心地道：「主子，如今奴婢也被困在宮中，外頭的事可是沒法安排。」

舒穆祿氏擱下喝了一半的參湯，道：「先不說這事，我問妳，妳今日出去後可曾找到孕婦？」

「回主子的話，奴婢在外頭繞了一天，終於尋到兩戶人家，都是與主子差不多的月份。她們已經收下銀子，奴婢也跟她們許諾了，只要到時候生下男孩，會另外再給她們一大筆銀子。」

舒穆祿氏心中大定，頷首道：「只要尋到人便好，至於出宮……」

如柳急切地道：「主子，出不了宮，就算那兩個孕婦生下男孩，奴婢也沒辦法抱進宮來，不只白忙一場，銀子也白花了。」

「誰說的，忘了我之前與妳說過的話嗎？」在如柳不解的目光中，她續道：「蘇培盛與咱們在同一條船上，咱們有事，他說什麼也不能袖手旁觀。」

第一千兩百三十三章　性寒之藥

「主子是想讓蘇公公向白桂施壓？」如柳一臉為難地道：「且不說蘇公公肯不肯，白桂恐怕不會賣這個人情，畢竟他要是這麼做，就將熹妃得罪了。」

「我可沒讓他得罪熹妃。」舒穆祿氏冷笑一聲道：「這次要不是他嘴快，水秀也不會曉得妳出宮的事，所以只要嘴緊一點兒、小心一點兒，便不會傳到別人耳中。」

「話雖如此，但奴婢擔心……」

不等如柳把話說完，舒穆祿氏已是道：「我知道妳擔心什麼，不過我有把握說服蘇培盛，晚些時候，妳請他過來一趟。」

見舒穆祿氏心意已定，如柳不便再多說什麼，答應道：「是，奴婢知道了。」

水秀回到了承乾宮，並且帶回了一張方子，正是容遠寫的脫髮方。上面的藥單獨看來都是有益身子的補藥，但合在一起後，卻有了意想不到的效果。

凌若看過後對楊海道：「去請周太醫過來。」

在楊海走後，水秀想起早上的事，連忙細敘了一遍，隨後道：「舒穆祿氏眼下這個情況還要派如柳出宮，只怕是有著不可告人的祕密，所以奴婢讓白桂以後都不要再放如柳出宮，否則唯他是問。」

凌若頷首道：「嗯，這件事妳做得很好。不論舒穆祿氏讓如柳出宮是為了什麼，妳現在堵了她出宮的路，計畫便會胎死腹中。」

過了一會兒，周明華到了，凌若將方子遞給他道：「周太醫瞧瞧，這上面的幾味藥如何？」

周明華只看了一眼便認出這是容遠的字跡，卻不說破，只是道：「這幾味都是有益於補身的藥，並沒有什麼問題。」

「那你覺得這幾味藥，適合孕婦服用嗎？是否會對孕婦或胎兒有所傷害？」

周明華眼皮跳了一下，仔細斟酌一番後，方才回道：「其中一味藥性有些偏寒，並不適合孕婦服用。」

凌若原本想著若是藥性中正的話，便可以設法加在舒穆祿氏的安胎藥中，可現在有一味藥性寒，強行加進去，只會惹人懷疑，得另想法子才行。

周明華猶豫著道：「微臣能否冒昧問一句娘娘，這些藥是用來做什麼的？」

既是叫他來了，凌若便沒有準備瞞著他，示意水秀將事情告訴他，隨後道：「你既是知道了，便幫著本宮一道想想，該以何方法，讓舒穆祿氏服下這些藥。」

周明華想了想道：「其實只要將那味性寒的藥挑出來，然後由微臣向齊太醫提議，將這些藥加進舒穆祿氏的安胎藥中，應該便不成問題。」

水秀立刻接上來道：「這一點我們何嘗不知，可少了那味藥，藥性就變了，達不到主子要的效果。」

周明華笑一笑道：「水秀姑娘誤會了，我只是說挑出來，並沒有說不用那味藥。」

凌若眼眸微動，明白了周明華的言下之意。「你是想用另外的法子將這味藥加進去？可不論燉藥的罐子還是爐火，都有人嚴密看守，根本尋不得機會下手。」

「娘娘所言正是，但有一樣東西，他們卻看不牢，就是藥材！」周明華沒有賣關子，很快便解釋了起來：「微臣看過舒穆祿氏的安胎藥方，其中有一味是生薑，而且必須是整塊連皮的生薑，這正適合動手腳。」

水秀一臉奇怪地問：「生薑能動什麼手腳？」

「仔細削開生薑皮，將裡面的東西剜空一部分，然後把性寒的那味藥添加進去，再將皮重新覆好黏好，不就可以了嗎？」

水秀茅塞頓開，連連點頭。「這個法子不錯。」

凌若卻沒水秀那麼樂觀，反而搖頭道：「重新黏好的終歸沒那麼自然，萬一讓人發現生薑裡面的玄機，豈非麻煩？」

楊海忽地記起一人來。「主子，您還記得趙公公嗎？他是御藥房的總管，若他肯助咱們，事情就好辦多了。」

「趙方。」凌若輕輕唸出這個名字。「本宮記得當初弘曆去查弘時中毒一事時，他與劉虎都曾助過弘曆一臂之力，不過他是被迫的。」

楊海道：「自願也好，被迫也罷，他都曾助過四阿哥，多少有幾分情面在，或許會肯也說不定。另外奴才聽得一件事，說是趙公公掌御藥房總管一職已有多年，如今年紀老邁，底下好幾個人都想取他而代之。」

「為著這個，趙公公一直愁得很。他在宮裡頭，除了資歷之外，並沒有其他壓得住人的地方，而且他之前為了避免捲入各位主子的爭鬥，從不曾親近過宮裡哪位主子，反倒那幾位覬覦他總管之位的太監，與宮裡幾位主子有著或多或少的聯繫，所以現在形勢對他很是不利。」

凌若聽出了楊海的言下之意。「你是想讓本宮幫他坐穩御藥房總管的位置，藉此讓他死心塌地幫本宮？」

楊海點頭道：「趙公公之前已經幫過四阿哥一次，此後四阿哥也一直待他不薄，只要主子肯幫他這個忙，他一定會答應主子的。」

凌若思來想去，要實行周明華說的辦法，就只能走這條路。「也罷，水秀，妳去將趙總管請來。」

在水秀依言去御藥房請趙方的時候，如柳亦請了蘇培盛到水意軒。

蘇培盛一臉笑意地打了個千兒道：「娘子今日氣色看著倒是甚好。」

舒穆祿氏撫著臉笑道：「整日躺在床上，氣色哪會好。公公請坐。」

蘇培盛擺手道：「娘子不必客氣，奴才待會兒還得回養心殿當差，只是抽空過來一趟。不知娘子今日叫奴才來，是有什麼事吩咐？」

舒穆祿氏嘆了口氣道：「要我說，應該是蘇公公客氣才是。我是什麼身分，自己心裡清楚，除了水意軒之外，宮裡上上下下，沒一個人將我放在眼中，唯有蘇公公你還像以前一樣，沒跟著那些人扒高踩低。」

第一千兩百三十四章　不歸路

蘇培盛笑道：「娘子無端說這些做什麼，娘子一直厚待奴才，奴才自然不該忘恩負義。」

「若人人都像蘇公公這樣有情有義便好了。」

蘇培盛感覺到她別有所指，猶豫了一下道：「娘子可是遇到什麼事了？」

「唉，不瞞蘇公公，今兒個如柳出宮看她老母的事被熹妃身邊的水秀知道了，把敬事房的白公公好一頓訓斥不說，還責令以後都不許如柳再出宮。蘇公公，你說她是否欺人太甚？」

蘇培盛驚訝地道：「竟有這樣的事？」

如柳聲音低沉地道：「千真萬確。奴婢一回來，白公公就將奴婢叫去說了這事。」

不等蘇培盛再說話，舒穆祿氏已是道：「蘇公公，你也知道如柳老母身子一直不好，而她又是個孝女，現在驟然不讓她回家探母，無異是要她的命。我雖有心幫她，無奈自己不濟事，所以只能請蘇公公來看看有什麼辦法。」

蘇培盛一臉為難地道：「這個……若真是熹妃娘娘下的旨意，奴才也沒辦法，始終，奴才只是一個奴才。」

舒穆祿氏坐直了身子道：「但眼下只是水秀一個下人，並非熹妃旨意，我想只要蘇公公肯出面，事情一定還有轉圜的餘地。蘇公公你說是嗎？」

蘇培盛搓著手道：「話雖如此，但萬一傳到熹妃娘娘耳中，奴才會很麻煩的。」

聽得這話，如柳連忙擠出幾滴眼淚，跪下道：「蘇公公，我知道您是個大好人，求您一定要幫幫我，我願意給您做牛做馬，端茶倒水。」

蘇培盛被她這個舉動嚇了一跳，連忙道：「別這樣，妳先起來。」

如柳一邊哭一邊道：「蘇公公若不肯答應，我唯有跪死在這裡，左右我已經見不到娘親了。」

舒穆祿氏趁機道：「蘇公公，求你念在如柳這份孝心，幫她一次。至於熹妃娘娘那邊，只要咱們與白公公都不說，她又如何會曉得。」

見蘇培盛還是不說話，她掀開覆在身上的錦被道：「我與如柳情同姊妹，實不想看她以後以淚洗面，若蘇公公不肯答應的話，那我唯有也一道跪下了。」

蘇培盛嚇到，趕緊跪下道：「娘子萬萬不可，奴才……奴才答應就是。」

如柳趕緊抬起頭來，滿懷期望地道：「蘇公公，您真的肯幫忙？」

「娘子都準備跪下了，奴才能不答應嗎？」蘇培盛苦笑道：「不過奴才也只能盡力而為，白桂肯不肯賣奴才這個面子，還是未知數。」

如柳接過話道：「蘇公公是皇上身邊的紅人，有您出馬，諒那個白桂不敢不聽。」

「不管結果如何，都要謝蘇公公襄助。」這般說著，舒穆祿氏從腕上摘下絞絲金鐲道：「這個小東西是我的一點兒心意，還請公公收下。」

蘇培盛連忙推辭道：「娘子的東西，奴才怎敢收。」

「我知道公公是一個高潔之人，喜愛的是字畫，而非金銀這等俗物，但還請公公勉強收下，否則我心裡會不安的。」

蘇培盛的推辭不過是裝模作樣，他比任何一個人都愛金銀，否則也不會被舒穆祿氏收買，是以在舒穆祿氏這般說了之後，便道：「既然娘子這般說了，那奴才就愧受了。如柳的話，奴才待會兒就去找白桂，一定盡力說服他。」

「多謝公公，多謝公公。」

在如柳的千恩萬謝中，蘇培盛離開了水意軒。他並不知道，這一次的答應，已徹底將他推上不歸路，再無回頭的可能。

另一邊，凌若在與趙方客套了一陣子後，漸漸轉入正題。「本宮記得先帝還在時，公公就已經是御藥房總管了吧？」

趙方斜著身子道：「是，奴才自幼入宮，蒙先帝垂憐，在御藥房當差，這一當就是四十餘個春秋。」

凌若微一點頭道：「能夠穩度四十餘個春秋，且還坐上御藥房總管的位置，實在令本宮佩服。」

「娘娘過獎了。」雖然這樣說著，但趙方臉上還是能看到一絲得意的痕跡。

凌若看在眼裡，話鋒一轉道：「不過本宮也聽說，如今公公手底下那些人，似乎有些不太聽話。」

趙方老臉一僵，神色亦變得不自然起來，好一會兒方乾笑道：「娘娘從哪裡聽來這些無稽之談？」

凌若撥著茶湯上的浮沫道：「是不是無稽之談，公公心裡比本宮更清楚。若公公真覺得沒什麼問題的話，那麼就當本宮多事了，公公可以請回了，只希望公公以後不會後悔。」

趙方雖然年紀大了，但心眼還在，一聽這話，就知道凌若話裡藏鬮，卻猜不透她突然說這些的目的是什麼。他有心想再多聽一些，凌若卻只顧著喝茶，一個字也不肯多說，無奈之下只得道：「娘娘有話不妨明示。」

凌若微微一笑，放下茶盞道：「公公在宮裡摸爬滾打這麼多年，應該很清楚『位越高人越險』這個道理。公公執掌御藥房多年，擋了不知道多少人的路，以前公公中氣十足，那些人雖有怨，卻也翻不出什麼風浪來；可如今公公年紀漸大，做任何事都有些力不從心了。不過最吃虧的還是你這些年一直保持中立，從不刻意親近哪宮的主子，無形之中就落了下風，那些被壓了許久的人興風作浪，一個個都想要取公公而代之，使得公公疲於應付，不知本宮可有說錯？」

趙方聽得滿頭大汗，努力扯動嘴皮子，卻只扯出一個比哭還難受的笑容來。「恕奴才愚鈍，不明白娘娘說這些的用意。」

相較之下，凌若的笑意就完美許多。「本宮的用意很簡單，就是想給公公指一條明路，不過若公公不領情的話，那本宮也不會勉強。」伸手一指道：「大門就在那裡，公公隨時可以走，本宮絕不阻攔。」

第一千兩百三十五章 聽從

不知為何，凌若這一句沒有絲毫火氣的話，卻讓趙方渾身一哆嗦，良久，他忽地順著椅子跪在地上，顫聲道：「請娘娘一定要幫幫奴才。奴才底下那些人個個狼心狗肺，看著奴才老了，就一個個想把奴才踹下去，自己來坐這個御藥房總管的位置，全然忘了奴才以前是怎麼提拔他們的！」

見趙方被逼得將心裡話說出來，凌若脣角的笑意比剛才更深了幾分。「許多人天生自私自利，除了利益之外，便再容不下其他東西。」

「娘娘說的是，也怪奴才自己有眼無珠，養出這麼一群無情無義的東西來。」說到後面，趙方幾乎垂下淚來。這些日子為著此事，他食不知味、寢不安席，唯恐第二天醒來，御藥房總管已經換了人。

「公公不必自責，眼下看清並不算晚；再說，不過是一群跳梁小丑罷了，蹦躂不出什麼花樣。」

凌若這話，使得趙方一陣苦笑。「娘娘有所不知，他們幾個均有本事得緊，搭上了後宮的主子，如今除了一個頭銜之外，他們早已沒將奴才當成御藥房總管看待了。其實按理說，奴才當了這麼多年的御藥房總管，不應再貪戀了，可奴才在宮外無親無故，又這麼一大把年紀，出了宮不知該去哪裡。」

「趙公公你還想著出宮吶？」水秀咂舌道：「依我看，你底下那些徒弟可不像那麼心慈手軟的人，最可能的，就是把你送進慎刑司，讓你直接在那裡養老。」

趙方渾身一哆嗦。「水秀姑娘這話說得未免太瘆人了一些，咱家在宮裡這麼多年，還真沒進過慎刑司呢。」

水秀卻是道：「趙公公，我這可不是胡言，他們這麼沒人性地急著把你拉下總管之位，又怎會讓你安度晚年呢？」

趙方被她說得越加害怕，他這一輩子雖然比正常男人少了一條子孫根，但過得還算順遂，可不想臨老卻遭災。「熹妃娘娘，您可一定要救救奴才，以前四阿哥調查二阿哥中毒那件事時，奴才怎麼著也算是幫過四阿哥與您，您可不能見死不救啊。」

「本宮既然與你說這些，自然會救你，起來吧。」

在凌若的示意下，趙方顫顫巍巍地站起來，不過那雙老眼一直巴巴地看著凌若。他很清楚，自己所謂的難題，在這位手握後宮大權的娘娘眼中，根本不是問題。只要熹妃一句話，自己的總管之位就會再次穩如泰山，無人可動。

「不過趙公公在宮中那麼多年，應該很清楚天上是不會無緣無故掉餡餅的，想要得到什麼，就必須有所付出。」

凌若話音剛落，趙方就急急點頭道：「奴才明白，只要娘娘肯救奴才，奴才以後就唯娘娘之命是從，絕不敢有違。」

凌若說了許久，為的無非就是趙方這句話，而她也確實等到了，當下微微一笑道：「趙公公言重了，本宮只是有點小忙想請趙公公相助。」

既然已經決定跳上這條船，趙方自然不會再有什麼猶豫，躬身道：「娘娘有什麼事儘管吩咐就是了，奴才一定盡力而為。」

凌若彈一彈指甲，漫然道：「本宮知道舒穆祿氏的宮人每日都會來你這裡，按著安胎藥的方子拿藥是嗎？」

趙方心中一驚，低頭道：「是，自從舒穆祿氏懷孕後，每日都會按方子來取藥，不過每一味藥，都會盯著放到藥罐中，想要動手腳……」他一咬牙道：「恕奴才說句實話，並不容易。稍有些可疑，便會盤問半天，甚至將太醫請過來。」

凌若拍手笑道：「趙公公果然精明，這麼快便明白了本宮的心意。」

趙方不知她究竟是褒是貶，不敢隨意接話，好一會兒方忐忑地道：「娘娘息怒，奴才並非有意推脫，實在是……不妨與娘娘說句實話，水意軒的人不只煎藥前要檢查，煎完藥後的藥渣，同樣要檢查，所以……」

「本宮明白。」凌若抬手道：「所以本宮並不打算用你說的紅花、麝香，不過是讓你將一味藥，放在安胎藥當中的生薑之內，瞞天過海。」

在滿腹疑惑中，趙方接過水秀遞來的紙，上面寫了「寒水石」三個字。趙方當了這麼多年的御藥房總管，自然知道寒水石是什麼東西。此物又稱凝水石，味辛氣寒，磨粉入藥後，可除五臟伏熱，雖無毒卻有大寒，並不適宜孕婦服用。

看著拿著紙遲遲未說話的趙方，凌若凝聲道：「如何，趙公公可願幫本宮這個小忙？」

趙方抬起頭來，小心地問：「真的只需要加一味寒水石便可以了嗎？」

「自然。」

趙方再次陷入沉默。他有辦法神不知、鬼不覺地將寒水石加入到生薑中，但這味藥雖不是紅花那等陰物，對龍胎卻同樣有所損傷，他不得不慎重以待。

凌若也不催促，只是慢慢地抿著茶。黃昏在這樣的靜默中悄悄過去，窗外的餘暉正在逐漸消失。

在最後一絲光線也消失時，趙方終於抬起頭來，咬著一嘴有些發黃的牙道：「只要娘娘保住奴才現在的位置，奴才願意聽從娘娘任何吩咐。」

凌若知道趙方只有這一條路可選，所以對他的回答毫不意外，只是說了四個字。「一言為定。」

事情，便在剛剛降臨的夜幕下定了下來。

在為舒穆祿氏請脈安胎的許太醫面前，周明華假意說出幾味有益溫補的藥，慫恿他加在安胎藥中後，趙方亦開始悄悄將寒水石的粉添加於生薑中。因為寒水石的粉分量不多，再加上沒有藥渣，所以煎藥的人沒有發現任何異常。

至於趙方底下那幾個一心想要爬上御藥房總管的人，不知怎的，一個個都被內務府下令調離了御藥房，去其他地方當差，且新差事，比在御藥房差了許多。

他們幾個心裡不服，便一起湊銀子送去錢莫多那裡，希望他通融。錢莫多說什麼也不肯收下，暗示他們將他們調離御藥房的命令，並不是他下的，而是熹妃娘娘，就算放一座金山、銀山在他面前他也改不了，除非找到皇上那裡。

聽得是這麼一回事，那幾個人終於死了心，垂頭喪氣地去了其他地方。少了他們之後，趙方的御藥房總管一職，自然是穩如泰山，無人可動。

凌若也讓楊海告訴趙方，只要他好生當差，就算將來真老得當不了差事，要出宮，她也一定會找個山明水秀的地方讓他安度晚年。

對無親無故又年紀一大把的趙方而言，沒有什麼比「安度晚年」這四個字更重要了，即便現在還只是空談，也足夠讓他賭一把。

第一千兩百三十六章　掉髮

在蘇培盛親自去找過白桂後，白桂終於答應悄悄給如柳腰牌出宮，不過他三令五申，讓如柳一定要注意行蹤，盡量不要被人發現了。

承乾宮、坤寧宮、水意軒，這三個地方都在暗中進行著各自計畫，卻不知最後誰才能如願以償……

入秋之後，舒穆祿氏發現自己的頭髮開始掉得厲害，每次晨起梳頭，都是一大把一大把地掉，經常梳完後，滿地都是頭髮，看得她心疼不已；可是不論梳髮的宮人動作多麼輕柔，都是一樣的結果，洗髮也是這般。

不到半月的工夫，頭髮竟然生生少了一半，只剩下薄薄一層覆在頭皮上。要命的是，這些頭髮還在不斷減少，令她心情一天比一天差。

這日舒穆祿氏坐在銅鏡前，由著太監為自己梳髮，只是今日不知怎麼回事，平素靈巧的小華子竟然盤了好幾次都未能將頭髮固定在頭頂。

舒穆祿氏將手裡把玩的簪子往桌上一擱，冷冷道：「怎麼做事的，這點兒小事都做不好？」

小華子被喝得手一抖，頭髮再次落了下來，而且這一次用來固定的髮釵還扯痛了舒穆祿氏，令她越發生氣，不等她責罵，小華子已經跪在地上迭聲請罪。

「不中用的東西！」舒穆祿氏喝了一聲，想要將纏著頭髮的髮釵取下來，卻發現自己頭部左邊有一塊白白的東西，抬手想要將黏到的東西取下來，卻摸到溫熱的頭皮。原來那是因為頭髮一再掉落，稀少的頭髮無法再遮住頭皮，所以露了出來。

舒穆祿氏湊到銅鏡前，不敢相信自己所看到的事實。如柳忙上前撥弄舒穆祿氏的頭髮，遮住露出來的那塊頭皮，陪笑道：「小華子真不小心，竟然將主子的頭髮都梳到一邊去了……」

她話音未落，舒穆祿氏已經一掌打掉她的手，將頭髮重新撥開，使得那塊頭皮露了出來。「是小華子不小心，還是妳騙我？」

一聽這話，如柳連忙跪在小華子旁邊道：「奴婢該死！」

舒穆祿氏沒有去理會如柳，而是十指梳過長及腰際的頭髮，在梳至髮尾時，已經纏了數根頭髮在指尖；再看地上，與往日一樣，也是覆著黑黑一層。

舒穆祿氏失魂落魄地看著滿地青絲，顫聲道：「怎麼會這樣……」

如柳大著膽子道：「主子，其實現在是秋天，葉落髮掉，乃是很正常的事情。

奴婢自己每日起來，枕上也是掉一大片頭髮，待到明年春天的時候，就又會長起來，所以……」

「所以我不必擔心是嗎？」

冷凜的聲音猶如秋風一樣颳過如柳耳邊，旋即她髮間的簪子被拔了起來，盤起的頭髮頓時披落下來。舒穆祿氏不斷撥弄著如柳的頭髮，把她弄得披頭散髮，歇斯底里地大叫著：「妳不是說每日都掉一大片頭髮嗎？為什麼妳的頭髮還這麼多，頭皮也沒有露出來？為什麼！」

見她情緒激動，如柳連忙勸道：「主子，您現在懷著龍胎，動不得氣。」

龍胎二字令舒穆祿氏頭腦一清，強迫自己冷靜下來，但只要一看到鏡中那一塊白花花的頭皮，她就快瘋了。再繼續掉髮，自己很快就會變成一個禿子，就像是那些削了髮的尼姑一樣。若真是這樣，她以後還要怎麼見人，怎麼得到胤禛的寵愛！

不！她不要變成禿子，不要！

舒穆祿氏在心裡不斷大喊，可滿地的頭髮卻在不斷刺激著她，讓她無法真正冷靜下來，反而被驚懼與恐慌包圍。

「該死的，這到底是怎麼一回事？為什麼頭髮一直在掉？為什麼！」舒穆祿氏抱著頭，痛苦地說著。

小華子瞅了她一眼，怯聲道：「主子，會不會是因為懷了龍胎，再加上剛好是秋天的緣故？」

舒穆祿氏斷然否決：「不可能，宮裡又不是我第一個懷龍胎，為何別人就沒這樣！」

小華子低了頭，不敢再說話。倒是如柳道：「主子，小華子說的未必沒有道理，每個人都不一樣，與許主子……」見舒穆祿氏臉色再次變得難看，她連忙道：「依奴婢愚見，還是傳太醫來問問，或許太醫會有辦法也說不定。」

舒穆祿氏有些煩躁地道：「也只能如此了。小華子，你速去請太醫過來。」

「嗻！」小華子答應一聲，趕緊去將許太醫請了過來。

許太醫在問明情況後，沉吟道：「娘子這個情況實在很奇怪。按理來說，在身懷六甲的這段時間內，胎氣會起到固髮的作用，是絕對不會脫髮的；倒是產後會因為身子虛弱而出現脫髮症狀。」這般說著，他道：「能否讓微臣給娘子把個脈？」

舒穆祿氏一聽這話，立刻挽起袖子，許太醫按例覆了絲帕後，開始為她診脈。在診脈中，他眉頭不時皺一下，令舒穆祿氏越發忐忑不安。待得許太醫收手後，她連忙問：「如何，龍胎可還安好？」

「龍胎倒是沒有大礙，不過經微臣細診後，發現娘子的體質有了一些變化，偏於陰寒，也許就是這個原因，才使得娘子大量脫髮。」

第一千兩百三十七章　寒水石

「那會不會影響龍胎？」這是舒穆祿氏最關心的事，這個孩子可是關係著她的後半輩子。

「若只是這樣，還不會有影響，但若陰寒繼續加盛，麻煩就大了。」

許太醫此言一出，舒穆祿氏整個人都發起抖來。「為什麼會這樣？前幾日不是還好好的嗎？為何會突然……」

許太醫撚鬚道：「其實懷了胎兒後，母體的情況就會時時變化，也說不上突然。」

「慢著。」舒穆祿氏忽地記起一事，道：「許太醫，我記得你之前與我說過，你在安胎藥裡多加了幾味藥是嗎？會不會是那些藥有問題？」

「不會。」許太醫不假思索地道：「那幾味藥，微臣都仔細斟酌過，全部是溫補固胎的藥，沒有一種是帶寒性的，所以娘子的情況與安胎藥並無關係。」

「是嗎？」舒穆祿氏狐疑地瞥了他一眼，道：「那我現在這樣該怎麼辦？」

許太醫思索片刻道：「微臣這就替娘子開一些溫補祛寒的藥，希望可以及時將娘子的體質扭轉過來。」

舒穆祿氏的話讓許太醫甚是為難。「娘子，微臣只是一個太醫，所能做的只是盡力而為，至於能否成功，就非微臣所能控制的了。」

「不是希望，是一定要！」

舒穆祿氏冷笑道：「你不必與我說這些推脫的話，如今我腹中懷的是龍種，是大清的龍子鳳孫，若有一點兒差池，皇上定會降罪於你……許太醫，我怕你不只是頂戴不保，連性命也會不保，到時候可別說我沒提醒過你。」

被她這麼一說，許太醫頓時額頭見汗，擠出一個僵硬的笑容。「娘子說的是，微臣一定……一定為娘子保住龍胎。」

舒穆祿氏臉上多了一絲笑意，道：「那一切就拜託許太醫了。」

在許太醫擦著腦門上的冷汗下去後，舒穆祿氏命如柳將他後來所開的那張安胎方子拿過來，對著醫書查了一遍，果如許太醫所說，均是溫補的藥材。

藥很快便煎好了送過來，按著許太醫的吩咐，一日兩次。喝了這藥後，舒穆祿氏的頭髮雖然掉的少了些，但還是有在掉，之後許太醫又調整過幾次方子，效果均不理想，使得舒穆祿氏心情越發差勁。到後面，她連鏡子也害怕照了，唯恐再看到沒有頭髮遮掩的頭皮。

失望不已。

這期間，胤禛倒是來過幾次，不過都是坐一會兒，說幾句話就走，令舒穆祿氏失望不已。

這日，周明華按例來為凌若請平安脈，診過後欠身道：「娘娘脈象平和，並沒有什麼不好之處，娘娘盡可放心。」

凌若點點頭道：「本宮聽說舒穆祿氏最近頭髮掉得很厲害，吃了許太醫開的藥也沒什麼效果，是真的嗎？」

「是，許太醫為了此事一直在太醫院中長吁短嘆，愁得不得了；不過還有一件事，娘娘怎麼也想不到。」在凌若好奇的目光中，他低聲道：「除了掉髮之外，舒穆祿氏的龍胎也開始出現不穩，這是微臣無意中聽許太醫說的。」

凌若吃驚不已，訝然道：「竟有這等奇效？難道是因為那個寒水石？」

「正是，寒水石乃是大寒之物，雖有許多溫補之物放在一起燉煮，依然難減寒性，久服之下，使得舒穆祿氏的體質開始偏向陰寒，而這是孕婦最忌諱的。這一點，倒是微臣原先沒想到。」

水秀急忙道：「照周太醫這麼說，只要繼續在舒穆祿氏的安胎藥中放寒水石便可令她小產了，不需要咱們再做什麼？若真這樣，豈非可以省下許多工夫？」

周明華道：「可以這麼說，不過具體如何還要再看情況，這麼短時間，還下不了定論。」

凌若點頭道：「本宮明白，許太醫那邊的情況就麻煩你了。至於水意軒，本宮自會派人盯著。」

正當一切有條不紊地進行時，另一批糧食亦送到了福州，令弘曆大喜過望。他們帶來的糧食已經快要派完了，運糧船再不來，只怕好不容易得到控制的福州又會大亂。

正當弘曆領著兆惠他們在船上點算糧食的時候，弘時走了進來，飛快掃過他們幾個，帶著笑意道：「四弟這麼急著點算糧食做什麼，糧食又沒長腳，不會飛的。」

弘曆被他說得亦笑了起來。「話雖如此，但早些點算完，便可以早些將糧食派發給民眾，讓他們明白朝廷正源源不斷地運來糧食，完全不必擔心會再餓肚子。」

「你啊，真是說不過你。」弘時搖搖頭，提醒：「不過你也別忘了，咱們可是答應了福州知府的宴請，你要是再不去換衣裳，可是要晚了。」

弘曆拍一拍額頭道：「二哥要是不提醒，我都要忘了此事。其實這事二哥去就行了，我不去也無所謂。」

弘時一拍他肩膀道：「什麼叫無所謂，都說了是宴請咱們兩個，尤其是你這位在賑災中數次安撫住災民的四阿哥，簡直就是功不可沒啊。等這次回去後，皇阿瑪一定會好好封賞你的。」

弘曆被他說得有些臉紅。「二哥你就別笑我了，我不過是做了自己力所能及的事罷了。就算真有什麼功，也是咱們兄弟倆一起立下的，非我一人之功。」

弘時眼中有所感動，更加用力地拍著弘曆的肩膀道：「行了，二哥知道你什麼心思。趕緊去換衣裳吧，我在岸上等你。」

在弘時出去後，阿桂搖頭晃腦地道：「這個二阿哥，難道真轉性了？」話還沒說完，腦後就挨了一掌。

「沒聽過江山易改，本性難移這句話嗎？」

無故挨了一掌，阿桂氣得跳起來，指著兆惠的鼻子道：「我警告你，以後不許打我的頭，否則我跟你沒完！」

兆惠嗤笑一聲道：「沒完就沒完，難不成我還會怕你嗎？」

他這個樣子，令阿桂更加氣不打一處來，正準備衝過去好好教訓一下，弘曆已經拉住他道：「好了，你們兩個就不能安生地處一天嗎？」

第一千兩百三十八章　判若兩人

「不能！」

阿桂與兆惠異口同聲地說，令弘曆連連搖頭。真不知這兩人是不是前世的冤家，今世要這樣吵鬧不休。

在與阿桂鬧了一會兒，兆惠一臉正經地道：「四阿哥，我還是原來那句話，你小心著些二阿哥，我始終不太信他。」

阿桂記著剛才他打了自己一掌的仇，他一說完就立刻反駁道：「我倒覺得二阿哥真的與以前不一樣了，這次賑災，他不只沒有暗中破壞，還忙前忙後出了不少力。」

弘曆亦道：「是啊，兆惠，你是否太多疑了？二哥與以前真的是不一樣了，簡直可說是判若兩人。」

「就是因為與以前不一樣，所以我才覺更可疑。在京城時，我聽人說二阿哥以前對禮部的差事愛理不理，數日才去禮部轉一趟，可後來卻變得對差事很是上心，甚至還主動提議來福州。這次來了之後，更是一絲抱怨也沒有，你不覺得奇怪嗎？」

阿桂對他的話嗤之以鼻。「有什麼好奇怪的，人長大了，自然會開始長進，難道要一輩子吊兒郎當才正常嗎？」

「蠢人之見！」兆惠輕蔑地道：「都說了江山易改，本性難移。一般人會改變只有兩個原因，一種是歷經大事，真的洗心革面，痛改前非；另一種就是假裝改變，實際上還是與原來一樣。」

「假裝改變？二阿哥為什麼要這麼做，於他又有什麼好處？」

面對阿桂一連串的問題，兆惠想了許久才道：「這個我暫時還沒有想到，不過……」

阿桂不客氣地打斷他的話，道：「不過什麼啊，要我說，你就是太多疑了，整天疑神疑鬼，怪不得身子差成這樣。」

被他這麼一打斷，兆惠心裡不樂意，冷哼道：「你既聽不進去就隨你，到時吃了虧別怪我沒提醒你。」

見他們兩個又要吵起來，弘曆趕緊當和事佬。「好了好了，別再為這種事吵了；再說福州的差事很快就要辦完了，回了京，我與二哥就各自領回差事，互不相干。」

外頭有人催促道：「四阿哥，二阿哥請您快些出去，別誤了赴宴的時辰。」

「知道了。」弘曆答應一聲，推著互相看不順眼的兩人道：「都趕緊出去換衣裳吧，你們陪我一道去知府衙門。」

待他們各自換了衣裳走下船，只見弘時正站在岸上與人說話。看到弘曆過來，他笑著招一招手道：「轎子已經備好了，咱們這就過去吧。」

「是。」

這時弘時忽地指著亦步亦趨跟在他身後的兆惠兩人道：「福州知府宴請的是你我兩人，他們兩個沒必要跟去吧？倒不如留在船上看管糧食。」

不等弘曆說話，兆惠已經搶先道：「回二阿哥的話，四阿哥身邊缺不了伺候的人，反倒是船上有那麼多人在，並不缺我等兩人。」

弘時眸中冷光一閃，臉上卻是笑道：「你這嘴皮子倒是伶俐，罷了，既是想跟便跟著吧。」

「多謝二阿哥。」這般說著，兆惠與阿桂隨在弘曆的轎子邊，一道往知府衙門行去。

在他們後面，是弘時冰冷陰寒的目光。待得上轎後，他喚過之前說話的人，低聲吩咐：「鄭吉，記著，到時候把那兩根礙眼的釘子也做了。」

「奴才知道，二阿哥儘管放心。」鄭吉答應一聲，示意轎夫啟轎，自己並沒有跟上去，而是轉身去了別處。

福州知府姓林，是去年剛上任的，不想上任沒多久就出了那麼大的事，整個福州府幾乎毀於一旦，他也被困在府衙裡出不去。幸好蒙二位阿哥冒險帶著糧食前來救災，解了福州府的燃眉之急。

如今災情得以控制，百姓重新回到了正常生活，他身為福州府的父母官，自然應該好好謝謝二位阿哥；尤其是四阿哥，若非他數次冒著性命危險，對災民諄諄勸導，喚起他們體內的人性與良知，只怕就算有了糧食，福州府也依然會存在著人吃人的慘事。

當門房來報，說二位阿哥的轎子已經到了府衙外時，林知府連忙整一整衣裳出門跪迎。「下官林學禮拜見二位阿哥！」

弘曆一下轎便看到林學禮跪在地上，連忙上前扶起他道：「林知府這是做什麼，快快請起。」

弘時亦下了轎，輕笑道：「是啊，說了只是吃一頓便飯而已，林知府怎的又這麼拘禮了，快起來。」

「多謝二位阿哥。」林學禮站起身來，引著兩人進去，後衙已經備好了豐盛的酒菜。

待得各自落座後，林學禮親自執酒壺替兩人滿上美酒，並且執杯道：「下官今日還能坐在這裡，福州府能恢復正常，全賴二位阿哥，下官謹以此杯代福州府千千萬萬的百姓謝過二位阿哥。」

「林知府太客氣了。」弘時微笑著端起酒杯。「我與四弟不過是做了我們該做的事，實當不起這個謝字。」

「若二位阿哥都當不起謝，那誰又當得起。」這般說著，林學禮又道：「不管怎樣，都請二位阿哥滿飲此杯！」

弘時與弘曆欣然應允，飲盡杯中酒。林知府再次替他們滿上酒，道：「不知二位阿哥準備何時回京？」

「我已經將此處的情況寫成摺子，命驛站快馬加鞭送呈皇阿瑪御覽，相信不久之後，皇阿瑪便會下旨著我兩人回京。」說到此處，弘時聲音一沉，語重心長地道：「雖說災情已經得到控制，但經此一事，福州府終歸是元氣大傷，需要很長一段時間才能恢復原來樣貌，所以我兩人走後，林知府還要多多費心，萬不可大意。」

林學禮站起身來，正色地道：「二阿哥放心，下官一定竭盡所能，斷不讓福州百姓再遭難，否則下官自己摘下頭上頂戴，以謝福州百姓。」

弘時頷首道：「有林知府這句話，我就放心了。不過，有一處地方，始終讓我有些擔心。」

弘曆接過話道：「二哥可是說連江縣？」

第一千兩百三十九章　連江縣

弘時輕敲著桌子道：「不錯，自從咱們到了福州賑災後，其他地方的百姓都蜂擁而至，唯獨這遭災最嚴重的連江縣，竟是一個人都沒來過。雖說饑荒餓死過不少人，但偌大的縣總不至於連一個活著的人都沒有吧，還有縣官也沒見蹤影。」

林學禮的眉頭也緊皺了起來。

「下官曾派過衙差去那裡，卻一個個都有去無回，到現在已經沒有人敢去了。甚至有人私下流傳，說那裡的人就算還活著，也已經變成了茹毛飲血、生吃人肉的野人。」

弘曆搖頭道：「不會的，若非迫不得已，哪會有人願意吃人肉。應該是別有原因。之前我與二哥說過，想去連江縣走一趟，但二哥不同意，就一直拖到了現在。」

「我也是怕你有危險，但咱們既來賑災，便該有始有終，所以我想在走之前去一趟連江縣，看看那裡到底是什麼情況。老四，你可願與我一道去瞧瞧？」

弘曆沉默了一會兒道：「二哥可是怕我回京之後，放不下連江縣的事，耿耿於懷，所以才這樣說？」

弘時沒有回答，而是道：「怎麼說都一樣，福州百姓安危才是最重要的事。」

弘曆心下感動，低聲道：「多謝二哥。」

「咱們是親兄弟，莫說這樣見外的話，既是定了，那明日咱們就動身去連江縣，到時候帶些糧食去。為了安全起見，我會多派些人跟隨。」說到此處，他目光一掃，道：「兆惠，阿桂，你們兩個武功不弱，也一道跟去。」

在兆惠兩人答應之後，林學禮亦道：「二阿哥，能否讓下官也隨你們同去？」

弘時欣然道：「林大人有這個心，我們自然不會反對。」

去連江縣的事就此定了下來。

翌日一早，弘時、弘曆還有林學禮三人便帶齊了人馬往連江縣行去。

為了安全起見，弘時這次足足帶了一百多個精幹的軍士，林知府亦帶了十數個衙差。

他們足足走了三個多時辰方才看到連江縣的影。

整個縣被一條河包圍著，要從這裡進到連江縣，就只有一條木橋可走，否則便要繞上幾十里山路。

在跨過木橋後，阿桂忽地搓著臂膀，低聲對旁邊的兆惠道：「病秧子，你有沒有發現一過了橋，就好像冷了一些？剛才被風一吹，我渾身的汗都收了進去。」

兆惠警惕地張望著四周道：「小心著些，我感覺這裡陰森森的，不太對勁。」

在他們進到縣內後，一群猶如幽靈一般的人影出現在對岸，正當他們想過橋的時候，剛才還好端端的橋突然從中斷開，掉入湍急的水流中。隱約中，似有一個人影跟著掉進水裡，但速度太快，根本無法看清。

這個突如其來的變故，使得領頭的人瞳孔一陣急縮。橋一斷，就意味著他們沒法過河，而游過去顯然是不可能的。汛期剛過，水流比一般時候湍急許多，根本游不過去，之前掉下去的木橋，此刻已不知被沖去了哪裡。

見領頭的人不說話，底下人問：「頭領，咱們現在該怎麼辦？」

「沒辦法了，只能走山路繞過去。都走快一些，四阿哥身邊沒多少人，而連江縣是什麼情況，咱們也都不知道，得趕緊跟上去保護四阿哥。」

「是。」簡短地應了一聲後，一群人迅速往遠處的山路走去。

在這群人之後，又有一群人來到岸邊，考慮一番後，同樣決定繞山路進連江縣。

就在這兩撥人趕往連江縣的時候，連江縣內已經發生了他們意料不到的變化。

弘曆等人進來後，所看到的是一派蕭條之象，空蕩蕩的街上看不到一個人影，倒是偶爾可以看到白森森的骨頭，不知是畜生還是人的。

難聞的氣味始終充斥在鼻間，揮之不去。

明明陽光明媚，卻給人一種陰森恐怖的感覺，不需要吩咐，那些軍士就一個個打起了十二萬分精神，仔細注意著周遭的動靜。

正當弘曆準備尋一戶人家推門進去看看的時候，街道兩邊房屋的門突然一起打開，奔出一群披頭散髮猶如野人的人，個個舉著鋤頭、柴刀等物，怪笑著朝他們衝來。那些軍士反應倒是很快，立刻攔在弘曆等人身前，擋住這些來意不善的人。

看到軍士抽出佩刀來，弘曆連忙道：「別傷了他們。」

弘曆的話使得那些軍士收回佩刀，只是以帶鞘的刀阻攔他們，不過這一來，肯定是有所吃虧。幸好人不多，他們還攔得住。

弘曆沒有乾看著，而是大聲道：「諸位父老鄉親，請你們冷靜一些，我們是朝廷派來救災的欽差，如今福州府已經沒有了饑荒，所有人都有飯吃、有粥喝。今日我們來這裡，就是為了給你們派糧的，你們若不信就看。」

他一邊說著一邊迅速解開糧袋的口子，讓白花花的大米呈現於人前，但是那些人卻好像沒看見、沒聽見一樣，依舊揮舞著鋤頭、柴刀，用力攻擊軍士。在這種敵攻我守的情況下，開始有軍士受傷。

弘時急切地道：「老四，別說了，依我看，這些人都瘋了，你就是說得天花亂墜他們也聽不進去，還是趕緊將這些人逼退，然後離開這裡。」

弘曆本不想傷害這些受盡磨難的百姓，但眼見形勢逐漸不受控制，也只能答應。有了他們的命令，軍士迫不及待地抽出佩刀，情況逐漸有所好轉。

不過很快的，他們的臉色就變得鐵青無比，因為有許多看起來比眼前這些人更瘋狂的人正從四面八方衝過來，將他們團團包圍。

看到那密密麻麻的鋤頭、柴刀，他們心裡直發怵。而且不曉得怎麼一回事，他們的軍刀總是砍個空，但那些看起來鈍鈍的鋤頭、柴刀卻總能準確無誤地砍在他們身上，將他們砍得遍體鱗傷。

第一千兩百四十章　逃

隨著越來越多的人冒出來，軍士們的壓力不斷增大，一個接一個地倒在地上，很快的便只剩下幾十個人還站著，但仍在不斷地倒下。

看到這一幕，弘曆明白自己不能再心慈手軟，否則所有人都會有危險。他咬一咬牙，自阿桂手中接過弓箭，搭箭彎弓，旋即一枝利箭射了出去，準確無誤地射中一個人的胸口，並且從後背穿出，再射中另一個人的手。

這一箭似乎震懾了那些人，使得他們愣在那裡，但下一刻，他們就更加瘋狂地衝過來，而且目標極為明確，就是弘曆。顯然是弘曆的箭激怒了他們。這麼多人一起衝，軍士節節後退，弘曆所站的地方亦越來越小，連射箭也變得極為困難。

阿桂一看不對，連忙道：「病秧子，咱們也上去攔著，讓四阿哥可以再射箭。」

「還用你說。」兆惠冷哼一聲，從地上撿起一把軍刀朝那群人衝去。他雖然身子有病，但自幼習武，一旦認起真來，連阿桂都要讓三分，怎會怕這些人。

至於阿桂，他嫌軍刀太輕，正好看到旁邊有一根旗杆子，整個拔起來拿在手裡揮舞。有他們兩個生力軍加入，果然逼退了那些瘋狂的人群，而弘曆亦趁此機會一箭接著一箭射出去，在射中了十幾人後，他帶來的箭也全部用光了。

「二位阿哥，現在……現在該怎麼辦？」林學禮驚慌失措地問著，他帶來的那些衙差早已經一個都不剩了。

弘時咬牙，推了一把弘曆道：「四弟，你與林知府先走，我在這裡攔著。」說罷，他撿起一把軍刀就要衝過去。

弘曆趕緊拉住他道：「你是我二哥，我如何能留下你一人在這裡，要走一起走！」一說罷，他對林學禮道：「林大人，趁著現在他們還沒衝過來，你趕緊離開。」

林學禮不想死，但若是弘曆兩人在他的地方丟了性命，就算現在僥倖逃命，朝廷怪罪下來，同樣會死。何況他此刻已是嚇得手腳發軟，尤其是看到有百姓一口咬住軍士脖子，活活將軍士咬死的情景，更是連步子都邁不動。

瘋了，這些人都瘋了，就像是饑荒最嚴重時那樣，許多人為了果腹，吃人肉、喝人血，比野獸更像野獸。

纏鬥了一陣子，阿桂與兆惠的呼吸漸漸粗重起來。他們雖然武藝不凡，但要擋著這麼多人，實在是太吃力了，一旦力氣用盡，等待他們的就只有死路一條。

兆惠在砸倒一個百姓後，來到兆惠身邊，氣喘吁吁地道：「病秧子，你平常不是總誇自己足智多謀嗎？你現在倒是趕緊想個辦法，我可不想英年早逝，還是死在這些人手裡。」

兆惠一刀砍在想要偷襲阿桂的人身上，喘著氣道：「繼續鬥下去我們會精疲力竭的，唯一的辦法，就是趁著現在還有幾分力氣，趕緊逃，逃得越遠越好！」

「嗯！」阿桂答應一聲，與兆惠一邊抵擋著那些瘋狂的百姓，一邊退到弘曆身邊。「四阿哥，這麼多人我們擋不住的，得趕緊離開，我與兆惠護著您離開。」

弘曆點點頭，在拉過林學禮後，又對弘時道：「二哥，咱們一起走！」

弘時搖頭道：「你別管我了，趕緊跟他們走吧，我不會有事的。」

見弘時在危急關頭還一直擔心自己，弘曆感動之餘，更是不肯棄下弘時，自己逃走。

見弘曆站在那裡不動，兆惠急得眼睛都紅了，大聲喊：「四阿哥，走啊，再耽擱下去，可就一個都逃不走了！」

弘曆咬一咬牙，一手拉過弘時道：「二哥，走！」

弘時跺腳道：「都說了不用管我，你怎麼就是不聽呢！聽二哥的話，快走！」

弘曆神色堅定地道：「咱們是兄弟，應該同生共死，若讓皇阿瑪知道我拋下你自己一人逃走，皇阿瑪一定會打死我的！」

弘時露出動容之色，重重嘆了口氣道：「唉，好吧，那咱們一起走，就算真逃不出去死了，好歹黃泉路上也有個伴，不至於太寂寞。」

弘曆沒有說話，因為這個時候，軍士已經沒剩下幾個了，那些百姓揮舞著柴刀瘋狂地湧過來。昏黃的落日下，那一雙雙眼睛閃動著森冷的光芒，讓人望之生寒。

見弘曆開始退走，兆惠與阿桂提起最後一絲力氣，拚命想要攔住那些瘋狂的百姓，可這麼多人，又豈是他們兩個所能攔住的。阿桂先被人一刀砍中後背，痛得他喊不出聲來，繼而被人踹中胸口，橫飛出去，落地時，人已經沒了知覺。

「阿桂！」兆惠大叫一聲，急忙往阿桂奔去，卻被一個身形瘦小的百姓擋住去路。他紅著眼，一刀劈了過去，想要砍死這個該死的百姓。

就在刀快要砍到百姓身上時，兆惠突然看到一雙帶著嘲諷笑意的眼睛，不等兆惠明白他為何會露出這樣的笑容，手上突然一輕，刀竟然被那個百姓生生奪了過去。

兆惠怔怔地看著面前的百姓，說不出話來。這一手分明是阿瑪教過的空手奪白刃，為什麼一個不懂武功、唯有幾分蠻力的百姓會懂得？

這個念頭還沒閃完，兆惠就被人一腳踢飛出去，不過他傷得沒有阿桂那麼重，不曾暈過去，但他也沒法爬起來，因為剛才那個百姓正狠狠踩著他胸口。

「兆惠！阿桂！」弘曆奔了幾步，一直沒見阿桂他們跟上來，回頭看過來，不想卻看到阿桂與兆惠分別被打倒在地的情景。

弘曆與他們雖非血脈相連的兄弟，但感情卻比真正的兄弟還要深厚，一見他們有危險，立刻衝回去。

林學禮根本攔不住他，慌張地看著弘時道：「二阿哥，這……這可怎麼辦？」

弘時急聲道：「你先走，我去幫老四。」

「下官……」

林學禮剛說了兩個字，弘時就道：「你留下來也幫不了我們，還是趕緊回福州府，再派人過來救我們，如此還會有一線生機，快走！」

第一千兩百四十一章　計畫

聽弘時這麼一說，林學禮亦清醒過來，趕緊答應，然後趁亂離開，沿原路跑回去，心裡不住祈禱弘時與弘曆平安。

被踩在地上的兆惠看到弘曆與弘時先後跑回來，努力從喉嚨裡擠出幾個字：「走……走啊！」

踩著他的百姓聽到這個聲音，冷笑道：「小子，都已經自身難保了，還有心思管別人？」

兆惠更加警覺，努力抬起頭道：「你……你……你不是普通百姓！」

那人咧嘴露出森冷尖利的牙齒。「現在才知道，太晚了！」

沒等兆惠說話，踩在胸口的腳便驟然加重力道，胸口猶如要被踩裂一般。在兆惠痛暈過去之前，看到的最後一幕是弘曆被人打暈過去，打暈他的，不是別人，正是弘時！

待最後一個軍士也死了之後，那些百姓將鋤頭、柴刀一扔，來到弘時面前單膝跪地，齊聲道：「見過二阿哥！」

弘時微一點頭道：「都起來吧。」

「謝二阿哥！」不論說話還是動作，這些人都整齊劃一，猶如一人一般，完全沒有剛才的雜亂無章。

弘時含笑道：「今日之事，你們做得很好，辛苦諸位了，林學禮完全沒有起疑。」

剛才踩著兆惠的那人上前道：「為二阿哥辦事是我等的榮幸，我等自然該竭盡所能，否則王爺問起來，我等也無法交差。」

這些人並非連江縣的百姓，而是允禩派給弘時的死士。在船還沒到福州的時候，弘時便已經有了全盤計畫，而連江縣正是他選定要除掉弘曆的地方。

此處偏僻，除了山路之外，便只有一座木橋可以出入，也就是說，只要斷了那座橋，暗中尾隨自己或弘曆的人，就沒辦法在短時間內進到連江縣，從而給了他動手的時間。

來福州之前，八叔曾提醒過自己，以皇阿瑪的心思，不會僅派一千軍士，暗中定然還有布置，要殺弘曆，就一定先要將這些人甩掉。所以他前一天夜裡便派人伏在橋底下，自己一行人經過後，就立刻斷了橋，不讓人通行。

至於連江縣的百姓，早在他們要動身去福州之前，就已經被八叔派給他的死士殺了，雞犬不留；現在縣裡的這些百姓，都是死士所扮，否則憑一些烏合之眾，就算人數多一些，也不可能殺死那些訓練有素的軍士。

以弘曆的性子，連江縣一直沒派人來領米，一定會起疑，但自己刻意拖延，直至災荒平定後，才故意提議來此，讓弘曆以為自己是為他而來，沒有起任何疑心。至於林學禮，則是整盤布置之中，最重要的棋子。剛才自己也是故意放走林學禮，好借他之口，將他們在連江縣遇「災民」襲擊，生死未卜的事傳出去，直至傳到皇阿瑪耳中。

一起遇襲，一起出事，就算最後弘曆死了，他活著，皇阿瑪也只會以為是弘曆運氣不好，與他無關。

想到這裡，弘時嘴角勾起一絲冰冷的笑意，對猶低著頭的那個死士道：「阿大，仔細檢查一下，別留了活口，否則不只我，你家王爺也會很麻煩。檢查完後，將這些人堆在一起埋了。記著，埋深一點兒。你們現在演的是因鬧饑荒而開始茹毛飲血，習慣了吃人的連江縣百姓，抓了人，自然是要吃掉，要是讓人發現屍體就麻煩了。」頓一頓，又道：「做完這一切後，立刻離開連江縣，以免被人發現。」

「二阿哥放心，小的們知道怎麼做。」說完這句話，阿大與另幾個死士從靴子中抽出一把雪亮鋒利的匕首，也不管地上那些軍士死沒死，照著胸口就是一刀刺下去，相信就算之前沒死，這一刀也足夠要命了。

這樣的事對他們這群過慣了刀口舔血的人來說，甚是簡單，一會兒工夫便輪了一圈，只剩下兆惠、阿桂還有弘曆三人。

其中一個死士走到阿桂身邊，乾淨俐落地一刀刺在他胸口，隨後是兆惠，不過在刺向兆惠的時候，不曉得為什麼，刀刺歪了一些。

阿大走到弘曆身前，眸中閃爍著凶光，抬刀正要刺下去，弘時喝止道：「你做什麼？」

阿大身子一顫，連忙道：「小的是照二阿哥的吩咐，不留活口。」

「是嗎？我怎麼覺得你更像是在報仇。怎麼，恨他殺了你們十幾個弟兄？」

弘時的話讓阿大一陣沉默，良久方道：「不敢騙二阿哥，小的心中確實有恨。小的們自追隨王爺以來，還是頭一次死傷如此慘重，且幾乎是死於一人之手。」

弘時冷笑一聲，看著昏迷不醒的弘曆，涼聲道：「放心，弘曆一定會死，不過不是你們殺，而是我親自來！」

這些年來，弘曆一直將他壓得這麼慘，不親手報這個仇，怎麼對得起自己！

弘時這樣說了，阿大自然沒有意見，收回匕首後，與其他人一道將屍體搬到後山的墳場。那裡已經有人挖好了大坑，只要扔進去埋上土就行。

沒人發現，胸口被人刺了一刀的兆惠正睜開一條眼縫，打量四周的情況。

其實他並沒有暈多久，早在弘時與死士說話的時候就已經醒了過來。在死士刺向自己的時候，他身子故意往旁邊偏了一下，使得刀沒有刺中心臟，同時控制肌肉緊縮，所以那一刀並沒有刺得太深，只是傷口看著嚇人罷了。

他一直以來的擔心沒錯，二阿哥果然沒存好心，連江縣的事根本就是二阿哥安排的，目的就是要殺四阿哥。虧得四阿哥還這麼相信二阿哥，簡直就是狼心狗肺！

也怪他，若他能早一點兒發現不對，多留個心眼，事情就不會變得這麼糟了。四阿哥雖然暫時沒事，但那只是因為二阿哥想要親手殺掉罷了，至於阿桂，更是生死未卜。

兆惠雖然憂心如焚，但他清楚，憑自己一人是奈何不了這麼多人的，更不要說他還受了傷，只能等機會，看能不能逃脫性命。

第一千兩百四十二章 生死

那些死士抬著兆惠來到大坑前，將他與其他人一道拋進去，隨後開始填土。這些人都是允禩親手訓練出來的死士，做事小心謹慎，一直將大坑填平，且看起來沒有任何異常後方才離去。

不過，他們怎麼也沒想到，竟然有人沒死。就在他們離開後不久，平地上冒出一個凸起，隨後一個滿身是土的人手腳並用地爬了出來，這人正是兆惠。幸好這個坑不是太深，否則他就算清醒著也爬不出來。

兆惠來不及吐出吃進去的土，就跌跌撞撞地四處找鏟子，可是那些人填完土後，將鏟子都帶走了，沒有留下一把。眼見找不到鏟子，也沒別的趁手工具，兆惠心急之下，只能用手挖起來，一邊努力地挖著一邊道：「阿桂，撐著點兒，千萬不要死，否則我一定天天咒你。你知道我嘴毒的，被我天天咒，你就算在陰曹地府也休想太平。四阿哥還等著咱們去救呢，撐著，一定要撐著！」

天漸漸黑了下來，時間越久，兆惠的動作就越慢。他胸口的傷雖然不嚴重，但也流了不少血，再加上他原本身子就不怎麼好，要不是一股意念支撐著，早就暈了過去。

在十根手指的指甲都挖出血後，兆惠終於挖到了被埋到的屍體，他用力咬了一下舌尖，強迫自己打起精神來。可惜好不容易挖出來的人並不是阿桂，不過兆惠沒有氣餒，他記得阿桂被扔在自己旁邊，沒有離得太遠，不是這個位置，應該就是旁邊那裡。

第二次挖到的人果然就是阿桂，兆惠連忙將他從坑裡拉出來，拖到一邊後，用力拍打著阿桂滿是泥土的臉頰，驚慌地喊著。「阿桂！阿桂！你醒一醒啊，別睡了！」

阿桂的臉頰很冷，像冰一樣，直挺挺地躺在那裡，任憑兆惠怎麼打都沒反應。「阿桂，你不要嚇我，把眼睛睜開！」

雖然兩人平日裡總是吵吵鬧鬧，但感情卻異常深厚，看到阿桂這個樣子，兆惠忍不住掉下淚來，哽咽地道：「阿桂，你要是敢死，我就把你大卸八塊，然後拿去餵野狗，聽到沒有！」

不管他做什麼，阿桂都沒有任何反應，就像之前挖出來的那具死屍一般，難道阿桂真的死了？

這個念頭讓兆惠悲痛不已，他料到來福州會有危險，卻未想到是性命之憂。

二阿哥實在是太陰狠毒辣了，為了達到目的，居然一口氣害了那麼多人。他甚至懷疑，連江縣的百姓也都被二阿哥害死了。什麼叫為達目的，不擇手段，他今日算是真正見識到了。

「阿桂！」兆惠唸著這個名字，淚水不斷地從眼眶中流下來，淚水流得越多，心就越難過。以後再沒有人像阿桂這樣與他鬥嘴，而他也永遠失去了這個生死與共的好兄弟。

正在這個時候，兆惠耳中傳來一縷細若游絲的聲音。

「病秧子……你準備哭到什麼時候……」

兆惠驟然抬起頭來，發現本以為已經死了的阿桂竟然睜開眼睛，正看著自己，而聲音也是他發出來的。

「你……你沒死？」大悲大喜之下，兆惠的聲音在發抖。

「我要是死了……你就是在……在跟鬼說話了。」阿桂的聲音很虛弱，但神智卻很清楚，他努力抬起手道：「扶我起來。」

兆惠點點頭，吃力地將他從地上扶起來。這個動作扯到了阿桂胸口的傷，令他忍不住痛呼出聲，捂著胸口，痛苦地道：「出什麼事了，為什麼我的胸口這麼疼，好像被刀扎過一樣。」

兆惠還沒說話，阿桂便發現自己手上全是血，而他很清楚地記得，在暈倒之前，胸口並沒有受過刀傷。

兆惠簡短地將事情說了一遍，當聽得一切是弘時所為，阿桂簡直不敢相信，艱難地道：「竟然真的是他……可惡！我與四阿哥真是錯信了他！但他手底下怎麼會有這樣一批人？」

兆惠想了一下道：「我聽那些人說話，他們真正的主人應該不是二阿哥，而是某位王爺，至於是哪一位就不得而知了。這些人下手極是狠辣，在所有人胸口都補了一刀，確保沒有活口，虧得我當時已經醒了，避過要害。至於你，我實在不知你是怎麼活下來的，或許這就是好人不長命，禍害遺千年。」

「去你的……」阿桂輕罵一聲，虛弱地道：「有件事我從沒告訴過你，我與別人不一樣，心是長在右邊的。或許就是這樣，才沒有死，只是流多了血，一時醒不過來罷了。」

這話總算是解開兆惠的疑惑。雖然之前他一直認定阿桂沒死，還把他從土坑裡挖出來，但說到底，那只是一個信念罷了，心裡其實很明白，被刺中心臟的人是沒可能活下來的。

不過幸好……幸好阿桂的心臟長在右邊，讓他得以逃過死劫。

兆惠取出隨身所帶的傷藥，敷在阿桂與自己傷口上。正是因為此次福州之行會有危險，所以他才一直帶著傷藥，想不到竟然真的派上用場。

又坐了一會兒後，阿桂感覺好一些了，努力撐起身子道：「咱們現在趕緊去救四阿哥吧。按你剛才說的話，二阿哥一定會對四阿哥下殺手的。」

兆惠也擔心弘曆，但阿桂現在這個情況，連走路都困難，還怎麼救人？他思忖一下道：「阿桂，四阿哥那邊還是我去吧，你在這裡歇著。」

「怎麼可以讓你一人去犯險，還是我跟你一道去吧，互相也好有個照應。」阿桂強撐著想要站起來，結果卻是腳軟無力地跌倒在地。

兆惠沒好氣地道：「行了，你看你這個樣子，連路都走不動，去那邊別說照顧，估計還得我照顧你；再說我也不知道他們會帶著四阿哥去哪裡，只聽說是去鄰縣，還得想辦法找呢。我還是扶你去隱蔽的地方坐著吧。」

阿桂沒想到自己身子竟然虛弱成這樣，無奈之下，只得由著兆惠將他扶到一塊大岩石後頭躲著。「兆惠，你自己當心。」

兆惠沒有說話，只是用力點頭。他清楚自己這一去，很可能會丟了性命，但與弘曆的交情，卻令他明知前方可能是死路，依然義無反顧地奔過去，沒有絲毫猶豫。

第一千兩百四十三章　相殘

弘曆醒來的時候，發現自己在一間沒有亮光的屋子裡。他試著動一下手腳，卻發現都被緊緊綁了起來，想要自己解開是不可能的了。不必問，一定是那些百姓抓了自己。

糟了，不知道二哥他們怎麼樣了，是不是也跟自己一樣被綁了起來？還有兆惠他們……

正在這個時候，耳邊傳來一陣腳步聲，緊接著門便被打開了，一個黑漆漆的人影走進來。

弘曆瞇眼想要看清那人的樣貌，無奈屋中沒有燈火，什麼都看不清，只能問：

「你是什麼人，為什麼要把我抓起來，其他人呢？」

「中氣十足，看樣子是沒事了。」這個聲音讓弘曆愕然。這……這不是二哥的聲音嗎？難道他們已經逃出來了？不對，若逃出來的話，沒理由還綁著自己啊！

沒等弘曆想明白，來人掏出一個火摺子，點亮了桌上的蠟燭。藉著昏黃的燭光，弘曆終於看清來人的模樣，果然就是弘時。他看起來毫髮無損，什麼事都沒有。

弘曆連忙問：「二哥，出什麼事了，為什麼我會被綁在這裡？」

弘時脣角微彎，蹲下身，似笑非笑地道：「四弟，被人綁著的滋味怎麼樣？」

從剛才起弘曆就覺得有些不對，再聽得弘時這樣問，越發覺得有問題，盯著弘時道：「二哥，到底是怎麼一回事？我們現在在哪裡，還有那些百姓呢，他們又去了哪裡？」

「百姓？四弟你是說他們嗎？」弘時輕輕拍了一下手，兩個人立刻走進來。

在看清他們兩人樣貌時，弘曆瞳孔一縮。他記得這兩人，都是曾經攻擊過他們的連江縣百姓，其中一個還打倒了兆惠。

「二哥，你為什麼會跟他們在一起？」弘曆艱難地問出這句話，心裡已經明白了幾分。

「為什麼？」弘時輕笑一聲，用力拍著弘曆的臉頰道：「我的好弟弟，你還不明白嗎？所有的事都是我安排的，而他們，也根本不是什麼受飢的百姓，而是我派來潛伏在連江縣的，目的，就是要你的命！」

弘曆盯著他，顫聲道：「這麼說來，連江縣之行，根本就是你設下的計？」

弘時湊到他耳邊，一字一句道：「不錯，其實連江縣早已變成了一個空縣，那些百姓早就被殺光了，一個不剩，連條狗也沒留下。」

他的話似刺激到弘曆，儘管被束著手腳，仍然用力掙扎著，口中大聲道：「你為什麼要這麼做？他們有什麼地方得罪了你，你要做出這樣人神共憤的事來？」

「別人不明白，難道四弟也不明白嗎？」弘時的目光漸漸冷下來，涼聲道：「我這麼做，為的就是要四弟你的性命。至於連江縣那些人，雖是被我所殺，但歸根結柢，他們卻是因你而死，你才是真正害死他們的凶手！」

弘曆痛心疾首地道：「二哥，你是不是瘋了？我們是兄弟啊，你怎麼能這樣做！」

「為什麼不能！」弘時一把抓住他的辮子，逼迫他抬高頭。「我才是皇阿瑪的嫡長子，可是一直以來，皇阿瑪喜歡你這個庶子遠甚於我，什麼事都偏向你，究竟你有什麼好，不就是懂得討皇阿瑪歡心嗎？」弘時越說越生氣，那張臉在昏黃的燭光下變得扭曲猙獰。「還跑去養心殿跟皇阿瑪批閱奏摺，你憑什麼？憑什麼！」

想到這些年皇阿瑪對弘曆的誇獎，對自己的訓斥，弘時就怒上心頭，抓著弘曆的頭用力往鋪著石磚的地上撞著，直將他撞得頭破血流。「沒有人可以與我爭東西，包括你！聽清楚了嗎？包括你啊！」

弘曆被撞得腦袋發暈，鮮血從額頭流下。「我從來沒想過要與你爭什麼，是你自己想多了。」

「那太子之位呢？養心殿的那把龍椅呢？坐擁天下的權力呢？這些你都沒想過

與我爭？」不等弘曆說話，他就自顧自地搖頭道：「別騙我了，你那麼賣力地討好皇阿瑪，為的不就是繼承大位，成為皇帝嗎？可惜，你沒有這個命！」

鮮血流過眼睛，使得弘曆看什麼都是通紅的，他憤然道：「我知道我現在說什麼都沒用，但是你要對付，對付我一人就夠了，為何要扯進那麼多無辜的人。」

「呵，那一些不過是賤民罷了，死了就死了，有什麼好說的。」弘時冷冷一笑，手一伸，站在他身後的阿大立刻將一把匕首放到他手中。弘時將鋒利的刀刃抵在弘曆喉嚨上，輕聲道：「有那工夫，你倒不如好好擔心一下自己，很快的，你就再也說不了話了。不過你放心，我已經在黃泉路上安排了人等你，讓你走得不那麼寂寞。」

弘曆心中一凜，道：「是不是兆惠與阿桂，你把他們怎麼了？」

弘時手上的力道加重幾分，令弘曆脖子上出現一道血痕。「不是都說了在黃泉路上等你嗎？還能怎麼樣？」

他的話，令弘曆眼裡充滿憤怒，厲聲道：「你殺了他們！」

弘時根本不在意他的憤怒，反而帶著貓捉老鼠的戲謔道：「他們那麼礙手礙腳，尤其是那個兆惠，要是不殺了他們，怎麼對得起我自己呢？」

「你！你太卑鄙了！」弘曆暗悔自己沒有聽兆惠的話，以至於上了他的當，只是現在說什麼都沒用了。

弘時輕蔑地道：「無毒不丈夫，只要能成大事，卑鄙一些又何妨。只要除了你，我就是福州賑災唯一的功臣，也是太子的不二人選。」

弘曆忽地冷笑了起來。「你真以為殺了我就可以成為太子了嗎？你別忘了還有弘晝、弘瞻，以後還會有其他阿哥出生，他們每一個人都有資格成為太子，繼承皇位！」

「住嘴！」弘曆這番話無疑刺激到了弘時，令他臉色驟然變得難看起來，扔下匕首，抓著弘曆的頭再次用力往地上撞著，一邊撞一邊厲聲叫：「太子之位是我的！皇位也是我的，誰都不能搶走！」

第一千兩百四十四章 殺機

弘曆心知今日落在弘時手中必死無疑，卻不想讓他太痛快，忍著額上的痛意道：「你心胸狹小，又沒什麼才能，皇阿瑪乃是英主，怎麼可能立你為太子？你簡直就是痴人作夢！」

弘時臉上的戾氣越來濃烈，正當弘曆感覺他將要忍不住的時候，他的戾氣突然消失得無影無蹤，取而代之的是一臉笑意。「就算真是這樣，我可以造一處饑荒除你，自然也可以造另一處饑荒除他們。」

聽到他這句話，弘曆整個人都呆住了，好一會兒方尋回了聲音。「你說什麼？福州的饑荒是你造成的？」

看到他這個樣子，弘時暢快地笑了起來，拍著弘曆的臉頰道：「怎麼，很吃驚嗎？蠢貨！」

弘曆沒有理會他對自己的羞辱，只是激動地道：「說！到底是怎麼一回事，為什麼你說饑荒是你造出來的？」

弘時站起身來，隨後用力一腳踹在弘曆身上，將他踢倒在地，然後踩著他的頭，一字一句道：「你真以為那兩批運船糧是遇到暗礁才沉沒的嗎？呵，根本沒有什麼暗礁，是我派人故意鑿穿了那些運糧船。」

「不可能！之前派去查探海域的人明明說有暗礁，為此我們的船還繞了一個圈子。」弘曆話音剛落，踩在頭上的腳就又重了幾分，耳邊同時傳來弘時的聲音。

「說你是蠢貨，果然一點兒都沒錯，這麼簡單的事都不明白，真不明白皇阿瑪為何會那麼看重你。」

弘時接下來的話亦解開了弘曆心中的不解。

「那幾個人是我派去的，自然是我要他們說什麼就說什麼了，連這一點都不明白，活該你今日死在這裡。」弘時話中透出濃濃殺機。

弘曆被踩得很痛，卻沒有他的心來得痛，聲音從被踩得變形的嘴裡吼出來。

「你是不是瘋了，為什麼要這麼做！」

弘時被他的話激怒，抬腳用力踩著弘曆的頭，一腳又一腳，像是要將他的頭踩扁一般，一邊踩一邊道：「對，我是瘋了！瘋得造了一場人禍，瘋得把福州變成了人間地獄，但這一切都是你逼我做的，是你逼我的！」

當弘時停下腳的時候，弘曆臉上全是腳印，鼻子、嘴巴不斷地流出血，與額頭的血混在一場，悽慘無比；但弘時還不滿意，又在他身上用力踹著，直至踹累了方才停下來，神色癲狂地道：「要不是你跟你額娘一樣，花言巧語討皇阿瑪歡心，讓皇阿瑪重視你多過我，我需要這麼做嗎！我是嫡長子，只有我才能繼承皇位，至於你這個庶子，休想染指大位！」

弘曆吐出一顆帶血的牙，艱難地道：「你害了那麼多人，你會有報應的！」

「報應？真正害人的是你，所有人都是因你而死，真若有報應，也該報在你身上才對！」弘時大笑起來，許久都停不下。

這麼多年來，弘時從未有一刻像現在這般暢快過，所有事都在他掌控中，都像他計畫的那樣。過了今日，弘曆再不能對他造成任何威脅，甚至於世上都不會存在弘曆這個人。

看著大笑不止的弘時，弘曆感覺無比陌生。原來弘時一直對自己恨之入骨，甚至不惜設下一個圈套來害自己，之前那副兄友弟恭的樣子，根本就是他裝出來欺騙自己的，可恨自己竟然信任無疑。兆惠數次提醒，自己都沒有聽入耳中，現在說什麼都晚了。

弘曆吐出一口血沫，啞聲道：「福州的災荒既是你所為，那麼我來福州也是你安排的？是你計畫中的一部分？」

弘時冷笑道：「不只如此，從我向皇阿瑪建議你去戶部當差開始，計畫就已經開始了，只是你自己還茫然不知罷了。」

弘曆扯一扯嘴角，澀然道：「是，只有我進了戶部，才有理由來福州賑災，從而落入你的圈套中。」

「在皇阿瑪接受我的提議，讓你入了戶部後，我就開始著手安排，先後弄沉了兩撥運往福州的糧船，促使福州爆發從未有過的大饑荒，米價飆升。原本安分守己的福州百姓為了吃飽肚子，變得殘忍凶狠，到後面，更是出現了人吃人的場面。在這種情況下，朝廷一定會派人來此賑災，而你身為阿哥，又在戶部當差，誰又能比你更合適呢？不過皇阿瑪對你一向看重，怎會主動將你派來這危險的地方，所以就需要一個契機。」

弘曆努力從地上坐起來，滿臉是血地看著弘時。「你所謂的契機，可是指那些上奏的大臣？他們都是受你指使？」

「可以這麼說。有那麼多大臣上奏，指稱你為賑災最合適的人選，就算是皇阿瑪也不得不妥協。至於我……原本沒想過來福州，只是在皇阿瑪面前裝裝樣子罷了，哪知道皇阿瑪竟然派我跟你一道來。」弘時冷哼一聲，道：「不過也好，等這次回去後，我便是賑災的大功臣。」

「你想殺我，有的是機會，為何要選在連江縣，還讓人扮成連江縣的百姓襲擊我們？」

對於弘曆的問題，弘時報以一聲冷笑。「你以為我不想早些殺了你嗎？但是身邊一直有那麼多人，若貿然殺了你，我也脫不了身。還有，你真以為皇阿瑪只派了一千人保護我嗎？錯了，這一千人只是明面上的，暗中還另有人跟隨。所以，早在到福州之前，我就已經選好了連江縣。」

「此處出入除了山路外，便只有一座木橋，一旦木橋斷了，便只能從山路而進，少說也得一個多時辰才能到，這段時間足夠我行事了。至於讓他們扮成連江縣百姓，呵呵，只有這樣，被我故意放過的林學禮才會以為是連江縣的災民喪失人性襲擊我們。到時候，你死了，皇阿瑪也只會認為你運氣不好，而不會懷疑到我身上。」

第一千兩百四十五章　解決

「皇阿瑪精明至極，你這些小把戲休想騙過皇阿瑪，到時候，我一定會在黃泉路上等著你！」弘曆話音未落，胸口就再次挨了重重一腳。

「死到臨頭了，還在耍嘴皮子！」

弘曆忍著身上的痛意，張開滿是鮮血的嘴大笑道：「是不是耍嘴皮子，等你死的那天就知道了，我的好二哥！」

「我不會死！不會死！」弘時雙目通紅地大叫，腳踹得越發用力，感覺不夠解恨，又把弘曆拉起來，狠狠地打著。可是不論他怎麼打，弘曆都一直在笑，這個笑聲讓弘時無比刺耳。

良久，他氣喘吁吁地停下手，任由弘曆像塊破布一樣倒在地上。此時弘曆整張臉都已經慘不忍睹了，尤其是眼邊，被弘時的戒指劃出一道長長的血痕，差一點兒便弄到眼睛了，傷痕一直延續到耳邊。

弘時俯下身，一字一句道：「你等不到的，我要做太子，還要做萬壽無疆的皇帝，所以你註定等不到我。」

「呸！」弘曆吐出一口血水在弘時臉上，道：「痴人作夢，皇阿瑪絕不會選你這種卑鄙小人為繼位者的。」

被吐了個正著的弘時臉色鐵青，拭去臉上的血水後，他咧嘴露出雪白鋒利的牙齒道：「是不是作夢，你就在下面睜大眼睛看著吧。」說到這裡，他忽地笑了起來。「你知道我成為皇帝後第一件要做的事是什麼嗎？」不等弘曆說話，他一把握住弘曆的下巴道：「就是下旨讓你額娘給皇阿瑪殉葬，讓她沒命再活下去！」

弘曆沒想到他竟然卑鄙地想對自己額娘下手，慌忙道：「我額娘是皇阿瑪親封的皇妃，除非皇阿瑪下旨讓我額娘殉葬，否則你沒這個權力！」

弘曆這個表情，讓弘時很是滿意。「是嗎？你沒有聽過人死如燈滅這句話嗎？皇阿瑪雖然是皇上，但他一死，就只是奉先殿那麼多牌位的其中一座，所有權力都落在我手裡，我想讓誰死，誰就得死，你額娘也不例外！老四，你看二哥對你多好，怕你在下面沒奶吃會餓著，所以把你額娘也送下去，哈哈哈！」

「不可以！你不可以害我額娘，你若敢害她，我就與你同歸於盡！」弘曆拚盡所有力氣，低頭向弘時撞去，卻被阿大兩人抓住，讓他再不能前進分毫。

「想跟我同歸於盡？」弘時嗤笑道：「就憑你現在爛泥一般的樣子，有什麼資格說跟我同歸於盡。放心，二哥我說話算話，一定會盡早把你額娘送下去，讓你們母子團聚！」

弘曆厲聲叫：「你這個喪心病狂的惡魔，就算我做了鬼也絕對不放過你！」

弘時冷冷看著他，道：「你儘管罵吧，你罵得越狠，到時候你額娘就死得越慘，你應該知道我說得出做得到。」

這一句話，果然令弘曆不敢再罵下去。他此時已經徹底看清了弘時，就一個卑鄙陰狠的小人，什麼事都做得出來。若他將來真做了皇帝，為了報今日被辱罵之仇，一定會千方百計報復在額娘身上，他不能拿額娘冒險，哪怕只有萬分之一的可能，也不可以。

「二阿哥，咱們動作得快一些了。這個時候暗衛應該已經發現你與四阿哥失蹤了，正在四處尋找，若讓他們找到這裡就麻煩了。」

對阿大的提醒，弘時點點頭。「我差不多也玩膩了，該是時候解決了。」

隨著這句話，殺機毫不掩飾地在眸中迸現，他撿起之前扔在地上的匕首，一步步走近弘曆。

望著寒光閃爍的匕首，弘曆心底浮起一絲絕望與不甘。他不想死在這裡，更不想讓弘時奸計得逞，有機會去害額娘，可是他現在什麼都做不了，只能看著匕首離自己越來越近。

「老四，終於……終於以後都看不到你了，真好！」隨著最後兩個字，弘時狠狠將匕首刺進弘曆的胸膛，沒有一絲留手，沒有一絲猶豫。

因為在他心中，那不是他相處了十六年的親弟弟，而是一個與他爭奪皇位的對手。既是對手，又怎麼會有猶豫呢？相反的，他心裡不知道有多舒坦，等了那麼多年，終於讓他等到這一天，以後再沒有人與他爭奪皇位。這份濃重至極的高興，使他忽略了匕首刺進去時的那一下阻礙。

看著弘曆因痛苦而倏然睜大的眼睛，弘時笑得無比燦爛。終於解決了這個心腹大患，皇位將成為他的囊中之物。

「砰！」凌若正在喝茶，心驟然一痛，突如其來的痛意令她打翻了手裡的茶盞。正在交代宮人做事的水秀聽得響動，連忙走過來關切地道：「主子，出什麼事了？」

看著地上摔得粉碎的茶盞，凌若驚魂未定地道：「本宮也不知道，剛才一下子，胸口突然痛了起來，痛得連茶盞都握不住，不過現在已經不怎麼痛了。」

見凌若沒事，水秀心中一定，命宮人將打碎的茶盞收拾掉後道：「可能是主子這陣子太辛苦，所以胸口才會痛，不如奴婢待會兒請周太醫過來給您看看。」

凌若擺擺手，不在意地道：「本宮沒事，現在一點兒都不疼了，別動不動就請太醫的。」話音剛落，右眼皮子突然跳了起來，她撫著眼皮，奇道：「怎麼回事，好端端的，眼皮怎跳得這樣厲害。」

安兒見凌若撫著右眼皮，心直口快地道：「奴婢聽說左眼跳財，右眼跳災，主子現在右眼跳，之前還摔碎了茶盞，會不會是有什麼禍事發生啊！」

凌若本就覺得有些不對，再被她這麼一說，更是忐忑不安。水秀見她臉色不對，連忙斥著安兒道：「胡言亂語什麼，哪有眼皮跳就有禍事的事。」

安兒沒意識到不對，仍道：「奴婢沒有胡說，在奴婢老家確有這樣的說法，奴婢自己也跳過幾次眼皮，每次都很準呢！」

「還說！」水秀瞪了她一眼，對坐在椅中不說話的凌若道：「主子，您別聽安兒胡說，沒事的。」

第一千兩百四十六章　桂花香

「希望沒事吧。」這樣說著，凌若的右眼皮依舊跳個不停，讓她心裡蒙上了一層陰影，尤其是弘曆還在福州沒回來。「四阿哥最近可有消息？」

「四阿哥前些日子才送了一封奏摺過來，哪有這麼快再送來的。」水秀明白凌若的擔心，勸解道：「主子您放心吧，四阿哥在奏摺裡不是說了嗎？福州的情況已經基本平定了，不會有什麼危險的；而皇上也這麼說。」

凌若搖頭道：「話雖如此，但只要他一日還在福州，本宮就一日不能真正安心。」

水秀想了一下道：「既是這樣，您何不向皇上請求，讓他早一些召四阿哥他們回京呢？」

凌若點一點頭，又道：「對了，水意軒那邊怎麼樣了？」

一說到這個，水秀忍不住抿嘴笑了起來。「聽說那位的頭髮已經掉得稀稀疏疏，沒剩多少了，每次梳髮髻都得好半天才能梳起來，更不敢出門見人。至於胎氣，也是一日比一日差，許太醫已經將這件事告訴皇上了，皇上沒說別的，只讓許太醫想辦法保住龍胎。不過奴婢有一次碰到許太醫，套了他幾句話，感覺他對此事很是頭痛。」

這個時候，眼皮漸漸停止了跳動，凌若起身淡淡地道：「失去龍胎之日，就是舒穆祿氏落髮為尼之日。」

聽到這裡，安兒忽地笑了起來，凌若瞥了她一眼道：「妳笑什麼？」

安兒笑道：「回主子的話，奴婢是覺得舒穆祿氏不用落髮就已經與尼姑一樣了，沒有頭髮，只剩下一個光溜溜的腦袋。」

「妳這個貧嘴的丫頭。」這般說著，凌若自己卻也忍不住笑了起來，然笑過後，卻是一陣嘆氣，看著自己纖白的雙手道：「本宮之前曾害過劉氏的孩子，如今又害了舒穆祿氏的孩子，這雙手，真是罪孽深重，也不曉得將來是否會有報應。」

水秀不以為然地道：「若真有報應，皇后就不會到現在還好端端待在坤寧宮了，她害的人那才叫一個多呢！」

「話雖如此，但本宮心裡總是覺得很不安。」凌若走到門口，看著昨日剛端來的幾盆秋菊道：「不管劉氏與舒穆祿氏多麼可惡，她們的孩子都是無辜的，本宮……」

「主子，恕奴婢說句實話，宮裡頭本就是個人吃人的地方，您不害人，人就會害您。就算真有天理，真有報應，上天也會明白您，知道您不是存心想害人，一切都是為了自保。」

「自保……」凌若澀然一笑，跨過門檻道：「本宮如今做的，已非自保二字所能掩蓋的，不過……既然做了，本宮便不會後悔，哪怕這條路是錯的，也會一直走下去。因為，本宮已經沒有其他路可以走。」

「主子能這樣想就好，奴婢就怕……」

「怕本宮會心慈手軟嗎？」見水秀不好意思地低下頭，凌若搖頭道：「十年前的鈕祜祿凌若或許會，但十年後的鈕祜祿凌若絕對不會。」

水秀還待要說，凌若已是道：「秋日這樣好，陪本宮去咸福宮走走。」

「是。」水秀扶著她一路來到咸福宮。

到了那邊，正好從祥在問瓜爾佳氏晚膳的菜式，凌若聽了一會兒，奇道：「怎麼都是一些素菜，魚肉雞鴨一些也不見。」

從祥笑道：「娘娘您不知道，自從四阿哥去福州後，我家主子就一直吃齋，未曾碰過葷腥，說是要為四阿哥積福。」

凌若聞言大是感動，道：「姊姊妳這是……」

她剛說了幾個字，瓜爾佳氏便打斷她的話，道：「行了，不必說客套的話，總之只要妳與弘曆好，我心裡就高興，莫說吃齋，就是頓頓只有青菜、豆腐也好。對了，皇上有沒有說起，弘曆他們什麼時候回來？」

凌若沒有說剛才眼皮子跳個不停的事，以免她擔心，只道：「尚未說起，不過福州局勢幾乎平定，應該不會太久。」

瓜爾佳氏頷首道：「那就好，早些回京，我與妳也好早些心安。對了，昨夜裡，我看御花園裡的丹桂樹都開了，趁著此時無事，陪我一道去走走可好。」

「姊姊有命，我怎敢不從。」在這樣的笑語中，凌若陪著瓜爾佳氏一道漫步至御花園。那裡的丹桂樹果如她所言的悉數開了，還未走近，便已聞到一股濃郁的桂花香。

瓜爾佳氏隨手折了一枝在手中，在低頭輕聞的時候道：「如今宮裡人人都在說舒穆祿氏頭髮脫落的事，當成笑話傳來傳去，聽說寧貴人還專門跑到水意軒去看呢，可惜宮人擋著不讓她進。」

凌若倒是沒聽到這件事，訝然道：「舒穆祿氏現在不過是一個庶人，還敢擋著寧貴人？」

「她是庶人不假，但妳別忘了她肚子裡的那塊肉。有那塊肉在，寧貴人也不敢硬闖，否則出點兒什麼事，她可擔待不起。」

「姊姊說得也是。」凌若目光隨意掃過桂花樹，待要收回目光，卻在某株樹後看到一片衣角，蛾眉頓時蹙了起來。

「不過她也得意不了太久了，這次……」

瓜爾佳氏剛說到一半，便被凌若截過話道：「姊姊說得正是，這次就算她生下一位阿哥，同樣得去永安寺出家，皇上可沒說要收回成命。」

瓜爾佳氏感到奇怪地看著凌若，不明白她為何突然要打斷自己的話，直至凌若握住她的手，在她手心悄悄寫下「樹後有人」的字後方才會意過來，目光一轉，順著她的話道：「其實說起來，她阿瑪犯了那麼大的錯，皇上只讓她去永安寺出家，已是法外開恩了，只是有一件事我很好奇。」

「不知姊姊好奇什麼？」凌若一邊說著，一邊不著痕跡地留意露在樹外的那片衣角。

瓜爾佳氏帶著一絲諱莫如深的笑意道：「不論這一次舒穆祿氏生的是個男孩還是女孩，都是皇家血脈，不可能與她一起去永安寺，必然要留在宮中。那妳說，皇上會將這個孩子交給何人撫養呢？」

第一千兩百四十七章 故意

瓜爾佳氏是知道凌若在舒穆祿氏安胎藥中下寒水石，令她體質一天比一天虛寒的，龍胎根本沒什麼機會平安生下。所以瓜爾佳氏一說，凌若便明白這話是有意說給樹後之人聽的，當下道：「這件事姊姊該去問皇上才是，我如何會曉得。」

「若是能問，我就不會在這裡猜了。」瓜爾佳氏頓了一下，忽地道：「妳說，皇上會不會將孩子交給妳撫養？如今這宮裡，位分可屬妳最高了，那孩子跟了妳也不算吃虧。」

凌若笑道：「姊姊莫與我開玩笑了，我現在管著後宮大大小小的事，整日忙得不可開交，就是現在來御花園也是忙裡偷閒，再加一個嬰孩，可真是要我命了；再說弘曆如今已經開府建牙，過不了多久便要娶福晉了，到時候又是一陣忙亂。而且姊姊有句話說錯了，宮中位分最高的人可不是我，而是皇后娘娘。」

「也是，皇后娘娘久不主事，我差點忘了。」瓜爾佳氏失笑道：「說起皇后娘娘，我記得二阿哥就是生母犯事早逝，所以交由皇后娘娘撫養的。若兒，妳說會不會時隔二十年，又出現同樣的事呢？」

「不是會不會，而是一定會。試問後宮之中，還有誰比皇后娘娘合適呢？二阿哥已經長成並且成家，不需要再操什麼心，又不需要理會後宮之事，可以專心照顧嬰孩。」

瓜爾佳氏含笑道：「就怕皇后娘娘年紀大了，精力不濟。」

「怎麼會呢？宮裡頭別的不多，嬤嬤、奶娘卻是一大堆，就是多來幾個小阿哥、小格格也照顧得過來。」

瓜爾佳氏走了幾步道：「這樣想想，也確實有幾分道理。看來舒穆祿氏一出家，十有八九孩子就會交給皇后娘娘了，如此一來，皇后娘娘膝下便有了三個孩子。」

凌若笑而未語，在她與瓜爾佳氏離開後，桂花樹後閃出一個人影來，竟是如柳。如柳左右望了一眼，見無人後，快步離開御花園。她並不曾知道，在她走後，本以為已經離開的凌若與瓜爾佳氏竟然再次出現。

望了一眼如柳離開的方向，瓜爾佳氏笑道：「妳是什麼時候發現她躲在桂花樹後的？」

「就在姊姊說舒穆祿氏腹中那塊肉的時候，她雖然藏得很好，卻露出一角衣裳在外面，不過我當時並不知道是何人藏在樹後。」

瓜爾佳氏微一點頭道：「所以妳就故意不讓我說下去，以免被她聽去不該聽的話。要不是妳眼尖，可差點闖禍了。」

看到瓜爾佳氏後怕的樣子，凌若笑道：「雖然我不知道躲在樹後的人是誰，但這樣偷偷摸摸，肯定不會是什麼光明正大的人，咱們的事若被聽去，可不僅僅是麻煩。」說到此處，她目光一轉，似笑非笑地道：「不過姊姊反應也很快啊，懂得將事情扯到皇后身上，還說得有模有樣，連我都幾乎信了。」

瓜爾佳氏笑容一冷，道：「妳不覺得皇后這些天靜得過分嗎？什麼動靜都沒有。」

被瓜爾佳氏一說，凌若倒還真感覺到了，斂了笑意道：「難道姊姊不是故意誤導如柳，而是真覺得有這個苗頭？」

「不錯，皇后至今沒動過手，一直讓我覺得很奇怪。妳說她在等妳下手，也有些不對，因為我曾去坤寧宮見過她，也拿話試過她，她真的一點兒都沒有心急的樣子。」見凌若要說話，她抬手道：「我知道皇后是一個虛偽的人，但我相信自己這雙眼睛，還是能稍稍看到一些虛偽背後的本質。」

凌若細細聽著她的話，道：「所以姊姊才覺得她想要故技重施？」

「不錯，皇后本身沒有子嗣，但葉秀一死，她就平白多了一個兒子，如今再多一個不是更好嗎？而且說實話，二阿哥雖然歸在皇后膝下，也是名義上的嫡長子，但皇上對他究竟有多滿意，妳我都看在眼裡，遠不及待弘曆那麼重視。妳覺得皇后會沒看到，會不心急嗎？所以，她一直不動手，只有一個原因，就是她要等舒穆祿氏的孩子生下來，然後歸到自己膝下，成為她那拉蓮意的又一個兒子；退一步講，就算是個格格，對她也沒有什麼壞處不是嗎？」

凌若一邊點頭一邊道：「姊姊說得甚是在理。舒穆祿氏雖然眼下與皇后看起來頗為不錯，但也是出於利益二字，若現在舒穆祿氏知道皇后想要奪她的孩子，只怕立刻就會翻臉。」

瓜爾佳氏輕笑道：「翻臉倒是不至於，舒穆祿氏如今沒那個能耐與本事；但以舒穆祿氏的性子，又怎麼甘心為他人做嫁衣，更不要說將孩子拱手相送，所以肯定會想辦法反擊。到那個時候，就有好戲看了。」

聽著她的話，凌若忽地掩嘴笑了起來，把瓜爾佳氏笑得莫名其妙，推著她道：「好好的怎麼笑成這副樣子？」等了一會兒，見凌若還是笑個不停，忍不住也跟著笑了起來。「妳這個瘋丫頭，都多大的人了，還笑個不停，我也沒說什麼好笑的話啊。」

「好吧，好吧，我不笑了。」在勉強止了笑聲後，凌若深吸一口氣道：「不是姊姊說了好笑的話，而是慶幸。」

「慶幸？」瓜爾佳氏感到奇怪地看著她道：「妳今日說的話，怎麼一句比一句奇怪，讓人聽不懂。」

凌若挽著她的手臂道：「有何好奇怪的，我是慶幸姊姊是站在我這一邊的，否則若為敵人，那姊姊必定是一個最可怕的敵人，因為姊姊總是能輕易猜透人心。」

瓜爾佳氏點著凌若的額頭道：「唷，今兒個是怎麼了，吃蜜糖了嗎？居然說得這麼好聽。」

「我可沒說好聽的，每一句都是真話。」

看著凌若認真的神色，瓜爾佳氏低頭一笑，拍著凌若的手道：「妳記著，不論是現在還是以後，我都是妳姊姊，會永遠站在妳這一邊，也會永遠幫著妳。」

「我知道。」簡簡單單三個字，卻包括了所有的信任與情誼。深宮之中，能得遇一個可以全然信任的人，實在是難得的福氣。

第一千兩百四十八章 疑惑

如柳急匆匆回到水意軒，朝正拿著繡綳刺繡解悶的舒穆祿氏欠身道：「主子。」舒穆祿氏的頭髮真的很稀少了，雖然小華子梳得很仔細，還是有頭皮露出來，且不只一處；至於盤在頭頂的髻亦因為頭髮太少，鬆鬆垮垮不成樣子。如此模樣，難怪舒穆祿氏不肯出門了，一出去，準得讓人笑話。

舒穆祿氏剛瞥了她一眼，便皺起眉頭，不悅地道：「我不是讓妳去折桂花嗎？怎麼就折了兩枝回來，這麼少，插在花瓶中成什麼樣子。」

聽得她的話，如柳才想起來自己去御花園是要折桂花的，只是後來聽了熹妃與謹嬪的話，一心想要趕快告訴主子，所以就忘了，連忙道：「主子息怒，奴婢剛才在折桂花的時候，恰好聽到熹妃與謹嬪在議論主子。」

舒穆祿氏神色一正，旋即冷笑道：「她們兩人，肯定不會是什麼好話了。說吧，都議論了些什麼？」

如柳當即將那些話一五一十地說出來，舒穆祿氏初時還不在意，聽到後面，神色已經無比凝重。待得如柳說完後，她第一句話便是：「妳確定她們沒發現妳？」

「是，奴婢確定。」如柳很肯定地說著。「奴婢比熹妃兩人早到園子，遠遠聽到她們的聲音，便躲在樹後，為的就是想聽聽她們會說什麼，沒想到竟是這樣的話。」

舒穆祿氏神色驚疑不定。她之前還真沒往這方面去想，但現在思來，這個可能性極大。皇后從來不是一盞省油的燈，她幫自己，也是為了自身的利益，希望可以藉著自己的手對付熹妃，所以只要是對自身有益的事，皇后做起來絕對不會手軟。

見舒穆祿氏不說話，如柳急道：「主子，若皇后真這麼做，可該怎麼辦啊？」

舒穆祿氏心裡煩躁，沒好氣地道：「這麼急做什麼，現在皇后就會來搶孩子了嗎？」

如柳有些委屈地道：「奴婢也是擔心主子，畢竟這宮裡狼虎環伺，皇后也好，熹妃也罷，都不是什麼好人。」

「我知道，所以除了妳，我也從沒真正相信過任何一個人。」說到此處，舒穆祿氏嘆了口氣，握住如柳的手道：「如柳，我不是有心罵妳，只是這心裡，唉……就像妳說的，宮裡頭沒一個是好人，一個個不是盼著我死，就是想搶我的孩子。還有皇上，他眼裡只看到承乾宮那個，我求了他那麼久，他都不肯鬆口。」

如柳蹲下身道：「奴婢知道主子心裡苦，所以奴婢才著急，怕萬一真讓皇后得逞了去，那可如何是好。」

舒穆祿氏冷笑道：「她想搶我的孩子，沒那麼容易。我說過，就算死，我也要死在紫禁城，絕不會去什麼永安寺出家！」

如柳為難地道：「可是皇上那邊……」

說到這個，舒穆祿氏又是一陣煩躁，更讓她想到另一件事。「我現在最擔心的不是這個，而是這個孩子，不知道能不能生下來。」

見她情緒低落，如柳趕緊勸道：「一定可以的，許太醫今天還說主子胎氣穩固一些了，可以偶爾下床走走呢，不用整日悶在屋裡。」

舒穆祿氏尖聲道：「出去？出去還不是讓那些人笑話。妳忘了武氏那個賤人嗎？說什麼來探望我，其實根本是想看我笑話，要不是龍胎在，她當時就強闖進來了。」

一見她激動，如柳哪裡還敢說下去，一陣好勸後，又端來枸杞茶，待得舒穆祿氏平靜下來後，方小聲道：「主子若不喜歡出門，那奴婢就陪您在院子裡走走，這樣也不會有人瞧見。」

舒穆祿氏「嗯」了一聲，沉思道：「如柳，我吃的、用的東西，當真檢查不出問題嗎？」

「是，奴婢裡裡外外都檢查了一遍，什麼問題都沒有，尤其是那些安胎藥，最近煎完的藥渣，奴婢都有親自檢查，著實看不出問題，若非要說有什麼問題……」

如柳想了一下道：「就是那些生薑，每個都有洞，像是被蟲咬了一般。奴婢曾問過御藥房的總管趙公公，他說可能是這批生薑送過來的時候不小心磕到了，沒有大礙。」

舒穆祿氏想了一下，還是覺得有些不放心，遂道：「如柳，去把沒煎的藥拿過來，我要親自檢查。」

「主子您忘了，咱們都是每次要煎藥的時候，才去御藥房按方子抓現成的，以免有人動手腳，而今日的安胎藥已經在煎了。」

被她這麼一說，舒穆祿氏亦想了起來，道：「那就讓他們煎完後把藥渣拿過來。」

「是。」如柳答應一聲道：「主子，奴婢扶您去院中走一走，順便晒晒太陽可好？總是不見陽光，於身子也不好。」

舒穆祿氏點一點頭，由著她扶了緩步來到院中。因為胤禛的交代，所以舒穆祿氏雖為庶人，水意軒的用度卻不曾削減半分，還是與以前為貴人時一樣，其他宮裡該有的時令花卉，這裡同樣也有，頗為賞心悅目。

不過舒穆祿氏腹中龍胎並不是太過安穩，所以只走了一會兒便重新躺上床，同時有宮人端來安胎藥，一道拿上來的還有煎完後的藥渣。

舒穆祿氏在藥渣中挑了生薑查看，發現果然像如柳說的那樣，有一個小洞。「如柳，妳之前看到的，都是這樣的小洞嗎？大小位置可有區別？」

如柳不明白她這話的意思，如實道：「大小都是一樣，至於位置，倒是有所區別，想來是運送時，磕到不同的地方。」

舒穆祿氏仔細看了那個洞，並沒有發現什麼東西，好像真的只是撞到了，但真的是這麼簡單嗎？御藥房挑選藥材向來仔細，為何這一次卻如此粗心大意，連磕壞了的生薑都收下？

如柳小聲問：「主子，您看了這麼久，可是覺得生薑有問題？」

舒穆祿氏沒有理會她的問題，只是道：「如柳，妳現在去請趙方過來一趟，就說我有話要問他。還有……」她示意如柳近前，隨後在其耳邊小聲說了一句。

第一千兩百四十九章　生薑

如柳面帶異色地答應後，來到了御藥房，進去的時候，正好看到趙方在訓幾個小太監。她在旁邊等了一會兒，待他訓完後方才笑道：「趙公公，何事生這麼大的氣？」

趙方瞪了一眼還沒下去的小太監道：「這幾個小崽子做事不仔細，居然將藥材放錯了地方，幸好咱家及早發現，否則被取用了去，鬧出事來，幾個腦袋都不夠搬的。」

「這麼多藥材，要一一分辨出來，到底不容易，幸好御藥房有您這位總管把著舵，才使得多年來一直妥妥當當，沒出過岔子。」

如柳的奉迎令趙方面色微舒，道：「總之咱家真是一刻都不能疏忽。」如此說著，他打量了如柳一眼道：「娘子的安胎藥之前已經取去了，妳……」

「公公誤會了，我不是來取安胎藥的，而是我家娘子有些事不明白，想親自問公公幾句，特意讓奴婢來請公公前去。」

如柳的話令趙方臉頰微搐，好一會兒方笑道：「可真是不巧，這些小崽子放錯了藥，咱家得一樣樣放回去，這一時半會兒怕是走不開。」

如柳笑顏不改地道：「正事要緊，公公儘管忙就是了，我在這裡等著，待公公忙好了，再陪我一起去見我家娘子。」

見如柳賴著不肯走，趙方心裡越發緊張。舒穆祿氏不會無緣無故讓自己去，肯定有事，最大的可能就是自己在生薑裡動的手腳被她發現了，若真是這樣，麻煩可就大了。

趙方擔心這件事，沒發現如柳向站在旁邊的小太監問了句話，待看到時，如柳已經拉開了一個抽屜，趕緊過去厲聲道：「妳在做什麼？」

如柳似被嚇了一跳，撫著胸口道：「剛才想起我家娘子說想喝生薑紅糖茶，我想起公公您這裡有許多生薑，便想著來拿一塊，連這也不行嗎？」

趙方目光一閃，落在如柳手上，只見她手上正緊緊握著一塊生薑；與此同時，如柳正仔細地注意趙方的臉色，發現他在看到自己手中的生薑後，臉色變得不太好看，暗自記在心中。

「並非不行，只是咱家這裡所有藥材出入都需要登記，哪怕是一塊生薑也同樣。為免麻煩，咱家覺得妳還是去御膳房取用得好，那裡沒那麼森嚴的規矩。」

「娘子說了，御藥房的生薑都是上等好貨色，非御膳房那邊能比，讓我一定要

第一千兩百五十一章　三封急報

胤禛舀了口湯道：「熹妃前兩日也問起這事，朕打算明日就下召讓他們回京。這次他們兩人總算沒有辜負朕的期望，平定了福州這場禍事。不過……運糧船沉沒一事，還沒有查出眉目。」

見胤禛蹙了眉頭，允祥勸慰道：「事情發生在海上，沒什麼人看到，而隨船一道去的人又全都掉入海中，無一倖免，查起來自然格外困難，急不得。」

胤禛搖頭未語，在吃到一半的時候，外頭突然傳來急切的叩門聲，四喜連忙走過去，半開了門，對外頭叩門的小太監斥道：「皇上與怡親王正在用膳，有什麼事晚些再稟。」

小太監將捧在手裡的東西遞了遞，急切地道：「喜公公，晚不得啊，是福州來的急報，而且是用密匣子送進來的。」

聽得「密匣子」三字，四喜的神色頓時凝重起來。這種密匣子非緊急之事不得動用，一旦用了，憑著上面的皇封，可以直接上達天聽；最重要的是，只有一種人手裡有密匣子，那就是直接聽命於皇帝的密探。

四喜不敢怠慢，接過密匣子來到胤禛面前，輕聲道：「皇上，福州來的密匣子。」

四喜的話，令胤禛目光一凝。他派了密探尾隨弘曆他們去福州，如今一定是出了要緊的事，所以才會動用密匣子，可是福州的事都已經快結束了，還能出什麼事？

這般想著，胤禛擱下手裡的碗筷，取過密匣子，撕開上面的皇封，取出一本摺子細細看了起來，只掃了幾行，臉色就迅速變得難看起來。待得全部看完後，他臉色已經不是難看二字所能形容的了。

允祥發現胤禛的手在微微發抖，正當他想問的時候，外頭再次傳來叩門聲，四喜連忙過去，待回來時，手裡又多了一本摺子，聲音有些發顫地道：「皇上，豐臺大營命人送進來的加急密報，事關福州。」

他話音未落，手裡的摺子已被胤禛搶了過去。

叩門聲再一次響起，這一回不待四喜去應門，胤禛已道：「進來！」

一個小太監手舉摺子，進來跪地道：「啟稟皇上，福州知府八百里加急送來的急報。」

四喜正要去拿，身邊忽地有人影閃過，待得看清時，小太監手裡的摺子已經到了胤禛手中。他跟在胤禛身邊多年，還是第一次看到胤禛這麼失態，以前就算準噶爾侵犯、大清腹背受敵時也沒這樣過。究竟摺子上寫了什麼事，為何一連三封，且很明顯，都是關於福州的。

第一封，用密匣子裝著的摺子是密探送來的，第二封是豐臺大營……他記得在二位阿哥動身去福州之前，皇上讓怡親王從豐臺大營中抽調四千人暗中保護；至於第三封，非軍情大事，地方官員不得動用八百里加急，最多只能用四百里加急。福州知府不可能不知道，但他依然選擇了八百里加急，事情必定非同小可。

四喜還在猜測的時候，允祥已經問：「皇上，究竟出什麼事了，為何福州一連三封急報？」四喜可以想到的事，允祥不可能想不到，更不要說胤禛神色如此異常。

胤禛沒有說話，只是將拿在手裡的三本摺子遞給允祥。

剛翻開第一本摺子，允祥臉色立時就變了，待三本全看完，已是難看無比。他與胤禛剛才還在說著什麼時候召弘時與弘曆回京，一轉眼就出了這種事，實在是讓人不敢相信。

第一本摺子是密探送來的，他們奉胤禛之命，暗中保護弘曆兩兄弟，所以在他們去連江縣時亦一路尾隨，豈料在準備過橋的時候，橋突然斷了，無奈之下只能從山路繞過去。等他們進到連江縣的時候，發現那裡一個活人都沒有，也沒有屍體，只在某條街道發現了新鮮的血跡。他們搜遍了整個連江縣，一個人都沒有找到。

第二封也是差不多的內容，第三封則詳細許多。福州知府林學禮在奏摺中說道，他隨弘時、弘曆進到連江縣，剛到不久，便被狀若瘋狂的縣民襲擊，甚至還有人咬斷了軍士的喉嚨，場面血腥至極，慘不忍睹。一開始，弘曆藉著手裡的弓箭殺了十幾個人，倒是占據一時的上風，可是在箭用光後，便陷入了被動。

林學禮是一個手無縛雞之力的文官，只能眼睜睜看著軍士一個個倒下，兆惠和阿桂想保護弘曆先走，但弘曆堅持要帶弘時一起走，結果無法逃出。

隨後，弘曆也上去與那些縣民打鬥起來，而他因為幫不上忙，再加上弘時讓他想辦法去找援軍，所以便趁著混戰逃了出去，一路逃回福州府。

等林學禮將剩下的軍士、差役都帶上，足足上千人來到連江縣的時候，這裡已經空無一人，連屍體都不曾留下一具。

據他猜測，連江縣那些人已經變成了茹毛飲血的野人，他們很可能將人或屍體帶回去當成糧食；但最奇怪的是，林學禮派人挨家挨戶去找，卻一個人都找不到，那些人好像平空蒸發了。

林學禮最在意的莫過於弘時與弘曆這兩位阿哥，在連江縣找不到人後，他又派人找了附近的幾個縣，可惜都一無所獲。

正當林學禮為此頭痛不已的時候，有人報稱，說在連江縣後面的山腳下看到一個受重傷的人，林學禮連忙奔過去一看，發現此人竟然是弘時，連忙命人帶回府衙，並請來隨行的御醫救治。

雖然弘時的傷看起來很嚴重，但所幸都是皮外傷，沒有傷到筋骨，在休養了一陣子後，便醒轉過來，而他一醒來，便立刻問弘曆的下落。林學禮表示只看到他一人後，弘時就強撐著說要去找弘曆，林學禮好說歹說勸了許久，並說已經派許多人在找弘曆後，他才放棄這個念頭。

第一千兩百五十二章　玉扳指

弘時說，在林學禮逃走後沒多久，自己便被打暈了，等他醒來的時候，與弘曆一道被關在一間舊屋中，外面有人看守。後來他尋到一塊舊鐵片磨斷繩子，趁著看守人鬆懈的時候打暈他，與弘曆一道逃走。他們不認得那是什麼地方，只是拚命地逃著，豈料被人發現追了上來，在一次次糾纏中，他與弘曆都受了傷，最後的印象就是他被人砍中後背，然後滾下山，再醒過來時就已經在府衙裡了，弘曆怎麼樣，他完全不知道。

因為弘時不知道自己被關在什麼地方，也不知道他們當初逃跑的地方是哪裡，林學禮只能讓人全面搜索發現弘時的那座山，可惜毫無發現，弘曆生不見人，死不見屍。

死了那麼多人，又失蹤了一個阿哥，這麼大的事，林學禮隱瞞不了也不敢隱瞞，立刻寫摺子，並且動用八百里加急送到京城。

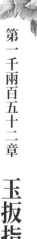

允祥難以相信地道：「怎麼會出這種事？福州局勢明明已經穩住，又從哪裡冒出這麼一群瘋子來？」

胤禛沒有理會他的話，而是面色陰沉地喝了一句。「出來！」

隨著胤禛的話，一個幽靈般的影子悄無聲息地出現在養心殿，隨著他的出現，溫度都似冷了下來。即便是在大白天，他的面容依然隱藏在黑暗中，讓人無法看清。只見他單膝跪地，啞聲道：「皇上！」

允祥雖然與胤禛關係親密，但對於隱藏在黑暗中、直屬於胤禛一人的密探，這麼多年來還是第一次看到。若換了平常，他會驚訝於密探的藏身之處，可現在卻只有對弘曆的擔心。

密探頭子雖然語氣平靜，內心卻起了驚濤駭浪。自從他任了密探頭子，貼身保護皇上並且聽其命令行事後，還是第一次被這樣當眾叫出來，且還是在白日。他是密探，是遊走於黑暗裡的人，若非皇命不可違，他是絕不會自行暴露的。不曉得那三封摺子上究竟寫了什麼，讓皇上這樣迫切。

「你帶著所有密探，立刻前往福州，就算掘地三尺也要把四阿哥找出來，否則你自己提頭來見！」隨著這句話，胤禛將三本摺子扔在他面前。

密探頭子知道胤禛這是讓自己看摺子，在匆忙看過後，他壓抑著心中的驚訝道：「奴才這就去辦。」

在猶如影子一般的密探頭子退下去後，胤禛像失了所有力氣，跌坐在椅中，手不住地撫著額頭。

看到他這個樣子，允祥不知該說什麼好，許久方道：「皇上，四阿哥不會有事的，您別太擔心了。」

胤禛扯出一絲難看的笑容。「希望他們可以完好無損地將弘曆帶回來，否則朕真的是害了弘曆。熹妃之前一直不希望弘曆去福州，是朕堅持，朕希望借他與弘時引出造成兩批運糧船沉沒的真凶，結果真凶沒找到，他們兩個卻是一失蹤、一重傷。」

允祥想了一會兒道：「依臣弟愚見，這件事暫時還是不要告訴熹妃娘娘，以免她擔心，一切還是等密探回來後再說。」

「朕知道。」胤禛話中透著濃濃的擔心。凌若有多疼弘曆，多在意弘曆，他很清楚，若讓凌若知道弘曆出事，一定會悲痛欲絕的。希望……希望上天可以保佑弘曆無事。

「四喜！」

聽得胤禛喚自己，四喜連忙躬身上前，小心地道：「奴才在。」

胤禛冷冷瞥了他一眼，道：「朕知道你不是一個多話的人，但朕還是再叮囑你一句，剛才聽到的事，一個字都不許洩漏出去，特別是熹妃那裡。若讓朕聽到一點兒風聲，朕就砍了你的頭。」

面對胤禛森冷的聲音，四喜趕緊道：「奴才知道，就算是有人拿刀架在奴才脖子上，奴才也絕不敢吐露一個字。」

因為胤禛的命令，這則消息被嚴密地封鎖起來，不論是朝堂後宮，都以為福州災情平定，二位阿哥即將回京，完全不曉得出了這麼嚴重的事。

得了胤禛的命令，一眾密探連夜動身，選取一艘最快的船，日夜兼程趕往福州，在與那裡的密探會合後，開始搜尋弘曆蹤跡。對於當時的情況，他們已經掌握，認為弘曆就算不在連江縣，也應該走不遠，應該就在附近的幾個縣中。

除了他們，其他幾撥人也在搜尋著弘曆的行蹤。在搜尋了數日後，密探頭子在連江縣鄰縣一處燒毀的宅子中發現一具屍體。因為大火之故，屍體已經被燒得焦黑難辨，但在屍體拇指上卻發現一枚未燒毀的玉扳指，這枚玉扳指，正是胤禛在冰嬉比試中賞給弘曆的那一枚。

問了當地的里正，他們說這間宅子原是富商所住，後來因為饑荒，富商舉家逃離福州，這處宅子便空了下來，後來不知怎的起了一場大火，把整間宅子都燒毀了。

密探頭子問了起火的時間，發現正好是在弘曆失蹤後的第二天，所以這具屍體，很可能就是弘曆。

事關弘曆生死，密探頭子不敢怠慢，連夜拿了玉扳指乘船回京城，一進京便立刻入宮。

胤禛正在養心殿批摺子，但因為弘曆的事，使他難以集中精神，在看到密探頭子出現後，連忙擱下朱筆，迫不及待地問：「如何，有四阿哥的下落了嗎？」

這段時間，凌若數次問起弘曆的情況以及為何至今不召他們回京，都被他以福州還沒徹底平定為由敷衍了過去，但隨著凌若問得越來越頻繁，他知道快瞞不了多久了。

「啟稟皇上，奴才在一處被燒毀的宅子中發現一具焦屍，屍體拇指上戴著這枚玉扳指。」

當密探頭子呈上玉扳指時，胤禛整個人如遭雷擊，僵在那裡一動不動，只是死死盯著那枚玉扳指。

雖然被燒得有些變形，但他一眼就認出這正是自己賞給弘曆的那枚，玉扳指戴在燒焦的屍體手上，也就是說……那具焦屍就是弘曆！

他最擔心的事，始終還是發生了。弘曆……弘曆……

第一千兩百五十三章　悔之晚矣

胤禛在心裡默唸著這個名字，眼眸迅速紅了起來，他啞聲對密探頭子與四喜道：「你們都退下，朕想一個人靜一靜。」

密探頭子將玉扳指放在地上後，隨四喜一道走出去。在殿內只剩下自己一人後，胤禛撐著扶手站起來，艱難地走下臺階，看著靜置於地上的玉扳指，眼淚奪眶而出，一滴滴地落在玉扳指上，沖刷著被大火焚燒出來的焦痕。

他錯了，他錯了！若不是他一定要以弘曆為餌，引出弄沉運糧船的人，弘曆就不會被那些瘋掉的村民圍住，也不會死。是他的錯，一切都是他的錯，是他害死了弘曆，害死了他最看重的兒子！

胤禛捂住臉，可是透明的液體仍然不斷地從指縫中滲出。

如果他不是那麼固執，不是那麼強硬，弘曆就不會死。他很後悔，可是不論他怎麼後悔，死去的人都不會復活。

這些年來，自己雖然沒有立弘曆為太子，卻一直將他當成太子一般在培養，讓他跟著自己批閱奏摺，讓他去戶部當差，可是現在就因為自己的自以為是，弘曆死了，被那些發瘋的百姓活活燒死在異鄉！

這件事，他該怎麼告訴凌若？凌若那麼疼愛弘曆，他怕凌若會承受不住弘曆驟死的打擊！

這一日，胤禛一直將自己關在養心殿的內殿中，連第二日的早朝都沒有上。他自繼位以來，一直勤政愛民，少有不上早朝的時候，令空等一場的大臣暗自猜測，不知究竟發生了什麼事。

唯有允祥猜到幾分，在百官散去後，他拉住四喜，低聲道：「喜公公，是不是那件事有結果了？」

四喜艱難地點點頭，小聲道：「皇上已經將自己關在內殿一天了，不吃不喝，奴才很是擔心。」

四喜的話，令允祥心情驟然一沉。皇上這個樣子，難道弘曆他真的……想到這裡，允祥連忙道：「喜公公，你帶我去內殿，我要見皇上。」

四喜嘆了口氣道：「奴才幫您通傳一聲看看，希望皇上肯見王爺您，您也好幫著勸勸皇上。」

允祥無聲地點頭，與四喜一道來到內殿。四喜進去通稟，他則站在外頭，等了一會兒，見到四喜走出來，連忙道：「如何，皇上肯見我嗎？」

「是，皇上請王爺進去。」四喜剛說完，允祥便迫不及待地走進去。這一幕正好被蘇培盛看到，蘇培盛走過來，似不經意地道：「皇上不是不肯見人嗎？怎麼怡親王進去了，究竟皇上出什麼事了？」

因為上次那件事，令四喜與蘇培盛之間有了隔閡，再加上這次事關重大，胤禛交代過不許告訴任何人，所以對於蘇培盛的問題，四喜只是淡淡道：「咱們是奴才，哪有奴才打聽主子事情的道理。」

見他不肯說，蘇培盛心下惱怒，冷哼一聲不再說話，然他對四喜卻是越發地不滿起來。

且說允祥進了內殿後，發現所有的窗子都被關起來，使得殿內光線昏暗無比，只能隱約看到有人坐在御案後面。

允祥拍袖跪下道：「臣弟叩見皇上，皇上萬歲萬歲萬萬歲！」

過了好一會兒，方才有聲音傳來。「起來吧。」

只聽這個聲音，允祥便知道胤禛現在的情況萬分不好，起身上前數步道：「皇上，臣弟聽說福州那邊又有消息了，不知可還好？」

胤禛起身，踩著沉重的腳步來到允祥面前，攤開手，露出一枚燒過的玉扳指。

「還記得這個嗎？冰嬉比試時，朕當著所有人的面賞給弘曆的。」

「臣弟記得。」看到玉扳指出現在胤禛手中，允祥心中的不祥之感越發強烈。

「皇上，是否四阿哥出事了？」

昏暗中，看不清胤禛的表情，只能聽到他有些哽咽的聲音在內殿響起。「弘曆死了，被人活活燒死了，這枚玉扳指就是從他手裡取下的。」

允祥被這個消息衝擊得後退數步。他知道在那種情況下，弘曆很可能會死，但私心裡總不願往這方面去想，希望只是虛驚一場，想不到……

允祥艱難地道：「皇上，四阿哥他真的……」

胤禛深吸一口氣，努力收住眼淚，仰頭道：「自從朕將玉扳指給了弘曆後，他就一直戴在手上，從未摘下來過。允祥，弘曆死了，真的死了，是朕害死了他，是朕啊！」說到這裡，胤禛恨恨一拳打在朱紅的圓柱上，嘴裡不住地道：「是朕，是朕害死了弘曆！」

允祥連忙拉住他道：「四阿哥的死是意外，是誰都沒想到的，與皇上無關！」

「無關？」胤禛淒然地笑了起來。「若朕不讓他去福州，不讓他去當這個餌，他怎麼會死？」

允祥感覺到有熱熱的溼潤滴在手背上，哽咽道：「不錯，皇上確實是這樣想的，但同時，皇上也煞費苦心地派了數撥人或明或暗地保護四阿哥。若不是去連江縣的橋恰好斷了，四阿哥根本不會出事，一切都是意外。」見胤禛不說話，他又道：「而且臣弟知道，這次派四阿哥去，皇上還有另一重用意，就是希望透過這件事，讓四阿哥更快更好地成長，早些成為符合皇上要求的繼承者。」

「現在說什麼都晚了，弘曆……」後面的話，胤禛哽咽著無法說下去，好一會兒方道：「老十三，你說朕究竟做錯了什麼，為什麼朕的兒子一個接一個地死去？先是弘晟，之後是弘旬，現在又輪到弘曆！」

允祥連忙搖頭道：「不是，皇上一向勤政愛民，體恤天下百姓，怎可能有錯？是上天待皇上太過殘忍，要奪去皇上的孩子。」

這幾十年來，他是親眼看到四哥對大清江山的付出，為阿哥時也好，為皇帝時也好，都竭心盡力，只求不負皇阿瑪所望；而事實也證明他確實做到了，令這個帝國比以前更繁盛昌榮。可上蒼卻似瞎了眼一般，對四哥殘忍無比，奪去他一個又一個的孩子，令四哥這麼多年來一直子嗣艱難，如今更是將弘曆也奪走了。

第一千兩百五十四章　隱瞞

「弘曆是朕那些兒子當中最聰慧的一個，又有仁心，皇阿瑪在世時就對弘曆多有誇獎，只是稍稍欠缺了一些閱歷與經驗。所以當初弘時提議讓弘曆早些入朝歷練的時候，朕答應了，就是想著弘曆可以早一些獨當一面，到時候朕就可以放心地將大清江山交給他，可結果，朕卻親手害死了自己選定的繼承人。允祥，你說可笑不可笑！」

允祥沒有笑，倒是胤禛哈哈大笑起來，只是這笑聲淒涼無比，猶如夜間飛過的烏鴉。

允祥拉著胤禛胳膊道：「四哥，您不要這樣，臣弟說過，四阿哥的死與您無關，一切都是意外。」

「可是朕原諒不了自己，允祥，朕過不了自己這一關啊！」胤禛雙目通紅地看著允祥。「還有凌若，朕不知道該怎麼去面對她，怎麼告訴她這個噩耗。弘曆是她的命根子，朕怕她受不住啊！」

允祥含淚道：「臣弟知道，臣弟什麼都知道，正因為小嫂子視弘曆為命根，受不得打擊，皇上才更要挺住，否則您都這個樣子，您讓小嫂子怎麼辦？」

胤禛愴然搖頭。「允祥，這麼多年來，朕從未有過一刻，像現在這樣後悔，朕……朕真的很後悔。朕答應過凌若，一定會讓弘曆兩兄弟平安歸來，絕不食言，可現在……朕卻真的食言了。」

允祥從未見過胤禛這樣無措的樣子，勸道：「沒人願意看到這種事發生，小嫂子向來是個明事理的人，她一定會體諒理解皇上。再說，不論皇上怎麼自責，四阿哥都不能活過來，既不能逆轉發生的事，那麼就只有想想該如何補救，讓生者好過一些。」

胤禛點點頭，正在這個時候，四喜在外叩門道：「皇上，熹妃娘娘求見。」

「若兒！」胤禛低呼一聲，不知該不該見她。雖然在允祥的勸說下，他好過了一些，但還沒有想好該怎麼面對凌若，他想一想，啞聲道：「朕與怡親王正在議事，讓熹妃先行回去。」

「嗻！」隨著四喜的答應，映在窗紙上的影子迅速消失，並且再沒有傳來任何聲音。

允祥看出胤禛矛盾的心思，低聲道：「皇上，這件事早晚得告訴小嫂子，瞞不了多久。」

「朕知道。」胤禛深吸一口氣道：「但是先緩緩吧，讓朕想想該怎麼告訴她。」

允祥應了一聲，隨後又道：「既然二阿哥沒事，不如讓他先帶人回京吧，還有四阿哥的……屍體也得盡快運回來。」屍體二字他說得格外費力。弘曆是他親眼看著長大的，如今他這把病骨頭還活得好好的，弘曆卻已經不在人世了，老天爺真是不公平。

胤禛黯然道：「朕會讓人去辦，朕答應過此次差事辦完之後，會封弘曆一個親王。雖然他如今人不在了，但朕說過的話一定要辦到，朕打算追封他為親王。你替朕想想，該以什麼字為封號好。」

允祥想了一會兒道：「四阿哥是四哥與小嫂子的兒子，也是你們兩人的心頭至寶，沒有任何人可以取代，不如就以寶字為封號如何？」

「寶……寶親王……」胤禛喃喃重複了一遍，頷首道：「不錯，弘曆是朕與熹妃心中無可取代的至寶，寶親王，很好，就以這個為封號，追封其為親王。」

寶親王，原本應該是加封，眼下卻變成了追封，一字之差，卻是生死之別。

「事情都已經過去了，皇上……」

允祥話還沒說完，胤禛便驟然打斷他的話，冷冷道：「你錯了，事情遠沒有過去，連江縣那些人，朕一定要找到，然後一個個五馬分屍，以報弘曆之仇！」

允祥沒有說什麼。若換了是普通百姓，他或許會勸正在盛怒中的胤禛，但連江縣那些人，很明顯不是。那是一群瘋子，一群吃人肉吃上癮的瘋子，他們不是人，而是野獸，留著這一群人，只會給正在恢復正常的福州府帶來危險，讓更多的人受傷，必須要剷除。

允祥一直在養心殿待到日落西山，見胤禛情緒好些後方才離宮。在他走後，胤禛翻了一本壓在案上的摺子，卻一個字都看不進去，反而越看越煩躁，將摺子往案上一扔，起身往外走去。

看到他出來，四喜與蘇培盛連忙迎上去道：「皇上！」

胤禛不耐地道：「都別跟著朕，朕自己走！」

四喜曉得胤禛是因何事而心情不好，自然不會不知趣地湊上去；蘇培盛卻是不曉得，見四喜停下腳步，他便追上去討好地道：「皇上，天就快暗了，還是讓奴才跟著吧。」

胤禛倏然停下腳步，盯著蘇培盛，冷言道：「沒聽清楚朕的話嗎？給朕滾下去！」

蘇培盛無端挨了一頓罵，灰頭土臉地退下去，不敢再多說一個字。

離了養心殿後，胤禛漫無目的地走著，等他停下腳步的時候，卻發現自己就站在承乾宮前。

若兒……想到凌若，胤禛心裡一陣抽痛。在這世上，他最不想傷害的人就是凌若，可這些年來，他卻一次又一次地傷害她，現在又……唉！

猶豫許久，胤禛終還是走進去，剛走到院中，得了宮人通稟的凌若就已經快步迎了出來。

「臣妾參見皇上，皇上吉祥。」

「起來吧。」胤禛扶起她，忍著心中的難過，溫言道：「外頭風大，妳出來做什麼？」

凌若輕笑道：「皇上來了，臣妾豈可不迎。」在與胤禛一道進殿後，她關切地道：「臣妾聽說皇上今日沒上早朝，是否身子不舒服？臣妾之前曾去養心殿，但皇上當時正與怡親王議事，臣妾便沒有打擾。」

「朕沒事，只是早上起來的時候覺得頭有些疼，便躲懶歇了一天，如今已經沒什麼事了。」

「沒事就好。」

此時宮人奉了茶上來，凌若在接過茶遞給胤禛時，發現他眼睛有些紅，訝然道：「皇上的眼睛怎麼紅了，出什麼事了？」

胤禛沒想到她會注意到這個，連忙掩飾著道：「眼睛紅了嗎？可能是剛才過來的時候，不小心被風吹了沙子進眼睛裡，所以紅了，過會兒就好了。」

第一千兩百五十五章　副后

凌若鬆了一口氣道：「那就好，臣妾差點以為皇上剛才哭過呢。」

她這話說得胤禛心中難過，卻又不能露在臉上，強笑道：「朕好端端的哭什麼，妳可真是想多了。」

這般說著，他端起茶盞喝著，竟是一口氣將整盞茶都喝了，連茶葉也喝了進去，看得凌若驚訝不已。「皇上您很渴嗎？要不要臣妾讓人再去沏一盞來？」

胤禛正拿著空茶盞出神，聽到凌若的話，連忙道：「不必了，朕現在已經不渴了。」

從胤禛進來後，凌若就覺得他有些怪怪的，不說他渴不渴，就說那茶才剛沏好，肯定燙得很，可胤禛卻像是什麼感覺都沒有，一口氣全喝了，整個人魂不守舍。

她猶豫了一下道：「皇上，您是不是有什麼心事？」

胤禛想也不想便否認道：「沒有，朕哪裡有心事。」
「可是……」
凌若還待要說，胤禛已經道：「別多想了，朕真的沒事。」
他越這樣說，凌若便越覺得有事，不過胤禛明擺著不願意說，她也不好多問，轉過話題道：「皇上，您上次說弘曆他們就快回京了，不知如今可動身了？」
「還沒呢，弘曆摺子上說福州還有一些事未處理好，不過朕打算這兩日就下旨召他們回京了。放心吧，妳很快便能看到弘曆了，只是今年的生辰卻是沒法與他一道過了。」
凌若輕笑道：「這也沒什麼，到時候再補過便是了。倒是有一件事，皇上該幫著留心起來了。」
「什麼事？」胤禛笑顏相對。無人知道他的心正在流血，每說一個字對他而言都是一種折磨。
「皇上您莫要忘了，過了這個生辰，弘曆便成年了，該是考慮成親的時候了。就算不急，也可以留意起來，看哪家公侯家的小姐端莊秀麗，適合成為弘曆的嫡福晉。」
胤禛強笑道：「虧得妳提醒，否則朕都忘了。真是好快，一轉眼，弘曆都可以成家立業了，朕還記得弘曆剛出生時的樣子，好小一個。」
凌若溫言道：「光陰如水，弘曆長大了，臣妾與皇上也老了，不過只要能與皇上在一起，老也好，醜也罷，臣妾都甘之如飴。」

胤禛忽地握住她的手道：「若兒，不論遇到什麼事，妳都會與朕一直走下去的，對不對？」

胤禛這個問題令凌若愕然，旋即笑道：「是，這是臣妾答應皇上的，絕不食言。何況，臣妾也捨不得鬆開皇上的手。」

她的回答令胤禛心中稍安，緊一緊掌中的手，神色堅定地道：「朕也是，一輩子不鬆開！」

笑過後，胤禛忽地道：「若兒，妳在妃位上也有四年了，為妃者攝六宮之事，雖然可以，但終歸有些不正；而且妳是朕珍視之人，一個正三品妃位實在是太委屈妳了，所以朕打算擇一個吉日，晉妳為皇貴妃，妳說可好？」

妃位之上是貴妃，再上則是皇貴妃，皇貴妃又被稱為副后，貴妃可有兩人，但皇貴妃卻與皇后一樣，唯一人耳。

能受封皇貴妃者，無一不是身繫萬千寵愛，譬如順治時的董鄂氏，又譬如康熙時的佟佳氏。

聽到這話，凌若頓時愣在那裡。她現在只是正三品的熹妃，就算真要晉封也只能晉為貴妃。昔日胤禛初登大寶時，年家名聲顯赫、權勢昭昭，可年氏也只是被封為貴妃而已；但現在胤禛卻要越過貴妃這級，直接晉她為皇貴妃，實在……實在是令她驚訝至極。

許久，她方才道：「皇上怎麼突然提起這件事？臣妾無德無能，又不曾為皇上再誕下一男半女，萬萬沒有資格受封。」

不是她不喜歡皇貴妃這個名頭，而是來得太突然，讓她不知該如何應對，總覺得哪裡不對。

「朕說妳有資格就有資格！」胤禛語氣堅定地道：「自從妳接管後宮後，將所有事情打理得井井有條，讓朕少操了許多心。至於孩子……」他語氣微微一沉，在凌若有所察覺之前就已經恢復常態，甚至帶上一絲笑意。「妳為朕生下弘曆，並且將他教得那麼好，只憑這一點，便已足夠受封為皇貴妃。若兒，朕要妳做朕一世鍾愛之人，一生不離，一世不分！」

說完最後一個字，他將凌若緊緊摟在懷中，因為他怕再晚一些些，便會讓凌若發現隱藏不住的眼淚。

胤禛的話讓凌若動容，環抱著胤禛的腰身，一字一句道：「是，臣妾要與皇上白頭到老，永不分離。」

時間長河在這一刻似停頓了下來，沒有春夏秋冬的輪迴，沒花謝花開的必然，只有彼此相擁的兩人。

剎那永恆，指的應該就是這樣吧……

過了許久，凌若從胤禛懷中抬起頭道：「其實對臣妾而言，妃也好，皇貴妃也罷，都是一樣的，臣妾並不在意這些，只要皇上心裡有臣妾便足夠了。」

胤禛將下巴抵在凌若頭頂，道：「朕知道妳從不與人爭這些，但這是妳應得的，無須推辭。朕明日便讓禮部挑選吉日，行冊封禮。」

若兒，對不起，朕知道哪怕給妳母儀天下的位置，也遠不能彌補弘曆突然離去所帶來的傷痛，但朕能給妳的，只有這些了。朕不求妳原諒，只希望待到真相揭開的那一刻，妳對朕的怨恨能少一些。

若兒，如果時光可以重回，朕絕不會讓弘曆去福州，可是一切都已經晚了，朕與妳都永遠地失去了弘曆……

凌若並不知道胤禛的心思，只是想著冊封為皇貴妃的事，她看得出胤禛心意已決，是一定要冊封的，便不再拒絕，道：「臣妾謝皇上隆恩。」

胤禛將凌若拉開稍許，望著她，一字一句道：「不必謝朕，要謝也該是朕謝妳才是。若兒，朕最鍾愛的皇貴妃。」

這一刻，他的心裡除了凌若之外，再沒有旁人，包括納蘭湄兒。

雖然覺得胤禛今日的言行很怪，但胤禛的話還是讓凌若無比感動，絳唇輕輕印在胤禛薄唇上。「皇上也是臣妾最愛的皇上。」

若時光可以在這一刻停住該有多好，凌若便不會知道弘曆已經死去，亦不會悲傷，更不會……

但時光不會停止，所以該發生的事還是會發生，只等著那一日的到來……

第一千兩百五十六章　恨惱

胤禛在第二日回養心殿後，果然就即刻下旨擬晉封熹妃鈕祜祿氏為皇貴妃，著禮部擇吉日，並準備冊封典禮。

自胤禛登基以來，只冊封過年氏一個貴妃，皇貴妃之位，一直虛懸在那裡，四年來，無數人仰望，卻從沒有一人可以靠近。誰都想不到，胤禛會在突然間下旨晉凌若為皇貴妃，一下子越過貴妃之位。

這個消息在後宮中引起軒然大波，每一個得到消息的人都不敢相信自己的耳朵，一再向報信的奴才確認，希望只是自己聽岔或是傳岔了，可得到的卻是令她們發狂的四個字——千真萬確。

不只劉氏等人恨得要發狂，就是城府最深的那拉氏亦難以平靜，將宮人端上來的茶盞狠狠摜在地上，嚇得宮人趕緊跪在地上求饒。

「鈕祜祿凌若！」那拉氏沒有理會瑟瑟發抖的宮人，而是咬牙切齒地唸著這個名字。二十多年了，二十多年來，鈕祜祿凌若這個名字就像是陰魂一樣纏著她，害死了她的兒子，奪走了原本屬於她的權力，如今還要被冊封皇貴妃，成為後宮的副后，可以更加堂而皇之地手握後宮大權！

小寧子自震驚中回過神來後，看到那拉氏微微扭曲的臉龐，連忙勸道：「主子您消消氣，別氣壞了鳳體。」

那拉氏恨恨地一掌拍在紫檀桌上，怒道：「鈕祜祿氏都快與本宮平起平坐了，你要本宮怎麼不生氣？」

小寧子輕聲道：「熹妃就算被封了皇貴妃，也只是副后而已，要說與主子您這個正宮皇后平起平坐，還遠不夠資格。奴才倒是擔心另外一件事。」

那拉氏深吸一口氣，平息了一下心中的怒火，冷聲道：「另一件事，什麼事？」

「主子您想想，熹妃現在既未懷孕，又未曾立下什麼大功，皇上為何突然下旨封她為皇貴妃？」

小寧子這話倒是提醒了那拉氏，她剛才盡顧著生氣，沒想到這一層。是啊，這個旨意下得太突然，完全沒有先兆，胤禛為何突然如此？要說寵愛，這些年來，他並沒有少寵鈕祜祿氏，卻從未提過要冊封皇貴妃一事。

想到這裡，她睨了小寧子一眼道：「那依你說，是為什麼？」

小寧子低了頭，囁嚅道：「奴才……奴才不敢說。」

那拉氏有些不高興地道：「本宮讓你說就說，哪來這麼許多廢話。」

「嗻！」小寧子應了一聲，小聲道：「奴才在想，皇上是不是有心想要……廢后。」

聽得「廢后」二字，那拉氏眸光驟然陰冷下來，一言不發地盯著小寧子。後者雖然低著頭，依然能感覺到頭頂如針芒一樣的目光，刺得他頭皮生疼，趕緊跪下道：「奴才該死！奴才該死！」

不知過了多久，小寧子方才感覺頭皮上的刺痛感小了一些，但仍不敢抬頭，直到那拉氏沒有感情的聲音落在耳邊。

「繼續說下去。」

「嗻！」小寧子顫聲答應著，低聲道：「皇上看重熹妃，這些年來，論恩寵、論聖眷，沒有一個人可以與她相提並論。年氏死了，成嬪倒了，唯有她一直穩如泰山，皇上更是連後宮大權都給了她。奴才說句大不敬的話，只怕在皇上心中，熹妃才是……才是……」

小寧子猶豫著不敢說下去，倒是那拉氏面無表情地接過道：「你想說在皇上心裡，熹妃才是皇后的最佳人選對嗎？」

「是。」小寧子心驚肉跳地吐出這個字，隨後道：「如今皇上突然封她為皇貴妃，奴才斗膽猜測，是否皇上根本就是想封熹妃為皇后。只是主子您還好好的，而且突然由妃位晉為皇后，不只後宮不服，朝堂亦會不服，哪怕皇上是一位鐵腕皇帝，這道聖旨也很難得到執行。所以皇上退而求其次，先晉熹妃為皇貴妃，待到時機成熟時，再廢黜主子之位，將熹妃扶正。雖說這樣時間久一些，但無疑可以避過許多人口舌，讓事情得以順利。」

小寧子話音剛落，那拉氏便冷喝道：「休想！這一朝，皇后只有本宮一個，不論是熹妃還是其他人，都休想取本宮而代之！」

話雖如此，但她心底卻因為小寧子的話而不安起來。萬一胤禛真不念夫妻多年的情分，下旨廢后，而讓鈕祜祿氏又在皇貴妃一位上站穩腳跟，那她……

一時間，那拉氏心亂如麻。雖說非犯了大錯，不得廢后，但同樣有一句話叫做：欲加之罪，何患無辭。

胤禛！鈕祜祿凌若！那拉氏恨恨地唸著這兩個名字，思索著對應之策，無奈她心已亂，又如何想得出主意來，目光一轉，落在尚跪在地上的小寧子身上。「若事情真是這樣，你倒是說說，本宮該怎麼辦？」

小寧子一邊想一邊道：「回主子的話，奴才覺得皇上現在只是晉熹妃為皇貴妃，並未提及廢后一事，所以主子也不應提及。但是，主子也不可就此讓熹妃一躍成為皇貴妃。」

「你要本宮勸皇上收回聖旨？」那拉氏精心描繪過的蛾眉因這句話輕輕蹙了起來。「本宮與皇上多年夫妻，很清楚他的性子，一旦決定的事是斷然不會輕易更改的，更不要說這一次他打定主意要抬舉鈕祜祿氏。」

「奴才不是要主子勸皇上收回成命，而是要主子勸皇上先晉熹妃為貴妃，等下次再晉皇貴妃，逐級晉封。」

那拉氏本就是個心思細膩、縝密到極點的人，不過是因為事關后位，有些亂了方寸，所以才會問小寧子意見，如今他這麼一說，頓時明白過來。「你想讓本宮行緩兵之計？」

「是，雖然這樣做不能打消皇上的念頭，但至少給了主子應對的時間，不會手忙腳亂；當然，最重要的是等四阿哥的死訊，只要四阿哥一死，熹妃便成了沒有子嗣的嬪妃，沒有了再晉皇貴妃的理由，更不要說取主子而代之。」

那拉氏想了一下，頷首道：「你說的也有幾分道理，你讓本宮再想想，再決定是否要這麼做。」頓一頓，她問：「對了，二阿哥那邊還沒消息嗎？」

第一千兩百五十七章　得悉

「英格大人與二阿哥均沒有消息傳來。」

小寧子話音剛落，孫墨便在外面道：「啟稟主子，英格大人求見。」

「真是說曹操，曹操就到，讓他進來吧。」那拉氏瞥了一眼尚跪在地上的宮人，冷言道：「還不趕緊把東西收拾了。」

宮人如逢大赦，趕緊將碎瓷片收拾下去。

英格進來後，拍袖下跪道：「微臣見過皇后娘娘，娘娘萬福！」

「起來吧。」在宮人奉了茶上來後，那拉氏道：「你今日進宮，可是福州那邊有消息了？」

「是。」英格隨手將茶盞擱在小几上，道：「微臣派去跟隨二阿哥的人已經傳來了消息，證實四阿哥早在大半個月前，便已經死了。」

對於弘曆的死，那拉氏並不意外，弘曆若不死，那才是真叫奇怪了。「既是大半個月前的事，為何到現在才傳回消息？」

「回娘娘的話，四阿哥出事後，福州府管得很嚴，四處搜尋四阿哥下落，還嚴查每一個出城、入城的人，為怕引起不必要的懷疑，所以拖了幾天。在準備出城的時候，城裡突然多了一大批來歷不明的人，四處活動，以連江縣及附近幾個縣城為主，而福州知府對於這些人視若不見，任由他們四處活動。」

那拉氏輕「嗯」了一聲，問：「知道這些是什麼人嗎？」

「這些人行蹤詭異，暗衛曾想過跟蹤他們，但都被發現了，當中還打了一場，所以無從得知。不過微臣猜測，這些人很可能是皇上派去的密探，唯有皇命才能讓福州知府無條件遵從。」

那拉氏點頭之後又問：「那他們查到了什麼？」

英格輕聲道：「因為靠近不了，所以無法得知，但他們最後出現的地方是在四阿哥被燒死的地方。」

那拉氏微一蹙眉道：「弘時讓你們燒死弘曆嗎？手腳可曾做乾淨，有沒有留下馬腳？」

對於她的問題，英格苦笑道：「娘娘，四阿哥是死了不假，但動手的並不是微臣派去的人，微臣的人也是事後才知道這事的。」

隨著英格將事情細細說了一遍，那拉氏眉頭越蹙越緊，到後面已是擰成了疙瘩，怒喝道：「荒唐！本宮與他說了這麼多，讓他不要太輕易相信允禩，他竟然全都當成了耳旁風，連這麼重要的事都交給允禩的人去做，這不是自己將把柄拱手送給別人嗎？真是氣煞本宮了！」她一邊說著一邊起身在殿中來回踱步，藉此壓抑心中的怒氣。

英格除了苦笑不知道還能怎樣。「微臣派去的人一直都被瞞在鼓裡，不曉得去連江縣的橋是二阿哥故意派人弄斷的。當他們到連江縣沒看到二阿哥的蹤影，甚至連一個人都找不到時，所有人都慌了，以為真有人要害二位阿哥，虧得後來在山腳下找到二阿哥，他除了流了比較多血之外並沒有大礙，這才算是定下心來。後來二阿哥醒轉，才將事情告訴他們。二阿哥在殺了四阿哥之後，便命人連屍體帶屋子一併燒了，以免留下線索。那些人在那間燒毀的宅子裡應該是找到了四阿哥的屍體。二阿哥說，他故意將冰嬉比試時皇上賜的那只玉扳指留在四阿哥身上，以便確認其身分。」

那拉氏腳步一頓，冷聲道：「這個弘時，做事如此沒頭腦，待他回來後，本宮一定好好訓斥他！」

英格對此沒有發表意見，而是道：「不過這件事做得還算完善，二阿哥又故意弄傷了自己，沒有惹來任何疑心。」

那拉氏餘怒未消地道：「可同時也將一個天大的把柄送到允禩手裡，憑著這個把柄，允禩可以要脅他做任何事，說他沒頭腦，真是一點兒都沒錯。」

英格意有所指地道：「娘娘不必太過擔心，廉親王固然有控制二阿哥的心思，但能否趁心如意卻是未知之事，或許在二阿哥登基之前，廉親王就死了也說不定。」

那拉氏明白他的言下之意，將這件事暫時放在一邊，改而道：「那件事，真的沒有留下任何線索？」

「沒有。」這般說著，英格想一想道：「不過微臣的人在進到連江縣後，曾看到一只升空的穿雲煙花，應該是有人想要求救。後來問了二阿哥，二阿哥說當時確是有動靜，應該是有一撥人找到了他囚禁四阿哥的那所宅子，不過在那些人出現之前，他就已經一刀捅穿四阿哥的胸膛，並且放火燒了宅子，並未洩漏行蹤。」

那拉氏微一點頭，道：「為求謹慎起見，還是再派人查查。此事關係重大，一旦洩漏出去，不只弘時要死，本宮也要死。」

英格有些為難地道：「是，微臣知道。不過事情過了那麼久，而且當時情況太亂，只怕未必能查得到放穿雲煙花的人。」

那拉氏也知道這事難為了英格，是以並未強求。「本宮知道，總之盡力而為。」

在又說了一陣子關於福州的情況後，英格退出坤寧宮；而從頭至尾，那拉氏都不曾問過一句弘時安好與否。雖然英格之前說了弘時沒有大礙，但連問也不問一句，實在是令人心寒；也可看出，雖撫育二十年，但那拉氏始終視弘時為登上太后之位的工具，而非兒子。

在英格走後，小寧子小聲道：「看樣子剛才的事是奴才猜錯了，皇上封熹妃為皇貴妃，並非是想廢后，而是出於對熹妃的補償。四阿哥死了的事，皇上已經知道了。」

小寧子能想到的，那拉氏自然不會想不到，冷笑道：「真是不錯，死一個兒子卻換來皇貴妃之位。當初劉氏的兒子死了，可是什麼都沒有。而且看這樣子，弘曆已經死了的事，皇上應該還瞞著她，否則宮裡哪有這麼太平。」

「主子，那咱們還去養心殿嗎？」

對於小寧子的問題，那拉氏思忖片刻後，搖頭道：「不必了，就讓她先得意幾天。沒有了兒子的熹妃，就算是皇貴妃，也不過是一隻紙老虎，不足為慮。本宮……等著看她從雲端掉入萬丈深淵的樣子，一定很過癮。」

第一千兩百五十八章　入耳

小寧子輕笑著道：「主子很快便能如願以償了。」

聽著小寧子這話，那拉氏忽地又改了主意。「本宮想快些看到那一幕，你讓人將消息放出去，不過記著，別讓人發現是你所為。」

這種事小寧子也不是第一次做了，在答應之後，便下去安排。

除了那拉氏知道胤禛突然晉封凌若為皇貴妃的真相之外，其餘人依然被蒙在鼓裡，而這也讓她們內心充滿了不甘與憤恨；尤其是舒穆祿氏，她的家人被凌若害死，自己亦被害得成了庶人，生下孩子後能否留在宮中還是未知數。

這一切讓她恨極、怨極了凌若，一心想要報仇，將凌若狠狠從妃位上拉下來；可現在大仇未報，胤禛卻又要封凌若為皇貴妃，讓她一口氣堵在胸口，怎麼也順不下去。

「主子，您喝口參湯吧，從早上到現在，您還未用過東西呢。」

挑出來，餘下的重新串好再拿去當。」

如柳想來想去，還是覺得不妥。「可是……」

「我知道妳在擔心什麼，可我已經沒有旁的路好走了，沒有銀子，在這宮裡寸步難行。白桂也好，蘇培盛也罷，都是看在銀子的分上才肯幫妳我，一旦沒了銀子，只怕他們當場就會翻臉不認人，所以我一定要想辦法籌到銀子。如今阿瑪不在了，他留下的銀子也被人奪走了，只能走這條路。只要熬到我生下這個孩子，到時候情況自然會好轉。」

如柳知道她說的是實情，當下點頭道：「是，奴婢會替主子辦好的。」

在說完事情後，舒穆祿氏讓小華子替她仔細整理髮髻，雖說現在頭髮不怎麼掉了，但要長得像以前一樣濃密也非朝夕之事。眼下她的頭髮還是很少，每次出門，都得仔細遮掩頭皮。

待得整理好髮髻後，如柳方才扶了舒穆祿氏去御花園中閒步。秋陽照在身上，既不會像夏日那樣炎熱，也不會像冬日那樣涼薄，而是暖洋洋的很舒服。

走了一陣子，舒穆祿氏覺得有些累了，便尋了個石凳歇腳。過去一些有座假山，流水潺潺，雖為假，卻有真山的意境與韻味。

舒穆祿氏正待說話，忽聽得假山後面似有聲音，隱隱約約還聽到了「熹妃」二字，心下奇怪，便讓如柳扶著她到假山近前細聽。這一聽之下，卻讓她聽到了一件大事。

在假山後面說話的是兩個宮女，其中一個聲音略尖些的宮女道：「妳可知皇上為何要封熹妃為皇貴妃？」

另一個宮女道：「這有何好奇怪的，熹妃娘娘一向受皇上寵愛，這次封皇貴妃雖說突然了些，但也是情理之中。」

「若是這樣想就錯了，皇上這一次可不是因為寵愛而晉封熹妃娘娘的，乃是因為……」

聲音略尖些的宮女故意賣著關子不說下去，將那個宮女急得不得了，追問：「到底是因為什麼，妳快說啊！」

第一千兩百五十九章　收穫

不只那個宮女急，舒穆祿氏同樣心急。她一直以為胤禛是因為寵愛鈕祜祿氏，所以封其為皇貴妃，可聽這個宮女的意思，似乎還另有隱情。

「好吧好吧，告訴妳吧，聽說啊，是因為四阿哥在福州被人害死了，皇上出於內疚，所以才晉了熹妃娘娘的位分。」

下一刻，另一個宮女驚呼道：「什麼？四阿哥死了？怎麼會這樣？」

「這我可不知道了，我也是聽人說的，不過應該是真的，不然皇上怎麼會無緣無故晉熹妃娘娘的位分呢？那可是皇貴妃啊，相當於副后，自皇上登基後，還從沒立過皇貴妃呢！」聲音略尖的宮女透著濃濃的羨慕之意。

「副后又怎樣，換不回四阿哥。熹妃娘娘那樣疼四阿哥，若讓她知道四阿哥死了，非得傷心死不可。對了，皇上不是派了很多人保護四阿哥嗎？怎麼還會出事，二阿哥怎麼樣了？」

「聽說是二阿哥和四阿哥一道去一個叫連江縣的地方時出了意外，二阿哥運氣好，雖然受了重傷，卻逃了出來。四阿哥就沒那麼好運，被人殺死還燒成了焦炭！」說到後面，那個宮女嘖嘖了幾聲。

另一個宮女有些低落地道：「四阿哥為人挺好的，這樣死了真是可惜。」

「怎樣都好，反正輪不到咱們管。對了，我還得去浣衣局那邊取衣裳，妳陪我一道去吧。」

聽得腳步聲漸行漸遠，舒穆祿氏長出了一口氣，慢慢鬆開了抓著如柳的手。想不到，真是想不到，這一趟御花園之行，竟然會有這麼大的收穫。

四阿哥，竟然……死了？

怔忡過後，她第一個感覺就是想笑。老天真是有眼，讓鈕祜祿氏失去了她唯一的兒子，後半輩子無依無靠，孤獨終老。

自從阿瑪死了之後，這是她聽到的第一個好消息。「如柳，妳聽到了嗎？鈕祜祿氏的兒子死了，死在福州。」

如柳還在震驚中，聽得舒穆祿氏的話，有些麻木地道：「是，奴婢聽到了。主子，四阿哥他真的死了嗎？」

舒穆祿氏勾起脣角道：「十有八九，否則皇上何必要突然封鈕祜祿氏為皇貴妃？只是不知道那兩個宮女是從哪裡聽來的。」若非怕驚動了人，她必要好好大笑一場，真是很久沒那麼開心過了。這般說著，她心裡忽地浮起一個念頭。「如柳，妳說熹妃要是知道自己的皇貴妃之位是用兒子性命換來的，她會怎麼樣？」

如柳身子一震，看著舒穆祿氏道：「主子，您莫不是想將這件事告訴熹妃娘娘？不要啊，這事還沒弄清楚，萬一只是那些宮人胡說，豈非不好。」

如柳的話令舒穆祿氏猶豫了一下，但很快便道：「就算是假的，也與我無關，是那兩個宮女無事生非，亂嚼舌根子，我是受了她們的欺騙，再加上擔心咱們這位熹妃娘娘，所以才會弄錯，並非故意。」

「其實這件事就算主子不說，早晚也會傳到熹妃耳中，主子何必急在一時呢？」

如柳試圖勸舒穆祿氏放棄這個念頭，可是舒穆祿氏憋了這麼久，好不容易尋到機會，哪肯放棄。「不，我是真的很急。如柳，這些日子熹妃對我、對我家人的陷害，我從未忘記過，是她害得我家破人亡，是她害得我如此悲慘，若不能親手報此仇，我死後，如何有臉去見阿瑪與額娘？哪怕這次的事錯了，四阿哥沒死，至少也可以讓她嘗一嘗失去至親的痛楚。」

見舒穆祿氏說到這個分上，如柳只能點點頭，扶著舒穆祿氏一路往承乾宮行去。

舒穆祿氏的到來令承乾宮上下吃驚不已，楊海得了看守宮門的小太監稟報，快步來到殿中，朝正在交代事情的凌若躬身道：「主子，水意軒的舒穆祿氏來了。」

「她？」凌若驟然抬目，眼中盡是訝異。「她來做什麼？」

楊海搖頭道：「奴才不知，她只說有事求見主子。」

舒穆祿氏與自己有多深的仇恨，凌若心裡很清楚。舒穆祿恭明的事，雖然沒有證據證明是自己所為，但舒穆祿氏應該猜到了，她心中必是恨煞了自己，為何還要巴巴地跑過來？難道是因為胤禛下旨封自己為皇貴妃的事？

這般想著，凌若抬一抬下巴道：「讓她進來吧。」

「嗻！」

楊海退下後不久，便領了小腹隆起的舒穆祿氏進來。後者低著頭走到殿中，雙手搭在身側，屈膝道：「臣妾見過熹妃娘娘，娘娘萬福。」

「請起。」凌若微一抬手，漫然道：「本宮真是沒想到娘子會來承乾宮，還以為娘子不願見到本宮呢。」

舒穆祿氏虛虛一笑道：「娘娘說笑了，臣妾與您雖有些誤會，但都是小事，哪裡有不願見那麼嚴重。只是臣妾之前體質虛寒，胎氣不穩，許太醫交代了要安心靜養，不宜下地，所以才一直未來給娘娘請安。」

凌若目光在她腹上掃過，淡淡地道：「聽娘子這意思，如今龍胎已經安穩了？」

「想是月份大了的緣故，比以前好多了。臣妾見今日天氣不錯，所以便過來給娘娘請安，希望娘娘不要嫌臣妾唐突。」

「娘子說的這是哪裡話，妳來看本宮，本宮高興還來不及，又哪裡會嫌妳唐突。」這般說著，她對捧了茶進來的安兒道：「娘子懷了身孕怎好喝茶，快去端一盞羊奶來，記得要溫熱的。」

舒穆祿氏一臉感動地道：「多謝娘娘如此細心。」

「妳現在懷的是龍胎，細心一些是應該的。」兩人在笑語嫣然間說著言不由衷的話。

舒穆祿氏笑道：「臣妾此來，一是給娘娘請安，二是賀娘娘晉為皇貴妃之喜。娘娘可是皇上登基以來，立的第一位皇貴妃呢，實在是可喜可賀。」

「皇上厚待，本宮實在是受之有愧，可是皇上聖意已定，推辭不得，本宮只能愧領了。」凌若不動聲色地說著。她很清楚，以舒穆祿氏與自己的過節，絕不會真心來恭賀自己，定然還有其他目的。

第一千兩百六十章　驚雷炸響

待得安兒端了羊奶上來，舒穆祿氏抿了一口後，讚道：「奶香濃郁，口感醇厚，再加上恰到好處的溫熱，實在不錯，感覺比送去臣妾那裡的更好喝。」

凌若微笑道：「都是內務府送來的，哪裡有區別。不過妳若真覺得本宮這裡的較好，待會兒本宮就讓人送一些到妳那裡。」

「多謝娘娘。」這般說著，舒穆祿氏捧著羊奶盞道：「臣妾剛才過來的時候，在御花園裡聽到一件聳人聽聞的事，不知是真是假。」

「哦？是什麼事？」凌若不經意的神色在聽到舒穆祿氏的下一句話時，立刻變成了凝重與驚訝。

舒穆祿氏有些猶豫地道：「是關於四阿哥的。」

凌若將正準備喝的茶盞往邊上一放，道：「弘曆？他怎麼了？」

舒穆祿氏拚命壓抑著心中的得意與暢快，緩聲道：「臣妾聽說四阿哥在福州被人加害，如今已經……」

凌若身子一顫，盯著舒穆祿氏追問：「已經怎麼樣了？」

「已經……」舒穆祿氏望著她，故意嘆了口氣，道：「已經薨了。」

她輕輕巧巧的四個字，落在凌若耳中卻如驚雷炸響，不敢置信，好半晌方才道：「妳……妳說什麼，再說一遍！」

舒穆祿氏一眨不眨地看著凌若瞬間失了血色的臉龐，一字一句清楚地道：「臣妾說四阿哥已經薨了。」

凌若還未說話，水秀已經斷然道：「不可能！皇上說福州局勢平定，很快便會召四阿哥回京，他怎麼可能突然薨了，還請娘子不要在這裡胡言亂語！」

舒穆祿氏一臉淒然地道：「臣妾也希望這是胡言亂語，可御花園裡那兩個宮人說得有鼻子有眼，讓人不得不信，要不然臣妾也不會在娘娘面前提起這事。其實這事的真假，皇上最清楚，娘娘一問便知。」

「不會的，弘曆不會有事的！」凌若站起身來，喃喃地重複著相同的話，身子不住輕晃，看起來隨時會跌倒。

看到凌若這個樣子，水秀與楊海的心一下子懸了起來。誰都曉得四阿哥是主子的命根子，上次四阿哥中毒，主子已經快瘋了，若這一次四阿哥真的……他們簡直不敢想像會怎樣。

楊海示意水秀扶住凌若，自己則對舒穆祿氏道：「娘子雖然已經被廢為庶人，但之前好歹也是一個貴人，怎的這樣沒見識，只是聽兩個宮人亂嚼舌根子便相信了。四阿哥若真出了事，為何我家娘娘不知道，那兩個宮人便先知道了？」在舒穆祿氏漸趨難看的臉色中，他道：「娘子若只是為了說這件事的話，就請回吧，這種無中生有的事，不聽也罷。」

舒穆祿氏心中暗惱。楊海不過是一個低三下四的奴才，居然敢這樣與她說話，簡直就是不分尊卑！哼，且讓他再得意幾天，若四阿哥真是死了，看這承乾宮還不哭成一團。

這般想著，舒穆祿氏扶著如柳的手站起來道：「臣妾也是一片好心，既然娘娘與楊公公都認為臣妾多事了，那就當臣妾沒說過。不過這麼重大的事，就算只有一絲可能，也該問個清楚才是，娘娘您說是嗎？」

水秀看到凌若失魂落魄的樣子，正氣惱得很，此刻聽得舒穆祿氏的話，更是氣不打一處來，沒好臉色地道：「我家主子的事，不勞娘子費心，娘子還是回去好好養胎吧，別瞎操心，否則累了龍胎可就麻煩了。」

被她噎了一句，舒穆祿氏臉色沉了下來，涼笑道：「娘娘的宮人真是一個比一個能說會道，甚至於連自己的身分都忘記了，尊卑不分。」

水秀皮笑肉不笑地道：「奴婢對於自己身分牢記得很，是主子身邊的管事姑姑，原是正八品，蒙主子抬舉，晉了正七品；要說尊卑不分，恕奴婢多嘴問一句，娘子如今是正幾品？」

見她說話這麼不客氣，如柳護主心切，脫口道：「我家娘子如今雖然沒有位分，但腹中懷的卻是千真萬確的龍胎，憑妳一個正七品的宮女，娘子說妳一句尊卑不分，有何不妥？」

水秀一聽如柳這話就毫不客氣地反駁道：「龍胎自是要尊，但若懷著龍胎的人不自持身分，總做一些不該做的事，那就怪不得別人不敬了！」

水秀這番指桑罵槐的話，舒穆祿氏怎會聽不懂？若是凌若這樣說，她礙於身分，就算不高興也只能忍了，可現在說這話的是水秀，一個卑賤的宮女，教她如何忍得了。

「水秀，妳雖是熹妃娘娘身邊的宮人，卻也該知曉分寸才是。我本是一番好心來告訴熹妃娘娘這件事，妳不領情也就罷了，偏還要血口噴人，誣衊我，這是何道理！」

水秀冷冰冰地道：「奴婢只是說事實罷了，並未誣衊過任何人，至於血口噴人這四個字，恕奴婢擔不起！」

「妳……」舒穆祿氏還待再說，耳邊倏然響起一聲冷喝，卻是凌若，只見她沉下臉盯著她們看。

「妳們吵夠了沒有？」

見凌若動怒，水秀連忙低下頭。舒穆祿氏看到她這樣，眸中掠過一絲痛快，面上則假惺惺地道：「娘娘恕罪，臣妾本不願做出與一個宮女爭執這樣有失身分的事，但水秀實在是太過分，臣妾迫不得已才……」

「本宮有問妳這些嗎？」毫不客氣地打斷了舒穆祿氏的話後，凌若掙開水秀的攙扶，一步步走到舒穆祿氏面前，一字一句道：「本宮問妳，妳說在御花園裡聽到兩個宮人說弘曆在福州出了事，是不是真的？」

她不敢說出那個薨字，也不敢想。她不可以失去弘曆的，絕對不可以！

不知為何，迎著凌若的雙眼，舒穆祿氏有些發怵，有一種想要離開的衝動，不過也只是一瞬間的衝動罷了。她來這裡，本就是為了看鈕祜祿氏因為四阿哥的死而傷心欲絕的樣子，現在就要看到了，怎可以離開；相反的，她要睜大眼睛看清楚，千萬不要錯過這麼精采的時刻。

第一千兩百六十一章　意外之事

想到這裡，舒穆祿氏再沒有一絲猶豫，道：「是，臣妾聽得清清楚楚，她們說四阿哥在福州出了事，已經薨了。皇上一早就知道了這件事，怕娘娘傷心，才一直瞞著，否則怎會過了這麼久還不召四阿哥他們回京。就是因為這件事，皇上才要晉娘娘為皇貴妃。」

舒穆祿氏話音剛落，臉上便傳來一陣劇痛，緊接著便聽到如柳的驚呼聲。

「熹妃娘娘，您怎麼無故打我家主子？」

下一刻，凌若冰冷的聲音在舒穆祿氏耳邊響起。

「她咒弘曆死，本宮為何不可以打她？」

舒穆祿氏捂著臉頰道：「臣妾沒有咒四阿哥，確有宮人這麼說……」

她話還沒說完，便被凌若打斷道：「夠了，舒穆祿佳慧，不要以為本宮不知道妳打的是什麼主意，無非就是想看到本宮因為弘曆的事而傷心難過，不過這種小把戲妳不覺得幼稚了一點兒嗎？弘曆有那麼多人保護，怎可能會出事？還說皇上之所以晉本宮為皇貴妃是因為此事，言下之意，就是說皇上之所以晉本宮，完全是出於彌補之意。哼，舒穆祿佳慧，枉本宮一直將妳視作一個難得的敵手，妳實在是太讓本宮失望了。」

見凌若將話扯開了說，舒穆祿氏也沒有再假裝的必要，冷聲道：「既然娘娘將臣妾視作敵手，那麼娘娘覺得臣妾會無聊到說這樣一個隨時會被拆穿的謊言欺騙您嗎？不會，若真是這樣，今時今日，臣妾就不會站在您面前，早被您害得去了永安寺出家。皇上無緣無故下旨晉您為皇貴妃，您當真沒有一絲懷疑嗎？」這般說著，她湊到凌若耳邊，一字一句道：「四阿哥真的薨了，妳以後再也見不到他，一輩子都見不到！」

她的話，令凌若整個人顫抖了起來，不住搖頭，同時嘴裡喃喃道：「不會的，弘曆不會死，弘曆還沒有娶妻生子，他怎麼會死。騙人的，一定是騙人的！」

楊海看著不對，趕緊上前勸道：「主子，您別聽她胡言，四阿哥沒事，說不定現在就在回京的路上了。」說罷，他轉向舒穆祿氏，冷言道：「這裡不歡迎娘子，請娘子立刻離開。」

舒穆祿氏冷冷一笑，看也不看他，只盯著凌若道：「熹妃娘娘，您不是一向很聰明嗎？沒理由連這麼明顯的事都不懷疑。」

凌若驟然抬起頭，大聲道：「不會！弘曆不會死！妳騙本宮！妳騙本宮！」

舒穆祿氏得意地看著凌若。「是嗎？若臣妾真是騙娘娘，娘娘為何害怕成這樣？其實娘娘心裡很明白，四阿哥他是真的出事了。」

「不可能！不可能！」凌若雖然口中這樣說著，但心已經徹底亂了，分不清舒穆祿氏說的究竟是真話還是謊言。她只知道自己不可以失去弘曆，絕對不可以！

舒穆祿氏眸中盡是報復的暢快。「娘娘若是確定不了，何不親自去問皇上呢？相信皇上一定會給娘娘一個準確的答覆。」

舒穆祿氏的話提醒了凌若，她胡亂地點頭，自言自語道：「不錯，本宮要去問皇上，皇上一定會告訴本宮弘曆沒死，一定會的。」

見凌若要走，水秀怕她上了舒穆祿氏的當，趕緊拉住她道：「主子，您別聽她說，先坐下來好好歇一歇，待會兒再去見皇上。」

凌若此刻如何聽得進她的話，掙開水秀的手道：「不行，本宮現在就要去見皇上！」

楊海也趕緊拉了凌若道：「主子，水秀說的有道理，您別急，皇上……」

他話還沒說完，凌若已用力將他推開。

楊海原本站在凌若與舒穆祿氏中間，沒防備之下被凌若這麼一推，踉蹌著往後退，無巧不巧，正好撞在舒穆祿氏身上。

舒穆祿氏頓時往後摔去，腹部狠狠撞在紫檀木椅的扶手上，之後更是整個人倒地。

事情發生得太突然、太快，如柳雖然就在旁邊，可根本來不及拉住舒穆祿氏，只能眼睜睜地看著她摔倒。

舒穆祿氏回過神來後的第一個反應就是痛，令人窒息的痛，而所有的痛都來自腹部。那裡像是有無數根針在扎一樣，讓她連話也說不出。

如柳反應過來，連忙蹲下身扶起舒穆祿氏，驚慌失措地問：「主子！主子，您怎麼樣了？」

舒穆祿氏面色慘白地道：「如柳，肚子……我的肚子好痛！」

一聽到肚子，如柳冷汗都出來了。她清楚記得舒穆祿氏剛才是先撞到肚子，然後才倒地的，現在又說痛，難道是撞傷了龍胎？

這樣想著，她趕緊往舒穆祿氏腹部看去，一看之下頓時呆住了，好半晌才結結巴巴地道：「主子，您……您在流血……」

鮮血慢慢滲透了裙裳，盛開出一朵又一朵殷紅的血色花朵，妖豔而詭異。

當舒穆祿氏看到自己裙間的血時，險些暈過去。

龍胎……龍胎有危險！

想到這裡，舒穆祿氏連忙忍了痛道：「快，快幫我叫許太醫來，快！」

如柳慌忙點頭，可她要是走了，誰來照顧主子？想到這裡，她抬頭看到楊海與水秀愣在那裡，急切地道：「快去傳許太醫，聽到沒有，快去傳啊！」

凌若此時已經回過神來，吩咐：「你們速去傳許太醫來此，照顧好舒穆祿氏。」

見凌若要走，水秀連忙問：「主子您要去哪裡？」

「本宮去養心殿！」在扔下這句話後，凌若快步離開承乾宮。

她很清楚舒穆祿氏這一撞的結果，也知道自己與楊海闖下了大禍，但她此刻已經顧不得這些了，只一心要找胤禛問清楚弘曆的事，他是不是真的……死了！

第一千兩百六十二章　追問

今日是蘇培盛當值守在養心殿前，遠遠看到凌若過來，連忙迎上去討好地打千道：「奴才給熹妃娘娘請安，娘娘萬福金安。」

胤禛晉封凌若為皇貴妃的旨意早已傳遍六宮，只待禮部定下吉日，行過冊封禮後，他們便該改口稱她為皇貴妃。在如此聖寵面前，哪個又敢對她不敬。

凌若看也沒看他一眼，逕自往緊閉的殿門走去，蘇培盛愣了一下，旋即趕緊站起來攔在凌若面前，小心地道：「皇上正在裡面批閱奏摺，娘娘若要見皇上，請稍候片刻，容奴才進去通稟一聲。」

凌若冷冷瞥了他一眼道：「不必了，退下！」

蘇培盛還是第一次見到凌若如此蠻不講理的強硬樣子，奇怪之餘，心裡叫苦不迭，再度道：「如此不合規矩，還是讓奴才先去通稟一聲。」

下一刻，他便感覺一道陰寒如幽泉的目光落在臉上，明明是無形的目光，卻令蘇培盛臉頰一陣生疼，像是有刀子刮過。

「沒聽到本宮的話嗎？本宮讓你退下！」

蘇培盛不敢與之對視，可身上所繫的職責又讓他不敢讓開，只能硬著頭皮攔在凌若面前。「娘娘息怒！」

見蘇培盛一直不肯讓開，心繫弘曆生死的凌若目光越發陰寒，喝斥道：「本宮再說最後一次，讓開！」

「主子！主子！」

蘇培盛剛要說話，後面傳來急切的呼聲，回頭看去，只見三福正一瘸一拐地追上來，在他身後還跟著幾個神色焦急的宮人。

三福好不容易奔到凌若跟前，喘著氣道：「主子息怒，千萬別中了小人的奸計！」

此時的凌若根本聽不進任何勸說，冷喝道：「本宮的事不用你管！」

剛才凌若一人出來，楊海放心不下，便讓宮人跟上去，恰好被三福聽到，在大致問了原委後，三福顧不得自己腿腳不便，急匆匆追上來。虧得被蘇培盛擋了一下，否則凌若此刻已經進養心殿了。

三福上前攙了她，苦口婆心地道：「主子，奴才知道您擔心四阿哥，可您現在這樣衝進去問皇上，豈非正好中了舒穆祿氏的奸計，您可一定得三思啊。」

蘇培盛在旁邊聽得眼皮直跳。四阿哥，舒穆祿氏，究竟出什麼事了，為何熹妃今日態度會如此奇怪？

凌若用力揮開他的手道：「本宮現在不想聽這些，不想聽！」

三福還待再說，養心殿的門突然開了，四喜從裡面走出來，看到凌若時愣了一下，還沒來得及說話，凌若便上前推門走進去，把四喜弄得莫名其妙。三福來不及拉住凌若，急得直跺腳。

胤禛聽得外頭有響動，所以遣四喜出來看看，聽得有「登登」的腳步聲響起，只道是四喜進來回話，頭也不抬地道：「是誰在外面吵鬧？」

話音剛落，他便感覺到不對了。四喜穿的是布鞋，踩在金磚上不應有這麼明顯的響聲，這聲音倒像是花盆底鞋踩出來的。只是沒有他的話，哪個妃嬪敢擅自進養心殿？

這般想著，他疑惑地抬起頭來，待看到是凌若時，連忙將手裡的東西一放，起身走下來道：「若兒，妳怎麼突然過來了？」

凌若沒有忽略胤禛眼底一閃而過的慌意，欠一欠身道：「請皇上恕臣妾唐突之罪。臣妾偶然聽說了一件事，不知是真是假，所以想向皇上求證。」

胤禛笑一笑道：「朕怎會怪妳，說吧，是何事？」

迎著胤禛的眼睛，凌若艱難地道：「臣妾聽說，弘曆在福州遭害，已經……不在了，不知究竟是真是假？」

胤禛怎麼也想不到凌若要問的，竟然是他千方百計要隱瞞的事，一時間整個人都呆住了，不知該說什麼好。

看到胤禛呆在那裡，凌若越發感覺不好，抓著胤禛衣裳，急切地道：「皇上，您告訴臣妾，究竟是不是真的？究竟是不是？」

胤禛回過神來，連忙拉住她的手道：「妳從哪裡聽來這些荒唐的話，弘曆怎麼會有事呢？不要胡思亂想，更不要自己嚇自己。」

「真的嗎？」凌若狐疑地看著胤禛，雖然胤禛說得很肯定，但她卻安不下心來。許是因為剛剛胤禛那一陣呆愣，就像……就像是被人說中了心事一般。

胤禛強壓下心中的慌意，溫言道：「自然是真的，朕怎麼會騙妳，等過一段時間妳就能看到弘曆。」

胤禛明白紙包不住火的道理，等弘曆的屍體運回京城行大喪時，所有事都會真相大白，瞞不了任何人。可不到最後一刻，胤禛始終不願讓凌若知道這個噩耗，不願她早早承受這個打擊。

胤禛的一再保證讓凌若心下稍安，但隨即又想起胤禛剛看到自己時的那絲慌意。她記得胤禛當時正拿著什麼東西在看，難道是福州送過來的摺子，裡面有關於弘曆的事？

想到這裡，她顧不得與胤禛說，快步來到御案前，翻看堆在那裡的摺子，她這個舉動已經徹底越過了妃子的底線。

胤禛心中一慌，唯恐被凌若發現他藏起來的東西，連忙走上去抓住凌若正在亂翻的手，道：「若兒，妳這是做什麼？」

凌若用力掙開胤禛的手道：「皇上不是說弘曆安然無事嗎？臣妾想看看福州那邊呈上的摺子。」

胤禛哪裡敢讓她看那些摺子，抓著她肩膀，強迫她看著自己。「朕都已經說了沒事，為何妳就是不信，難道朕會騙妳嗎？」

「若真的什麼事都沒有，為什麼皇上不肯讓臣妾看？又為什麼皇上會突然下旨晉臣妾為皇貴妃？」

她的話令胤禛一時不知該怎麼回答，好一會兒方道：「摺子如今不在這裡，妳要是想看，朕待會兒讓四喜給妳送去。至於晉妳為皇貴妃，朕說過，那本就是妳該得的。」

凌若低頭不語，就在胤禛以為她相信自己的話時，凌若忽地道：「既然如此，請皇上現在就讓四喜將福州呈送的摺子取來，讓臣妾一觀。」

見凌若這樣寸步不讓，胤禛沉下臉道：「熹妃，妳這樣說，便是不信朕的話了。」

「臣妾並非此意，只是……」

不等凌若說完，胤禛已經打斷她的話，道：「既然不是，現在立刻回宮去，休要在這裡胡鬧。待會兒朕讓四喜把摺子給妳送去。」

第一千兩百六十三章　悔恨

凌若此刻已經意識到自己剛才的言行有些過分，再加上胤禛說得嚴厲，不敢再多說，就在她準備答應之時，眼角餘光忽地瞥見被壓在奏摺底下的一樣東西，連忙奔過去將之拿在手裡，這一看之下，頓時怔在那裡，動也不動。

當胤禛看到凌若手裡的東西，臉色瞬間變得難看至極。他剛才之所以說得這麼嚴厲，並非生凌若的氣，而是怕凌若再鬧下去，弘曆的事會瞞不住，所以才假意喝斥凌若，想讓她退下。原本一切都好好的，豈料凌若會突然發現他藏在奏摺下的東西。

凌若將手裡的東西舉到胤禛面前，顫聲道：「這……這不是皇上賞給弘曆的玉扳指嗎？為何會在這裡？」

「朕……」

胤禛剛說了一個字，凌若便激動地喊：「這一次，我不想再聽謊言，你實話告訴我，弘曆是不是出事了，是不是？」

看到她這個樣子，胤禛心痛如絞，扶著她的肩膀道：「若兒，妳先不要激動，聽朕說好不好？」

凌若努力壓制著眼中的淚意，一字一句道：「我只問你一句，弘曆是不是死了？是不是？」

到了這個時候，胤禛清楚，弘曆的事是絕對瞞不住了，無奈地點頭道：「是，弘曆在福州出事，已經……已經不在了。」

當「不在了」這三個字鑽入耳中時，凌若眼前一片發黑，看不到也聽不到，整個人如置身於無邊的黑暗之中。不是自己多疑，也不是他人亂嚼舌根子，弘曆……弘曆是真的不在了，為什麼會這樣，為什麼？

看到凌若眼中的神采迅速消失，胤禛的心亦像是被人用力揪緊，用力將凌若攬入懷中。「對不起，若兒，對不起，朕知道出了這樣的事不該瞞著妳，可是朕實在不願看到妳難過，所以才一直瞞著妳。」

不論胤禛說什麼，凌若都沒有半點反應，也沒有掙扎，任由胤禛抱著；可她這個樣子，反而讓胤禛更害怕，抓著凌若的胳膊，哽咽地道：「若兒，妳不要這樣子，說句話好不好？若兒！若兒！」

不知過了多久，終於有聲音在胤禛耳邊響起，不過卻機械得沒有任何起伏。

「你希望我說什麼？」

看著那雙依舊無神的雙眸，胤禛啞聲道：「朕知道妳心裡難過，朕同樣難過，尤其是這些天來，明知道弘曆已經不在了，卻還要在妳面前裝得若無其事，就像有刀在扎朕的心一樣，真的很痛！」

「是不是在你說要封我為皇貴妃時，就已經知道弘曆不在了？」見胤禛點頭，凌若扯了扯嘴角，露出一個淒然到絕望的微笑。「你想彌補我？」

「是。」胤禛艱難地道：「朕知道就算給妳皇后之位都無法彌補失去弘曆的痛楚，但朕……」

「夠了！」凌若驟然打斷胤禛的話，無神的雙眸暴射出激烈的恨意，嘶喊：「你答應過我，你說弘曆不會有事，會平安歸來！可現在呢？現在弘曆在哪裡，他在哪裡！」

「若兒，妳不要這樣，朕也不願看到事情變成這樣，朕派了很多人保護弘曆，弘曆原本應該很安全的，不應該有事，是意外，是意外！」胤禛有些語無倫次地說著。

「意外？」喃喃地重複著這兩個字，凌若忽地尖聲大笑起來，隨著笑聲，淚珠不斷從眼角滾下，滴落在光滑冰涼的金磚上。許久，她笑聲倏然一收，盯著胤禛，恨聲道：「我曾百般求你，求你不要讓弘曆去福州，可是你說什麼也不肯答應，一定要親手送兒子去死，現在弘曆死了，你滿意了？」

凌若的每一個字都像是鞭子一樣，狠狠抽打在胤禛身上，令他痛極亦悲極，啞聲道：「朕怎麼會盼弘曆去死？朕說了，這一切都是意外，自從知道弘曆出事之後，朕每日都在悔恨中度過。若可以讓朕再選擇一次，朕絕不會讓弘曆去福州。若兒，妳原諒朕，朕……」喉嚨裡的哽咽讓他無法再說下去。

「原諒你？呵！」凌若一邊輕笑著一邊往後退。「你把弘曆還給我，我就原諒你。」

胤禛痛苦地閉目道：「除了這一點，朕什麼都可以答應妳，哪怕是皇后的位置，朕也可以給妳！」

只要可以讓凌若好過，哪怕要他冒天下之大不韙，他也會去做。

「我不要，皇后也好，皇貴妃也罷，我都不要，我只要弘曆！你把弘曆還我，把我唯一的兒子還給我！」說到後面，凌若已是歇斯底里，狀若瘋狂。

胤禛想要抓住凌若的手，卻被她用力揮開，無奈之下，只得道：「若兒，妳不要這樣，人死不能復生，相信弘曆也不願看到妳這個樣子……」

不等胤禛說完，凌若便激動地打斷他的話，道：「不，弘曆沒有死！他沒有死，我不允許他死！」

胤禛不敢近前，怕會引起凌若更加激烈的反應，只能勸道：「若兒，妳不要這樣好不好，朕真的不想看到妳這個樣子。」

凌若搖頭尖聲道：「我不想聽，我什麼都不想，我只知道是你害死了弘曆，是你害死我的兒子！」不等胤禛說話，她又淒然道：「十多年前，你害死了霽月，十多年後，你又害死了弘曆。胤禛，是否我上輩子欠了你，所以你要我一次又一次地承受喪子之痛，讓我沒有自己的孩子，讓我孤獨終老？」

胤禛連連搖頭，痛聲道：「不是的，若兒，不是這樣的。這麼些天來，朕比妳更痛，只要一想到是朕讓弘曆去福州，朕的心就像是有刀在戳一樣，痛得無法呼吸。這些天來，朕沒有一夜睡得穩過，只要一閉上眼睛，就是弘曆的樣子。可以說，朕這輩子，從來沒有像此次這麼後悔過。」說到這裡，他不顧凌若的掙扎，用力抓著她的手道：「若兒，朕答應妳，即便沒有弘曆，朕也會一輩子寵妳愛妳，立妳為后！」

對於胤禛的話，凌若不是沒有動容，可是再怎樣的動容都彌補不了失去弘曆的痛苦。她仰頭，想要將淚水收住，卻是徒勞無功，任憑她怎麼努力，淚水依然不斷滑落，泣聲道：「不必了，皇上的寵與愛，臣妾要不起，皇后之位，臣妾更是要不起，臣妾如今只有一個請求。」

第一千兩百六十四章　欲絕

胤禛聞言，連忙道：「妳說，不管妳要什麼，朕都可以答應妳！」

凌若跪下磕頭，於不斷滴落塵埃的淚水中道：「求皇上賜死臣妾，讓臣妾可以去下面陪弘曆，以免他一人寂寞。」

胤禛怎麼也想不到會聽到這個要求，蹲在她面前愴然道：「朕知道弘曆死了妳很傷心，可妳還有朕，還有雲悅，還有妳的家人，這些妳都要捨棄嗎？」

凌若搖頭道：「不知道，臣妾不知道，臣妾只知道自己很想弘曆，很想去見他，若以後都見不到弘曆的話，臣妾會發瘋的！還有皇上……」她看著胤禛，淒然笑道：「弘曆固然不是皇上親手所殺，卻千真萬確是皇上將弘曆推向死路，臣妾原諒不了，真的原諒不了。」

胤禛想也不想便道：「沒關係，朕可以等，一直等到妳原諒朕的那一日。」

「臣妾只怕沒有這一天。」這般說著，凌若深吸一口氣道：「在這個世上，臣妾最不想恨的人就是皇上，偏偏如今最恨的人也是皇上，與其這樣帶著恨意活下去，倒不如就此了結餘生。臣妾已經活了三十七年了，從秀女到格格，從格格到側福晉再到今日的熹妃，足夠了，真的足夠了。」

聽著凌若哀絕的話，胤禛慢慢站起來，帶著難言的心痛道：「妳真的那麼想死？」

凌若再一次磕頭，平靜道：「是，請皇上成全臣妾。」

「呵！」胤禛不知道自己為什麼還能笑得出來，但這一刻，他真的很想笑，笑過後，他看著凌若的頭頂，逐字逐句道：「朕不會成全，一輩子都不會成全，妳永遠都不要想朕成全！」

凌若身子一顫，旋即道：「就算皇上不成全，臣妾一樣可以死，皇上阻止不了。」

她的話令胤禛眼眸染上一絲深深的害怕與恐懼，最後更是滋生出一絲瘋狂來，厲聲道：「妳若敢死，朕就將妳的家人一個個殺了，朕說得出做得到！」

凌若詫異地抬起頭，不敢相信胤禛竟會說出這樣威脅的話來。「皇上是明君，不會因臣妾一人而遷怒他人，並且枉殺無辜。」

「妳若不信，儘管試試。妳阿瑪、額娘、兄弟，朕會一個個殺了，還有水秀這些人，朕一定會讓他們陪葬！」不等凌若說話，他加重了語氣道：「只要可以留妳性命，什麼卑鄙、不入流的手段，朕都會做，哪怕背上昏君的罵名！」

對視良久，凌若終於確定胤禛不是在開玩笑，愴然道：「皇上這又是何必，就算強留住臣妾的人，也不過是讓彼此更加痛苦而已。」

「朕不管，總之在朕閉眼之前，妳絕不許死，絕對不許！」隨著這句話，胤禛俯身抱住凌若，痛苦卻堅定地道：「當日在宮外，朕曾想要放妳走，可是妳選擇了隨朕回宮，從那一刻起，就註定了妳要一輩子陪在朕身邊，不許走，更不許死！」

若兒，朕知道這樣會令妳很痛苦，但請妳允許朕自私一回。朕已經失去了弘曆，不可以連妳也失去，否則朕不知往後的日子要怎麼堅持下去。所以，不管用什麼手段，朕都要強迫妳活下去，直至朕閉眼那一刻！

「皇上可以強迫臣妾活著，但無法強迫臣妾不恨您。」她妥協了，她可以不在意自己的性命，卻不能不在意家人的性命。

胤禛什麼也沒說，只是擁緊了凌若。愛也好，恨也好，只要她能與以前一樣陪在自己身邊，讓自己可以時時看到她，就足夠了。

這個時候，外頭傳來的叩門聲將四喜嚇了一跳，連忙躡手躡腳地走過去。叩門的蘇培盛在他耳邊悄悄說了一句話，令四喜本就沒什麼血色的臉頰更加煞白。

事關重大，他猶豫了一會兒，對胤禛道：「啟稟皇上，水意軒的如柳在外求見，說是舒穆祿氏小產了。」

這句話令胤禛一怔，站起身道：「許太醫不是說她這些日子胎氣安穩，沒有大礙嗎？為何會突然小產？」

四喜搖頭道：「這個……奴才並不知道，不過如柳正在外頭，皇上可以傳她進來問話。」

「讓她進來，另外再搬把椅子過來。」在四喜依言搬了椅子上來後，胤禛親自將凌若扶到椅中坐下。

待他做完這一切後，如柳也進來了，一上殿便哭泣道：「奴婢叩見皇上，皇上您可得為我家娘子做主啊，娘子之所以會小產，皆因被人所害。」

胤禛皺眉道：「到底是怎麼一回事，妳從實說給朕聽。」

「是。」如柳偷偷覷了一眼坐在椅中一言不發的凌若，對胤禛道：「今日娘子見天氣不錯，便讓奴婢扶她去御花園中走走，在經過一處假山的時候，無意中聽到兩個宮女在說話，她們說四阿哥在福州不幸遇難，已經不在了。」

「娘子聽到後很是吃驚，又急著想弄清楚究竟是真是假，所以便去承乾宮找熹妃娘娘，將這件事告訴了娘娘。豈料娘娘聽到之後，一口咬定說是娘子不懷好意，存心詛咒四阿哥，不只將娘子一頓喝罵，更指使楊海推了娘子，使得娘子撞到椅子上，動了胎氣，以致小產！」

說到這裡，如柳痛哭道：「娘子乃是一片好意，豈料遭熹妃娘娘這般對待，如今更是連龍胎也沒了，皇上，您可一定得替娘子做主啊！」

待如柳說完後，胤禛看著凌若，似想問什麼，但最後卻是什麼都沒說，只是對如柳道：「妳先下去，朕待會兒去看妳家娘子。」

胤禛的態度令如柳疑惑不解，不過她只是個奴才，怎麼著也輪不到她質疑，是以雖不甘，卻也只能依言退下。

待如柳出去後，胤禛蹲下來看著凌若道：「妳為什麼不說話？」

凌若望著他，忽地笑了起來。「她沒有說錯，真的是臣妾指使楊海推舒穆祿氏，令她小產。」

胤禛的眼裡充滿疑惑。「為什麼要這麼做？」

「為什麼？」凌若喃喃了一句，道：「因為臣妾的孩子沒了，所以臣妾不願看到別人的孩子活著。」她是故意這樣說，好激怒胤禛，讓他一怒之下賜死自己。不管在什麼時候，謀害皇嗣都是大罪。

第一千兩百六十五章　不能生育

胤禛眉頭一皺，旋即便舒展開來。「妳不會做這樣的事，妳是故意騙朕的，好讓朕一怒之下賜妳死罪是不是？」

凌若沒有說話，令胤禛更加肯定自己的猜測，當即讓四喜傳承乾宮的人來問話。

三福正在外頭急得團團轉，一聽胤禛召見，連忙進去將聽到的事情經過說了一遍，臨了道：「皇上，娘娘只是聽到娘子說四阿哥不在人世，情緒激動之下一時失手，絕非故意加害娘子的龍胎；而且娘娘當時已經立刻讓人召太醫了，無奈最終還是沒能保住龍胎，請皇上看在娘娘只是無心之過的分上，饒恕娘娘。至於楊海，他更加不是故意的，是……」

胤禛抬手示意三福不必再說下去。「朕心裡有數，你先下去吧。」

「嗻！」三福躬身退出養心殿。

在他走後，胤禛看著凌若，溫言道：「朕說過妳不會做這樣的事。」

「呵。」凌若涼笑一聲，迎著胤禛的眼眸沒有絲毫溫度與感情。「皇上何時對臣妾有了這麼大的信心？不過再有信心也無用，舒穆祿氏的孩子確實是在臣妾宮中沒的，這麼大的事，皇上一定要給後宮眾人一個交代，而殺了臣妾就是最好的交代。」

她話音未落，胤禛已經激動地道：「休想，朕絕不會殺妳！」

凌若沒有再說什麼，而胤禛在想了一會兒後對四喜道：「送熹妃回承乾宮。」

四喜從剛才就一直提心吊膽，此刻聽得胤禛吩咐，趕緊答應。

在凌若猶如牽線木偶一般的站起身後，胤禛猶豫了一會兒，附在凌若耳邊輕聲道：「記住朕說過的話，妳若敢死，朕就殺了妳的家人。」

凌若身子一顫，緊緊咬住蒼白的下脣，只是隨四喜回了承乾宮。

在回承乾宮的路上，四喜猶豫半晌，終還是道：「娘娘，您別怪皇上，自從知道這件事後，皇上真的很後悔、很難過，奴才看著他吃不下東西，睡不著覺，偏在娘娘面前還要裝成若無其事的樣子。皇上之所以不告訴娘娘，也是不想看您難過。」

「若不是他堅持要讓弘曆去福州，弘曆根本不會死！」明明秋陽正好，她卻如置身冰窖一般，感覺不到一絲暖意。

「昔日定下四阿哥與二阿哥一道去福州的事後，娘娘曾找奴才問過二位阿哥的安全，奴才現在可以告訴娘娘。皇上除了明面上的一千人之外，還另外從豐臺大營調了四千人馬跟隨，除此之外，還有諸多密探，以確保二位阿哥平安。不管是皇上還是怡親王，都認為有這麼多人明裡暗裡地護著，二位阿哥不會出事。」

凌若涼聲道：「現在說什麼都晚了，弘曆死了，死在福州，本宮再也看不到他了。」

一想到這裡，她的心立時痛了起來，眼淚亦再次落下。從今往後，每一日她都將承受這樣的椎心之痛，永無休止。她想死，胤禛卻以家人要脅，束縛著她不許死。

四喜不想看到凌若這樣折磨自己與胤禛，勸道：「失去四阿哥的人不只是您，還有皇上，奴才相信皇上心中的痛絕不會比娘娘少分毫。」

凌若痛苦地搖頭道：「你不必再說了，本宮不想聽，你也不必妄想本宮會原諒皇上。」

見她這般說，四喜只得住嘴。

在凌若走後，胤禛亦帶著蘇培盛去了水意軒。一干宮人正惶惶不安地站在外頭，看到胤禛過來，手忙腳亂地行禮。一問之下，得知舒穆祿氏果然已經從承乾宮抬回來了，正在裡面歇著，許太醫也在。

到了門口，還沒進去，便聽到一陣啜泣聲，中間還夾雜著勸慰聲，胤禛深吸一口氣，示意蘇培盛推門走進去。

看到胤禛進來，躺在床上的舒穆祿氏哭得越發傷心，這一次並非假裝，而是真的傷心欲絕，外加後悔。她是想刺激鈕祜祿氏，看對方難過絕望的樣子，事實上她也確實看到了，只是後面樂極生悲，她被楊海撞到，導致失去腹中孩子。

胤禛快步來到床邊，握著舒穆祿氏伸出的手道：「妳怎樣了，可還好？」

舒穆祿氏一邊哭一邊道：「不好，臣妾一點兒都不好，孩子沒了，臣妾的孩子沒了！」

「朕知道，這已是沒辦法的事，妳莫要太過傷心，好生將養身子，孩子……以後還會有的。」在說這句話時，胤禛心裡已經有了一個決定。

胤禛目光一轉，落在尚跪在地上的許太醫身上。「除了小產之外，娘子可還有別的不妥？」

「啟稟皇上，除了小產之外，娘子確實……確實還有其他不妥之處。」

許太醫有些發顫的聲音令舒穆祿氏暫時停止哭泣，盯著他疑惑地道：「還有什麼不妥，剛才為什麼沒聽許太醫你提起？」

「微臣怕娘子聽了難過，所以沒有立即說。」

舒穆祿氏心裡蒙上一層陰影，催促道：「究竟是什麼事，你倒是快說。」

許太醫答應一聲，瞅著胤禛小聲道：「啟稟皇上，微臣剛才把脈的時候，發現娘子因為在龍胎已足五月時小產，嚴重地傷害了身子，所以……」他縮了縮脖子，澀聲道：「所以娘子以後都不能生育了。」

他話音剛落，舒穆祿氏已經厲聲喝道：「你說什麼？再說一遍！」

許太醫重複道：「微臣說……娘子以後都不能生育了。」

舒穆祿氏怔怔地看著許太醫，雖然聽了兩遍，卻依然不敢相信自己的耳朵。不過是小產而已，怎麼會變得這麼嚴重？

也就是說，哪怕她能繼續留在胤禛身邊，哪怕她日日承寵，也不能再擁有自己的孩子，一輩子都不能！

隨著這個念頭逐漸變得清晰，舒穆祿氏心裡湧起無盡的恨與悲。是鈕祜祿氏，是她害得自己小產，也是她害得自己失去身為一個女人的能力，恨！好恨！

胤禛亦因為許太醫的話有些失神，不過很快便恢復過來，安慰著舒穆祿氏道：「別難過了，事情……」

第一千兩百六十六章　條件

不等胤禛說完，舒穆祿氏突然掀開錦被，掙扎著要下床，如柳趕緊扶住她道：「娘子，您要做什麼？」

舒穆祿氏沒有理會她，只是執意要下地，可是她剛剛小產，身子虛弱得很，哪裡站得穩，雙腳剛觸地便軟倒在地上。

胤禛見狀，連忙抱起她放到床上。「好端端的下地做什麼，趕緊躺好！」

舒穆祿氏用力抓著胤禛的手，痛哭不已。

「臣妾自從知道自己懷了龍胎後，就一心想為皇上延續血脈，生下一位阿哥，好不容易懷到五個月，卻一下子沒了。臣妾知道自己福薄，不能與熹妃娘娘相提並論，可臣妾懷的孩子卻千真萬確是皇上的子嗣，是龍子鳳孫，如今卻被熹妃娘娘害得沒了，臣妾可以去永安寺出家，甚至可以死，只求皇上還孩子一個公道，莫要讓他死得不明不白。」

胤禛眸光微閃，安慰道：「朕沒說要妳出家，更沒說要妳死，妳別想太多。妳剛剛小產，情緒不宜太過激動，這些事情還是等妳身子好了再說。」

舒穆祿氏怎會聽不出胤禛有意迴避這個問題，下不了地便跪在床上磕頭，一邊磕一邊泣聲道：「不用，臣妾現在很好。」

「妳不要這樣！」胤禛被她磕得心煩，抓住她的肩膀道：「朕知道妳的意思，妳覺得是熹妃害得妳失去孩子對不對？」

見舒穆祿氏沒有說話，胤禛曉得她是默認了，暗吸一口氣道：「可是妳不想一想，若非妳聽信那兩個宮女的話，跑到熹妃面前一通說，使得她知道了弘曆已經不在了的話，她怎會因一時激動，而害得妳摔倒？」

想不到四阿哥真的死了！

這個念頭在舒穆祿氏腦海中飛快閃過，面上則泣道：「臣妾當時也是因為關心熹妃與四阿哥，才會告訴她這些。若皇上覺得是臣妾錯了，任憑皇上怎麼罰臣妾，臣妾都沒有怨言；可孩子是無辜的，他都沒有睜開眼看一眼這個世界，便被人害死了，皇上，您告訴臣妾，這筆帳該怎麼算？臣妾死後，該如何去見這個被人害得早夭的孩子？」

胤禛重重嘆了口氣道：「熹妃不是有意的。」

「不管有意無意，都是她害了臣妾的孩子，臣妾的孩子不可以這樣白白枉死！」說到後面，舒穆祿氏激動地叫：「臣妾知道熹妃是皇上心尖上的人，但這個公道，臣妾一定要替枉死的孩子討回來！」
舒穆祿氏心裡是清楚的，孩子沒了，也就意味著她最大的護身符已經失去，說不定很快便會被送到永安寺，以後都沒機會入宮，更沒機會向鈕祜祿氏報仇。這是她最後的機會了，就算殺不了鈕祜祿氏，也絕對不能讓其好過！
「佳慧，妳冷靜一些聽朕說好不好？」胤禛拉住舒穆祿氏的雙手道：「朕從來沒有說過不將公道還妳，但這件事確實是意外，熹妃並非存心害妳腹中的孩子；再說，她也失去了自己的孩子，弘曆死了。」在說這句話時，胤禛聲音低沉至極：「但是她比妳更慘，因為她不只懷孕十月，還養育了十六年。」
舒穆祿氏尖聲泣道：「四阿哥死了，臣妾也很難過，可是否因為這樣，臣妾的孩子就要陪葬？皇上，這不公平！四阿哥不是臣妾害死的啊，有什麼理由要讓臣妾的孩子陪葬？」
胤禛糾正道：「不是陪葬，是誰都不願看到的意外，熹妃不想的！」
舒穆祿氏捂住耳朵，大聲道：「臣妾不聽，臣妾只知道是熹妃害死了孩子，是她害死的！」
「佳慧！」胤禛抓下她的手，卻未立刻說下去，而是對許太醫與如柳道：「你們兩個先下去。」
待屋中只剩下他與舒穆祿氏時，胤禛方才開口：「朕知道沒有了這個孩子，妳心中很難過，可一來熹妃並非有意，二來她剛失了孩子，朕不想太過苛責，所以……」

「所以臣妾的孩子就白死了是嗎？」舒穆祿氏淒然說著，旋即看著自己變得平坦的腹部，流淚道：「對不起，孩子，是額娘沒用，不能幫你討回應有的公道，額娘對不起你。」

看舒穆祿氏在那裡傷心落淚，胤禛心裡亦不好受，咬了咬牙，決定將之前的決定付諸行動。

「佳慧，這件事確實是妳受了委屈，但是朕也不會讓妳白受委屈，朕不只會復妳位分，還會晉妳為嬪，不過朕有一個條件。」

舒穆祿氏的哭聲戛然而止，愣愣地看著胤禛，但不管是為什麼，胤禛的話都足以讓她怦然心動地問出那句：「是什麼？」

「朕要妳改口說是自己不小心撞到椅子上，動了胎氣以致小產，與熹妃沒有任何關係。作為補償，朕不只不會再讓妳出家，還會晉妳為嬪。」

胤禛心裡清楚，就算他利用皇帝的威勢，強行將舒穆祿氏的不甘壓下，這件事也依然會在宮中傳得沸沸揚揚，甚至傳到朝堂，到時候，凌若便成了眾矢之的。不管她究竟是有意、無意，都會有人指責她謀害皇嗣，縱是跳進黃河也休想洗清。

他不願凌若受這樣無妄的指責，所以一定要在事態惡化之前將之解決，而讓舒穆祿氏自己改口，無疑是最好的解決方法。

胤禛話剛出口，舒穆祿氏便明白是怎麼一回事。他說那麼多，又許下如此重諾，皆是因為他想護著鈕祜祿氏，想要讓她從這次小產事件中安然脫身，不受任何影響。

舒穆祿氏緊緊握著雙手，快要氣瘋了。

她不明白鈕祜祿氏這個老妖婦究竟有什麼好，為何胤禛要這樣護著她，為什麼！

第一千兩百六十七章　安撫

胤禛等了許久，始終不見舒穆祿氏回答，道：「朕知道這樣做很為難妳，但這是唯一一個兩全齊美的法子，朕希望妳可以答應。」

「臣妾知道。」舒穆祿氏艱難地吐出這四個字，旋即淚眼朦朧地道：「皇上真的希望臣妾這樣做嗎？」

「是。」胤禛握住她冰涼的手，溫言道：「只要妳肯識大體，答應朕的要求，不將這件事鬧大，朕以後都會待妳好，哪怕妳再不能生育，朕也絕不會虧待了妳。這一點，朕可以向妳保證！」

舒穆祿氏神色淒然地道：「可臣妾失去的是一個已經成形的孩子，還有以後為人額娘的資格，皇上這樣說，不覺得對臣妾很殘忍嗎？」

胤禛重重嘆了口氣，握著舒穆祿氏的手道：「朕知道，但是妳若肯答應，朕以後都會記著妳的好，絕不虧待。朕知道妳一直很想留在朕的身邊，如今不是正好嗎？」深深地看了舒穆祿氏一眼後，他再次道：「妳是一個聰明人，應該知道什麼樣的選擇才是對自己最好的。」

舒穆祿氏是一個聰明人，她明白她的選擇就是按著胤禛的意思做，否則就算真讓鈕祜祿氏受點小苦，她在後宮之中也再無立足之地。

留得青山在，不怕沒柴燒。只要她可以繼續留在宮中，就一定有機會讓鈕祜祿氏死無葬身之地，以報今日之恨。

想到此處，她扯著嘴角，艱難地道：「是，臣妾明白，臣妾是皇上的嬪妃，所以絕對不可以讓皇上為難。這件事臣妾會守口如瓶，並且告訴所有人，是臣妾自己不小心撞傷腹部以致小產。」說到此處，她已是雙眼含淚，聲音顫抖：「而且以後會對皇貴妃恭恭敬敬，斷然不敢有一絲嫉恨。」

她的話讓胤禛鬆了一口氣。他剛才真怕舒穆祿氏會繼續鬧下去，到時候他雖然可以不顧一切保住凌若，但始終會讓她受到傷害；此刻的凌若已是心哀若死，如何忍心令她傷上加傷。

不過，舒穆祿氏那句稱呼也提醒了胤禛，皇貴妃……他一心想晉凌若為皇貴妃，彌補她失去弘曆的痛苦，但如今凌若已經知道了弘曆的事，斷然不會再有心思接受冊封；再加上舒穆祿氏小產，冊封，明顯已經變得不合時宜。

就在胤禛沉思不語的時候，舒穆祿氏亦是心思飛轉。她剛才自然不是無緣無故提「皇貴妃」三個字，而是故意藉此提醒胤禛，皇貴妃的冊封不合時宜。

「熹妃……」胤禛猶豫了一下，咬牙道：「冊封皇貴妃的事就此作罷，以後都不要再提。這段時間妳好生養身子，待得妳出了小月子，朕便立妳為嬪。」

「是，臣妾會聽皇上的，好好休養。」舒穆祿氏乖巧地應著，胤禛在又安慰她幾句後，離開了水意軒。

在如柳進來後，舒穆祿氏閉目，有些疲憊地道：「如柳，待會兒告訴底下那些人，我小產一事，不要再扯到熹妃身上，若是說起，就說是我自己不小心撞傷，動了胎氣。」

「主子您……」如柳吃驚地睜大眼睛，若非看舒穆祿氏神色正常，她幾乎要以為主子是氣瘋了。「主子，皇上與您說了什麼？」

舒穆祿氏望著帳頂的鏤銀圓球，澀聲道：「皇上說會讓我繼續留在宮中，並且立我為嬪，但前提是我必須改口，讓熹妃從這件事中全身而退。如柳，真是想不到，最後讓我擺脫出家命運留在宮裡的，不是孩子，不是別人，竟然是我最恨的人。」

如柳眸底有著難掩的驚意。「想不到皇上如此維護熹妃，甚至連該有的原則都沒有了。」頓一頓，她又道：「聽主子的話，是答應皇上了？」

舒穆祿氏苦笑道：「我能不答應嗎？」

她的問題讓如柳無言以對，良久方道：「這樣真是太委屈主子了。」

舒穆祿氏撫著小腹，冷然道：「我也不是第一天受委屈，忍得了。何況我相信，只要我繼續留在宮中，就一定有辦法對付鈕祜祿氏；而且這一次也不是真的一點好消息都沒有，至少皇上已經決定不冊封她為皇貴妃。」

如柳目光落在舒穆祿氏一直輕撫著的腹部，帶著難掩的痛意道：「就算如此，也不能抵消主子所受的委屈與傷害。」

舒穆祿氏逼回眸底的淚，咬著牙道：「我知道，所以我發誓，一定要讓鈕祜祿凌若得到應有的報應，讓她死無葬身之地，否則我舒穆祿佳慧誓不為人！」

胤禛以為用一宮之主的高位就可以安撫住舒穆祿氏，殊不知，後者想要的遠比他想到的多更多，更不是一個嬪位所能滿足的。

凌若自回到承乾宮以後，就一直不吃不喝地坐在那裡，不說話也不哭，不論水秀他們說什麼都一言不發，不似之前在回承乾宮的路上，還會對四喜有些反應。

看到凌若這個反應，再加上四喜的默認，水秀等人明白，四阿哥是真的不在了，否則主子不會傷心成這個樣子。

正當水秀手足無措的時候，三福扯一扯她袖子道：「趕緊去咸福宮將謹嬪娘娘請來，這個時候，只有謹嬪娘娘才能勸得了主子幾句。」

「希望主子真可以聽進去，而不是繼續這樣折磨自己。」在無奈的嘆息聲中，水秀快步離去。

過了不到半個時辰，便看到瓜爾佳氏匆匆走進來，一直走到凌若面前方才停下腳步，尚未說話，眼淚便從通紅的雙目中滑落下來。
她當時正在澆花，聽得水秀求見，只道是凌若閒來無事讓自己過去坐坐，怎麼也想不到會聽到這樣的消息。弘曆竟然死了？死在了福州？怎麼會發生這樣的事。

第一千兩百六十八章　苦勸無果

一再確認這個消息後，瓜爾佳氏想也不想，便以最快的速度趕了過來，人尚在路中，已是紅了眼。此刻看到凌若，她憋了半晌的眼淚就像是決堤的洪水一樣，拚命湧出來，不一會兒工夫，臉上便全是淚痕。

於重重淚意中，她蹲下身，握著凌若的手哽咽道：「若兒，弘曆的事我已經知道了，妳若是想哭就痛痛快快地哭吧，別一味憋在心裡！」

凌若沒有說話亦沒有任何表情，彷彿瓜爾佳氏握的不是她的手，更不是在與她說話。

瓜爾佳氏更加擔心，哽咽地勸道：「若兒，妳不要這樣子，弘曆死了，我也很難過，可事情都已經發生了，就算再難過、再傷心也改變不了事實。」

就像是之前一樣，不論她說什麼、做什麼，凌若都沒有任何反應，眸中更是沒有一絲神采，猶如失了靈魂一般。

瓜爾佳氏苦勸無果，忍不住提高了聲音道：「若兒，雖然弘曆不在了，但妳還有我，還有皇上以及家人，是否我們所有人妳都不理會、不在意了？」

她這句話似乎刺激到凌若，無神的眼眸漸漸凝起一絲焦距，但隨之而生的還有令人感到恐懼的悲傷。

凌若顫抖著吐出乾澀的聲音來：「若不在意，我早已不在了。」

一聽這話，瓜爾佳氏整個人都慌了，趕緊抱住凌若，不住地說道：「不要，若兒不要！妳千萬不要做傻事！」

聽著瓜爾佳氏的話，本以為流乾的淚再一次從痠疼的眼角淌出來，而她的聲音亦比剛才顫抖得更厲害。

「弘曆死了，我很想下去陪他，真的很想！」

從她嘴裡說出來的每一個字都讓瓜爾佳氏害怕，擁緊了凌若，慌張地道：「不要，若兒，妳不可以拋下我們去做傻事。溫姊姊已經不在了，若連妳也死了，那我在宮中便再沒有一個可以說話之人。就當是我求妳好不好，不要再想這些可怕的事。失去弘曆的痛苦，我會與妳一起承擔，更會陪妳一起熬過！」

感受著瓜爾佳氏的體溫，凌若痛苦地閉上眼睛道：「姊姊，我的心很痛，真的很痛，每時每刻都像是有刀在劃一樣。這麼多年過去了，我以為自己什麼都受得住，但原來不是，依然有讓我無法承受的事啊！」

「我知道，我什麼都知道。」瓜爾佳氏撫著凌若的背，一邊流淚一邊道：「弘曆生前那麼孝敬妳，雖然他現在不在了，但我相信他絕不希望看到妳那麼傷心的樣子，更不願看妳因他的離去而生出輕生之念。妳一定要撐下去，努力地撐下去，我與皇上會一直陪在妳身邊。」

凌若搖頭，推開瓜爾佳氏，扶著椅子站起身，一字一句道：「是皇上執意派弘曆去福州，是他害死了弘曆，就像他之前害死霽月一樣！」她一邊說著一邊搖頭，情緒激動地道：「我不會原諒他！絕對不會原諒他！」

「若兒，妳冷靜一些！」瓜爾佳氏上前抓住她道：「弘曆不只是妳的兒子，同樣是皇上的兒子，相信皇上不會希望看到這樣的事發生，一切都是意外——」

凌若歇斯底里地大叫：「我不想聽妳說這些，我只知道是胤禛害死了弘曆，是他將弘曆推向死路！他斷絕了我所有期望，偏偏還不許我死，甚至用我的家人，用水秀他們威脅我不許死，否則便將他們一個個殺了！他要我活著，活著日復一日地受著撕心之痛的折磨！」說到最後，凌若已經失盡力氣地跌坐在地上，雙肩不住地抖動著，落下一滴又一滴思子之淚。

瓜爾佳氏怔怔地看著她，好半晌方才蹲下來，與她面對面，泣聲道：「若換了我是皇上，我也會這樣做。若兒，妳以為那是皇上對妳的折磨，其實不是啊，真正受折磨的那個人是皇上，他才是最痛的那個人。」

見凌若不說話，她又道：「妳說得沒錯，是皇上將弘曆推上了死路，可妳有沒有想過，弘曆是他最疼愛的兒子，親手害死自己最疼愛的兒子會是什麼樣的心情？

現在又要用那麼卑鄙的手段束著妳，不讓妳自尋短見。皇上他同樣很痛苦。」

凌若痛苦地抱著頭。「我知道，妳說的一切我都知道，可是我真的原諒不了他，若不是他一意孤行，弘曆怎麼會死！我求求妳，不要再提他了好不好，我不想聽！」

「若兒啊！」瓜爾佳氏用力抓下她的手，痛聲道：「可是妳若不能放下心中的恨，妳一輩子都會活在痛苦之中，我不想看到妳這麼痛苦！」

「妳錯了！」凌若搖搖晃晃地站起身，不斷搖頭，淚水從臉上掉落。「從弘曆死的那一刻起，我的一生就已經註定痛苦，除非死，否則永遠擺脫不了！」

看到她這個樣子，瓜爾佳氏不知還能勸什麼。其實凌若心裡什麼事都清楚，但她放不下恨，放不下怨，因為那已是她生命中的所有，若是真放下，也就意味著她的生命走到盡頭。

在勉強止了傷心後，瓜爾佳氏想起之前水秀提過的事，忙問：「對了，舒穆祿氏那邊怎麼樣了，是不是小產了？」

凌若道：「她小產了。呵，舒穆祿氏一心想要我傷心難過，卻不曾想到，樂極生悲，她自己也落得個傷心欲絕的下場。」

瓜爾佳氏急得直跺腳。「妳怎麼還笑得出來，她這一小產，必然會將所有事推在妳身上，說是妳害她小產。萬一皇上聽信了讒言，怪罪下來，可如何是好？」

凌若吃吃一笑道：「如何是好？呵，無非一死而已，正可以解脫。」

瓜爾佳氏待要勸說，一道靈光在腦海中迅速閃過，在思量了一會兒，她道：「若兒，弘曆雖然死了，但他是怎麼死的，因何而死，還什麼都不知道，難道妳不想弄清楚嗎？還有，我記得妳與我說過，妳疑心弘時舉薦弘曆去戶部當差的用意，如今他們一起去福州任欽差，一死一活，難道妳當真沒有任何懷疑？」

第一千兩百六十九章 因他而死

瓜爾佳氏這番話果然成功勾起了凌若的疑心，她盯著瓜爾佳氏，語氣冰冷地道：「妳說什麼？」

「若弘曆真是意外身亡，那無話可說；若是有人動手腳害死了弘曆，或是根本存心算計，那妳這個額娘，不是應該替弘曆查出真相，還弘曆一個公道嗎？否則就算下了陰曹地府，弘曆也不會原諒妳！」瓜爾佳氏快速地說著，她並非真懷疑什麼，而是現在只有這個辦法才可以令鑽進牛角尖無法自拔的凌若燃起生念。

「有人害死了弘曆……」凌若喃喃地重複著這句話，不知重複了多少遍，眸中忽地爆射出令人心寒的冷光，厲聲道：「是誰？是誰害死了我的弘曆，是不是弘時！」

見自己的話有效，瓜爾佳氏趕緊道：「我不知道，但是等弘時以及弘曆的棺柩運回來後，妳可以自己去查清楚，究竟是不是有人加害弘曆，所以哪怕是為了弘曆，妳也絕對不能死。」

凌若有些神經質地道：「不錯，妳說得對，我不能死，我要活著，活著為弘曆查清死因，為他報仇！」說到最後，眸中的死灰色已經被仇恨的光芒所取代。

看著一臉恨意的凌若，瓜爾佳氏不知道自己做得對不對，但至少在事情查清楚之前，凌若不會再一心求死。如今只能先穩住凌若，其他的事留待後面慢慢再說，相信總會有解決之法。

「楊海，你現在去打聽打聽，看舒穆祿氏的事，皇上是個什麼意思，一有消息立刻來告訴本宮。」

楊海退了下去，足足過了半個時辰，方才一臉古怪地進來。

見他出現，瓜爾佳氏迫不及待地問：「如何？」

「回謹嬪娘娘的話，奴才打聽過了，水意軒那邊傳出話來，說是舒穆祿氏自己不小心摔倒的，與主子並無關係。」

瓜爾佳氏想過許多種可能，唯獨沒想到竟會如此，當場呆住了。就是凌若也是吃驚不已，拭去臉上的淚，啞聲道：「你確定沒有打聽錯？」

楊海十分肯定地道：「回主子的話，奴才問了許多人，沒有任何出入。」

瓜爾佳氏輕叩著掌心，柳眉緊蹙道：「這事可真是怪了，以妳與舒穆祿氏的仇，她應該藉著這件事，好好尋妳的晦氣，讓妳惹一身麻煩才是，怎會突然大發慈悲，主動放過妳？實在是不合情理。」

凌若理了理紛亂的思緒，對楊海道：「你還打聽到什麼？」

楊海猶豫了一下道：「奴才確實還聽到一些事，不過不知道是真是假。」在瞅了凌若一眼後道：「奴才聽說皇上傳諭禮部取消了晉主子為皇貴妃的事，但仍讓禮部擇吉日。」

瓜爾佳氏感到奇怪地道：「這是為什麼？都不行冊封儀式了，還擇吉日做什麼？」

楊海嚥了口唾沫道：「回謹嬪娘娘的話，不是不行冊封儀式，而是改為冊嬪儀式，皇上要冊舒穆祿氏為嬪。」

「竟有這種事？」若非瓜爾佳氏知道楊海是凌若身邊得力之人，嘴巴又牢靠，幾乎要以為他在與自己開玩笑。要說皇上為了安撫舒穆祿氏失去子嗣之痛，復其位分，勉強還算合理，但冊立為嬪……實在是不合情理。

慢著，水意軒的人說舒穆祿氏是自己撞到椅子小產，同樣是很不合情理的事，難道這兩件事有關聯？

在細細想了一陣子後，瓜爾佳氏終於明白過來，扶著凌若的肩膀感嘆道：「若兒，皇上真的很在乎妳，在乎到可以為妳做任何事。」

凌若面無表情地看著她道：「我不明白姊姊的意思。」

「若我沒猜錯的話，舒穆祿氏之所以會改口，說是自己撞到椅子小產，應該是皇上的意思。他怕舒穆祿氏糾纏不放，這件事會越鬧越大並且傷害到妳，交換的條件就是晉她為嬪，讓她成為一宮之主。若兒，我知道妳恨皇上做錯決定，枉送了弘曆的性命，但皇上真的很在意妳，我陪在皇上身邊那麼多年，從沒見他這樣在意過一個女子，妳——」

「姊姊妳不必說了！」凌若驟然打斷她的話。「他做那麼多，無非是想彌補害死弘曆的過錯，想我原諒他，但我做不到。我只要一看到他，就會想到是他害死了我的孩子，從霽月到弘曆，雖非他所殺，卻皆因他而死！」

見凌若情緒又激動起來，瓜爾佳氏連忙道：「好好好，妳不想聽，我不說就是了，冷靜一些。」

隨後的幾日，瓜爾佳氏一直留在承乾宮陪凌若。胤禛每日下朝之後也會過來看凌若，絮絮問著她這一日的情況。

雖然凌若不再大吵大鬧，但同樣沒有任何好臉色與話語給胤禛，由著他來，亦由著他去，彷彿他只是一個不相干的人；但每一次胤禛走後，凌若都會默默流淚。

將這一切都看在眼裡的瓜爾佳氏心疼不已，不知該如何安慰才好，只能盼著凌若自己能慢慢想開，不再這樣折磨自己與胤禛。

而在這段時間，胤禛也一直在做一件事，就是追查究竟是誰將弘曆已死的消息洩漏出去的。整件事除了自己與允祥之外，便只有四喜知道，自己沒說過，允祥也不可能，那麼只剩下一個四喜。雖然四喜百般否認，胤禛還是有所懷疑，正準備要將其交到慎刑司處置逼問的時候，允祥一句話提醒了他。

「皇上，雖然當時三道密摺都直接交到皇上手中，並無他人看到，但知道四阿哥已經身亡的事，卻不只皇上與臣等三人。」

「你想說什麼？」

在胤禛的問話中，允祥道：「不瞞皇上，四阿哥出京時，除了皇上所派的人手之外，臣弟也另外調了一撥人暗中保護四阿哥，並與四阿哥約定以煙花為信號，可四阿哥出事後，臣弟派去的那些人，一直未曾回京。他們都是臣弟的心腹，多年來一直跟著臣弟出生入死，不可能中途叛逃，不出現只有一種可能，就是遇到了麻煩。有可能是遇到了那群發瘋的縣民，也有可能是其他因素。臣弟已經派人去福州尋找他們的下落，應該很快會有答案。」

第一千兩百七十章　太子之位

胤禛負手走了幾步道：「就算如此，也不能證明消息並非四喜洩漏出去的。」

「臣弟知道，但既然臣弟會派人跟著四阿哥，其他人或許也會這麼做。有可能是他們在福州聽到了這個消息，將事情傳回京城，之後不知怎麼的就傳到了宮中。至於四喜，他自跟隨皇上以來，一直忠心耿耿，說話、辦事十分得體，不是那種會亂傳話的人。」

從剛才起就一直跪伏在地上的四喜涕淚橫流地叩頭道：「奴才當真沒有對任何人說過四阿哥任何事！求皇上明鑒！求皇上明鑒！」

胤禛瞥了他一眼，冷冷道：「你先下去。」

在四喜忐忑不安地退出養心殿後，胤禛忽地道：「你剛才說，可能還有其他人跟著弘曆他們是嗎？」

允祥猶豫了一下，點頭道：「是，雖然這只是微臣的猜測，但應該有很大可能。畢竟二位阿哥身分尊貴，一舉一動都受人關注，何況他們這次去的還是福州，各方都會盯著，看他們能否平定福州之亂，能否辦好皇上交代的差事。」

「你沒有猜錯，確有人跟著弘曆他們，而且還不只一撥。」

胤禛的話令允祥大吃一驚。「皇上您……」

「弘曆的死看似沒有不合理的地方，但朕總覺得有些不對。第一，為什麼橋會在他們走過之後就那麼巧地斷了，讓其他人無法通過，必須遠繞山路才能進到連江縣；第二，饑荒最嚴重的時候，人吃人的不只連江縣一個地方，為什麼其他地方的百姓都正常了，唯獨連江縣的百姓越來越瘋狂，有米不吃，偏要吃人？第三，連江縣變成了空縣，那麼這些人都去了哪裡？」

對於胤禛的三個問題，允祥一個都回答不了，不過他畢竟是這世上少有的了解胤禛之人，思慮片刻後道：「皇上這麼說，可是已經派人查過了？」

「不錯，朕原想等這件事查清楚之後再與你說，不過既然你有了與朕同樣的懷疑，朕便提前告訴你。朕在覺出不對後，便讓還留在福州的密探追查此事。第一是橋，因為水流湍急，斷橋一掉下去，便不見蹤影，但只要順流而下，必定可以找到線索。他們在河的下游找到了斷橋的殘片，發現斷口很是整齊，不像是腐朽斷裂，倒像是有人故意破壞。」

雖然胤禛只提了上半句，但後半句並不難猜，允祥驚道：「皇上是說，有人故意將二阿哥、四阿哥他們困在連江縣？」

胤禛冷笑一聲道：「不只如此，他們還在連江縣的墳場發現有一處地方的泥土與別處不同，像是被翻新過。挖下去後，發現跟隨弘時他們同去而被殺害的百餘人都被埋在那裡。」

真是百密一疏，原本允禩身邊的人不會留下那麼明顯的破綻被人發現，可惜當時兆惠沒死，還將阿桂扒了出來，這樣一來，便破壞了他們原先做好的掩蓋。

「他們不是應該被抓去當成食物嗎？」

胤禛沒有回答允祥的問題，而允祥自己也陷入了長久的沉默。根據查到的線索，很明顯，那一百多個人不是被抓去當成食物吃掉，而是被埋了起來，若那些百姓攻擊弘曆他們真是為了口腹之慾、為了人肉，那麼斷然不會這麼做。

「這樣看來，百姓攻擊四阿哥他們的原因，就很值得推敲了。」允祥的話令胤禛頷首。

「其實朕一直覺得很奇怪，朕撥給弘曆他們的一千軍士，都是上過戰場、見過血的，怎會輸給手執柴刀、鋤頭的尋常百姓？就算百姓發了瘋，也不至於對付不了。所以，朕已讓他們繼續追查，務必要查清楚這件事！」說到這裡，他狠狠一拍桌子，咬牙道：「不管是誰，膽敢害朕的兒子，朕必誅他全家，雞犬不留！」

允祥點點頭，轉而道：「對了，不知小嫂子她怎麼樣了，可曾好些？」

一說到凌若，胤禛就湧起一陣無力感，嘆道：「朕不知道，每次朕去看她，她都不理不睬，將朕當成仇人一般。」

允祥一時也不知該說什麼好，只能勸道：「小嫂子也是因為失去了弘曆，心裡難過才會如此，皇上莫要與她計較。」

胤禛苦笑道：「是朕間接害死了弘曆，就像以前的霽月一樣。凌若恨朕是應該的，就算她一輩子不理睬朕，朕也不會生她的氣。」

允祥怔了一下道：「小嫂子還記著霽月的事？」

胤禛點頭，痛苦地道：「那麼多年過去了，朕以為她已經忘了，原來不是，只不過一直被壓在心底，如今隨著弘曆的死又冒了出來。可以說，她現在承受的是雙重的喪子之痛。」

允祥想了一下道：「要不臣弟去勸勸小嫂子，或許她能聽得進一二也說不定。」

胤禛擺擺手道：「還是不要了，她現在誰的話都聽不進去，過陣子再說吧。對了，弘時他們現在到哪裡了？」

「根據沿途送來的邸報，因為二阿哥身子未曾痊癒，再加上要運送四阿哥的棺柩，所以才走到一半，估計著要再過半個月方能到京城。」頓一頓，他又道：「禮部那邊，關於四阿哥的追封還有喪事已籌備得差不多了，只等棺柩一到，便可行事。」

「寶親王……」胤禛默默唸著他自己定下的封號，忽地搖頭道：「朕覺得這個追封還是不夠。」

允祥怔了一下道：「可是親王已是大清最高的爵位，再高……以四阿哥的身分而言，便只有太子一位；但四阿哥都死了，太子之位對他而言已沒什麼意義。」

「對弘曆是沒有了，但對朕有。」胤禛低落地道：「自朕登基以來，雖然不曾明著說過，但弘曆無疑是朕幾個兒子裡最聰慧懂事的。皇阿瑪在世時，就特別喜歡弘曆。看著弘曆一天天長大，朕不只一次想過，百年之後，將皇位傳給他；可是現在他卻比朕早走一步，不能承繼朕的志願。他始終是朕最心愛的兒子，朕不想委屈了他。」

第一千兩百七十一章 哀榮

「皇上追封四阿哥為寶親王，已賜予四阿哥極大的哀榮，斷無委屈一說。」

「不，這還不夠。」胤禛在殿中來回踱步，下了一個連允祥也沒有想到的決心。「朕要追封弘曆為皇太子，朕要告訴全天下，他是朕一直屬意的太子人選。」

允祥對此事自然不會有什麼意見，但他仍盡責地提醒：「皇上若這樣做，一定會惹來朝中諸位大臣的非議。」

「他們願意非議就去非議好了，朕這些年來受到的非議還不夠多嗎？這份哀榮是朕欠他們母子的，一定要給予他們。」

見胤禛堅持己見，允祥不再多勸，而是道：「臣弟會告訴禮部，讓他們按著太子的規格辦四阿哥的喪事。」

正當允祥準備退下的時候，胤禛記起一件事來，連忙喚住他道：「朕記得弘曆去連江縣的時候，兆惠與阿桂也跟去了是嗎？」

允祥有些奇怪地道：「是，林學禮的奏摺上是這麼說的，難道有什麼不對嗎？」

「朕派去的密探認得兆惠與阿桂，但他們說被埋殺的那一百多人中，並沒有發現兆惠與阿桂的蹤跡。」

允祥精神一振，連忙道：「難道他們兩人沒死？」

「朕也有這個懷疑，可他們若是沒死，又去了哪裡，為何一直不出現？」

「這個……」允祥一時回答不出，想了想道：「還有一種可能，是他們確實沒死，但被人抓了去，不過臣弟想不到抓他們的理由，不知皇上是否有頭緒？」

「朕也想不出，不過朕總覺得這是一個很關鍵的地方，若能找到他們，或許就會知道害死弘曆的真正凶手是誰！」

胤禛準備追封弘曆為太子的事，一傳出去，立刻引來巨大的爭議。百官認為自大清立國以來從未有這樣的先例，就連順治帝時備受寵愛的董鄂妃兒子去世，也不過是追封榮親王而已；再說弘曆既不是嫡長子，生母也不過只是一個妃，怎有資格被追封為太子？若真追封了，身為嫡長子的弘時臉面又該往哪裡放？

眾大臣在朝上大力反對，要求胤禛改回之前的決定，也就是追封寶親王。然胤禛心意已決，以弘曆是為大清而死為由，堅決要追封他為皇太子。

一時間，胤禛與百官僵持不下，進行著拉鋸戰，每日上朝都有官員上奏請胤禛收回成命。因為這事，弘曆的謚號遲遲未定。大臣們一而再、再而三地上奏，不僅沒有讓胤禛改變心意，反而令胤禛龍顏大怒，他將反對最凶的幾個大臣拉到養心殿外，當眾杖責。

他自問從來不是一個仁慈的君主，當大臣想要挑戰他的底線，甚至控制他時，他不介意用冷血手段來鎮壓。

這件事後，果然沒什麼人再提反對，禮部也很快將弘曆的謚號定了下來——寶碩皇太子。

當瓜爾佳氏將這件事告訴凌若時，她捧茶的手顫了一下，卻不曾說什麼，只是看著窗外正在下個不停的秋雨出神。

瓜爾佳氏輕嘆道：「若兒，都過了這麼多天了，妳還是放不下嗎？其實皇上已經為妳與弘曆做了許多，寬恕別人就等於寬恕自己，妳又何必如此執著呢？」

凌若收回目光，淡淡地道：「姊姊答應過我不會提他，為何又出爾反爾？」

「我只是不想妳傷害了自己也傷害了關心妳的人。」瓜爾佳氏拿下她手裡的茶盞，改而將自己那杯放到她手中，道：「就像這盞茶，明明有熱的，妳不捧，偏要捧著已經涼的那盞。」

「寶親王也好，寶碩皇太子也好，一切都是虛妄，對我來說，唯一真實的就是弘曆，只要他可以活過來，要我做什麼都可以。」

雖然事情已經過去許多天了，然心中的痛楚卻不曾減輕分毫，只要一閉眼，弘曆的音容笑貌就浮現在眼前，讓她錯以為弘曆還活著，之前只是作了一場惡夢；可是每一次睜眼，現實都會殘忍地提醒她，不是惡夢，弘曆是真的不在了。

瓜爾佳氏撫額道：「妳明知道這是不可能的。」

凌若眼也不眨地道：「既是不可能，那姊姊就不要再提了，我不會原諒他，就像弘曆不會活過來一樣。」

看到她這個樣子，瓜爾佳氏不知該說什麼才好，只能不住地嘆氣。凌若心中這個結實在太深了，一時半會兒根本解不開。

同一時刻，那拉氏正在坤寧宮中聽著英格說話，待得聽完後，她皺眉道：「皇上態度當真如此堅決，連一絲轉圜的餘地都沒有？」

英格苦笑道：「若真有轉圜的餘地，那些大臣就不會挨打了，一個個被打得皮開肉綻，站都站不起來。」

那拉氏戴著護甲的手指在盞蓋上劃過，留下一道白印。「皇上對弘曆的看重真是讓本宮意外，虧得這一次弘曆死了，否則太子之位非他莫屬。」

英格接過話道：「娘娘說得正是，否則咱們聯合了那麼多大臣，就是勸也該勸得皇上回心轉意了。此番微臣特意進宮問問娘娘的意見，看咱們下一步該怎麼走。若真讓皇上追封四阿哥為皇太子，二阿哥就會很尷尬。」

那拉氏輕叩著桌子，沉吟道：「皇上這樣做分明是認為自己有愧於四阿哥，所以拚命補償，親王不夠，便乾脆追封他為太子。既然皇上態度堅決，就由著他去吧，左右四阿哥已經死了，沒必要與死人爭奪，哀榮權當是給鈕祜祿氏的最後一點安慰。」

英格點頭之後，又有些不放心地道：「可是二阿哥……」

那拉氏目光一橫道：「無非就是尷尬一些而已，礙不了大事；再說若連這點兒小坎也邁不過去，他又怎麼做一個君臨天下的皇帝？」

「娘娘說的是。」英格對於那拉氏的話從來不敢反駁半句。

見英格面上隱有憂色，那拉氏道：「本宮知道你在擔心什麼，無非是怕弘時年輕氣盛，性子又任性，會受不了委屈。你放心，過幾日等弘時回京後，本宮會好好與他談一談，必不會讓他鬧出事來。」

如今舒穆祿氏的孩子沒了，之前的計畫與打算皆隨之化為泡影。弘時重新成為那拉氏唯一的選擇，既是唯一，她自然不會讓弘時有半點行差踏錯。

第一千兩百七十二章　弘時回京

十月初八，負責看守德勝門的官兵在矇矇天色中剛打開城門，便看到一個年輕人站在城門前，看樣子彷彿等了很久，在他身後隱隱約約還站了許多人。

真倒楣，怎麼一大早就有那麼多人進城。官兵嘀咕了幾句，指一指那個衣著不凡的年輕人，不客氣地道：「傻站在那裡做什麼，還不趕緊過來讓本大爺搜身……」

話音未落，臉上就挨了一巴掌，當即把他打得暈頭轉向，待得回過神來後，官兵氣得直發抖，指著不知什麼時候來到他面前的中年人道：「反了反了！居然敢當街毆打官差，你們一個個都不要命了是嗎？」

他尖銳的聲音將其他官兵吸引了過來，不懷好意地盯著那個中年人。至於年輕人，依然站在原來的地方，饒有興趣地看著刻在城門上的「德勝門」三字。

「不要命的人是你們。」中年人冷哼一聲，往後面揮一揮手，立時有一行人走過來，每個人手裡都拿著一塊牌子。

因為天色不明，直至走得很近後，那些官差才看清牌子上的字，分別寫著「肅靜」、「迴避」、「欽差出巡」等字樣。

欽差出巡……

那些官差面面相覷，好一會兒才反應過來，該不會是之前去福州的二阿哥回來了吧？

看站在城門口那個年輕公子氣度不凡，或許就是二阿哥。

一想到這裡，官差的臉一個比一個白，尤其是最開始那人，一張臉皺得跟苦瓜一樣。若這個年輕公子真是二阿哥，那他剛才豈不是呼喝二阿哥？這可真是要命了。

隨後那個中年人的舉動亦證實他的猜測，只見對方走到年輕公子身前，恭敬地道：「二阿哥，城門開了，可以進城了。」

弘時收回目光，輕聲道：「時間過得還真快，這麼一會兒便天亮了，既是開了，那咱們趕緊進城吧，好早些向皇阿瑪覆命。」

「是。」中年人答應一聲，又道：「如今已經入冬，天氣寒冷，二阿哥還是回馬車吧，以免受寒。」

因為弘時想早些回京，所以昨夜裡沒有宿在驛站，而是連夜趕路，到此處的時候，差不多是四更天。

弘時道：「在福州這段日子，什麼樣的苦沒受過，與之相比，些許寒意又算不得什麼。何況……」他回頭看了一眼後面那輛特別長的馬車，神色哀切地搖頭道：「不說這個了，走吧。」

說罷，他當先入了城門。中年人不敢多言，示意後面的人趕緊跟上，之前弘時看過的那輛馬車亦緩緩跟著。所有人都知道，這輛馬車上面沒有人，只有一副棺柩與一具屍體。

在經過那些跪地相迎的官差身邊時，弘時忽地停下腳步，盯著最開始那個官差道：「剛才是你說要搜本阿哥的身是嗎？」

見弘時點名，那個官差叫苦不迭，連連道：「小人有眼無珠，不識二阿哥，小人罪該萬死，求二阿哥恕罪。」

「放心吧，本阿哥沒想要你的命，只不過是想略施薄懲，以抵你剛才對本阿哥的無禮之罪。」

一聽不要自己的命，官差忙不迭地磕頭謝恩。看著他這個樣子，弘時脣角微微勾起，對亦步亦趨跟在身邊的中年人道：「留個人在這裡摑他一百個巴掌！」

「是。」中年人答應一聲，喚過一個精幹的手下，交代了弘時的話。

很快的，清脆的巴掌聲便傳到弘時耳中，他只是不著痕跡地笑了一下，便將全副心思放在熟悉的街道上。

回來了，他終於再一次回到京城，最要緊的是，只有他一人回來，弘曆已經躺在棺柩中，永遠不能再與他爭奪什麼。

在路上的時候，他已經聽說皇阿瑪打算追封弘曆為寶親王，雖說有些不太滿意，但無所謂了，沒必要去和死人爭；再說，他很快便會凌駕於親王這個爵位上，成為獨一無二的太子爺。

入城之後，弘時沒有回他自己的阿哥府，而是直接進宮。至於弘曆的棺柩則停在宮門外，等他見過胤禛後再運入宮中。

此時，胤禛已經下了朝，剛喝了口茶便看到蘇培盛急匆匆走進來，激動地道：「啟稟皇上，二阿哥在外求見！」

「弘時？他回來了？」胤禛意外不已。按著之前得到的消息，弘時應該在明日才會入城，怎的今日就到了？回過神後，他道：「快讓二阿哥進來。」

「嗻！」蘇培盛答應一聲，出了養心殿，不一會兒，便帶著弘時走進來。

一時到殿中，弘時便跪下大聲道：「兒臣叩見皇阿瑪，皇阿瑪萬歲萬歲萬萬歲！」

雖然弘時不是胤禛最在意的兒子，但看到他歸來，胤禛還是頗為激動，道：「快起來！」

弘時聽到胤禛的話，卻是依舊伏地不起，泣聲道：「兒臣沒臉起來，兒臣此來，是請皇阿瑪治罪兒臣！」

胤禛看著他，眸光變得沉重無比。「弘曆……他在哪裡？」

「兒臣將四弟的棺柩暫時停放在宮外，待稟過皇阿瑪後，再將四弟接入宮中。」

他傷心地道：「皇阿瑪將四弟交給兒臣，兒臣本該好好保護四弟，可四弟死了，兒臣卻活著。兒臣真的真的很該死，求皇阿瑪殺了兒臣，讓兒臣將性命還給四弟！」

胤禛努力將眼中的熱意逼退，澀聲道：「當時你自己也受了重傷，歷經辛苦才能從那些人手裡逃出來，如何能怪你？再說，就算殺了你，弘曆也不會活過來。」

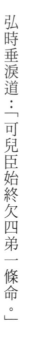

第一千兩百七十三章　棺柩

弘時垂淚道：「可兒臣始終欠四弟一條命。」

「欠弘曆性命的，是那些殺害他的人，與你無關。」

明知胤禛不是在說自己，但當那透著徹骨寒意的話落在耳中時，弘時仍然忍不住為之一顫，低頭道：「兒臣一醒來，便讓人去找四弟，可是連江縣空無一人，什麼都找不到。後來出現了一群人，他們說是奉皇阿瑪之命來找四弟，且持有皇阿瑪的金牌令箭。」

說到這裡，弘時抬頭小心地瞅著胤禛，後者明白他的意思，頷首道：「是朕派他們去尋找弘曆下落的。」

弘時又低下頭，沉聲道：「後來，他們在與連江縣相鄰的縣城宅子中發現一具屍體，手上套著皇阿瑪賜給四弟的玉扳指，所以……」他哽咽著停了一會兒，待情緒平復一些後方才道：「那具被燒焦的屍體應該就是四弟，他們帶著玉扳指先來向皇阿瑪覆命，四弟的屍體就由兒臣帶著一道回京。每次看到四弟的棺柩，兒臣就恨不得死的那人是自己，兒臣實在是沒臉見皇阿瑪！」

見弘時一味自責，胤禛憐惜地道：「朕說了與你無關，你放心，朕一定會找到傷害你們兄弟的人，將他們碎屍萬段！」

弘時臉色一白，摳著細密的金磚縫，沉聲道：「皇阿瑪若找到那些人，請讓兒臣親手殺了他們，為四弟報仇。」

因為弘時一直低著頭，所以胤禛並未發現他臉色異常，點點頭，起身道：「起來吧，隨朕一起去接弘曆。」

「是。」弘時應了一聲，站起身陪著胤禛一起來到午門外，擺放著弘曆棺柩的馬車正靜靜停在宮門外。

當那副楠木棺柩出現在胤禛面前時，他眼前一下子變得模糊起來，手顫抖著撫上冰涼的棺木，心中是說不出的內疚與悔恨。因為他的一個決定，他最鍾愛的兒子，從活生生的人變成了一具沒有生氣、只能永遠與棺木為伍的屍體。

胤禛撫著棺木，哽咽著道：「弘曆……是皇阿瑪害了你，是皇阿瑪對不起你！」

弘時不顧地上的堅硬與冰涼，立時又跪下來，哀聲道：「對不起四弟的是兒臣，不關皇阿瑪的事，若當時兒臣拉著四弟一起滾下山，又或許兒臣能攔著他們，四弟就不會死！」

胤禛搖頭道：「世上哪來那麼多或許、如果，這是弘曆的命，也是朕的錯，朕愧對弘曆！」見弘時要說話，他抬手道：「你不必安慰朕，讓你們兄弟去福州，弄得一死一傷，是朕此生做過最錯的決定，可惜後悔已經沒用了。」

弘時惶恐地道：「皇阿瑪千萬不要這麼說，兒臣從未怪過皇阿瑪，相信四弟也是。」

胤禛沒有說話，只是久久凝望著弘曆的棺木，流露出無盡的難過與不捨。弘暉、弘晟、弘瞻，一個個離他而去，如今又輪到他寄予厚望的弘曆……

弘時跪了許久，膝蓋跪得又疼又麻，可是胤禛只顧著那副棺木，一直沒叫他起來，令他又氣又恨，卻不敢表露在臉上，只是小聲道：「皇阿瑪，不如先讓四弟的棺柩入宮吧，落葉歸根，這應該也是四弟最後的心願。」

弘時的話令胤禛自沉痛中回過神來，點頭道：「你說得不錯。蘇培盛，立刻找人將四阿哥的棺柩抬去毓慶宮。」

弘時有些發怔。

毓慶宮？那不是先帝在時，太子所住的東宮嗎？自從太子被廢後，毓慶宮就空置，只留一些宮人在那裡打掃，為何皇阿瑪要將弘曆的棺柩抬到那裡去？這宮裡又不是沒地方安置。

這個困擾在弘時心中的疑問，在看見擺在毓慶宮中的牌位時，終於得以解開。

「寶碩皇太子弘曆。」弘時緩緩唸出那幾個在他看來無比礙眼的字，心中像是有一團火在燒。為什麼會變成這樣？明明聽說皇阿瑪只是追封弘曆為寶親王，為何一轉眼就變成了皇太子？

弘時努力控制著臉色，使之看起來不那麼難看，側頭輕聲問著站在一旁的蘇培盛道：「之前不是說皇阿瑪追封四弟為寶親王嗎？怎麼這牌位上寫的是皇太子？」

蘇培盛瞅了胤禛一眼，小聲道：「二阿哥剛剛才回京，所以還不知道，皇上已經改了旨意，決定追封四阿哥為皇太子，公告天下。」

皇太子？還公告天下？弘曆他憑什麼？憑什麼！

明明他才是嫡長子，皇阿瑪卻去追封弘曆為太子！皇阿瑪看著不老，人卻是已經糊塗了！自己將來就算被立為太子，天下人也會知道在他之前還有一個太子，他是因為原來的太子死了，所以才被立為太子。

這樣一來，他永遠都會低弘曆一頭，並且淪為天下人的笑柄！

弘時緊緊捏著袖中的雙手，努力壓下心中的怨恨。他也去了福州，他也受了傷，皇阿瑪卻問都不問一句，更不要說關心的話，實在是太過偏心了。

呵，皇阿瑪說得沒錯，弘曆就是他害死的。若不是他這麼偏愛弘曆，還想將皇位傳給弘曆的話，自己根本不會殺弘曆，一切都是他造的孽。

這個時候，宮人捧了孝服進來。

弘時雖然是兄長，但如今弘曆被追封為皇太子，他與弘曆便有了君臣之別，所以宮人亦將孝服給了他。

一想到自己要替弘曆披麻戴孝，弘時就跟吃了一堆蒼蠅一樣噁心。可胤禛就在旁邊，他不只不敢表現出任何不滿，還得裝出心甘情願的樣子，換好孝服，與那些宮人一起跪在弘曆靈前。

在雙膝及地的那一刻，弘時發誓，只要他一登基，就立刻廢去弘曆的追封，甚至將他從皇陵中遷出去，絕不讓他受皇家一點香火。

第一千兩百七十四章　不會鬆手

凌若那邊亦得到了消息，與瓜爾佳氏一道趕往毓慶宮，期間還因為走得太快，不小心摔了一跤，而凌若連揉都沒揉一下就繼續往前走。

待到了毓慶宮，看到擺在裡面的棺柩，凌若的眼淚頓時落了下來。她的弘曆，她養了十六年的弘曆，如今正躺在冰冷的棺木中，與她天人永隔，一世不得再見！淚落如雨，可再多的眼淚，也表達不出她心中的哀痛。這一刻，這一時，她真想不顧一切隨弘曆而去。

可是她不能，她要活著，活著找出害死弘曆的人，將他千刀萬剮，碎屍萬段！

凌若拖著腳步來到棺木前，想要推開棺木，卻發現棺蓋被釘死了，任她怎麼推都移動不了分毫。

跪在底下的弘時見狀，忙道：「娘娘，因為弘曆是被人燒死的，死相恐怖，為免驚到皇阿瑪與娘娘，所以從福州運出來時，我便讓人封住了棺蓋。」

凌若看也不看他，只是道：「我想見弘曆最後一面！」

弘時面露為難之色。「可是福州那邊的人跟我說，棺蓋封了再打開很不吉利的，還是……」

下一刻，凌若的聲音驟然變得陰冷森寒：「本宮說想見弘曆最後一面，你沒聽清楚嗎？」

弘時沒有說話，只是看著胤禛，後者嘆了口氣道：「人都已經不在了，還有什麼吉利可言，啟棺吧，朕也想見弘曆最後一面。」

有了胤禛的吩咐，自然不會有人再多嘴。很快的，幾枚長長的釘子便被起了出來，棺蓋亦被移開半邊，露出裡面一具燒得面目全非的焦黑屍體。

「弘曆！」壓抑了近月的悲痛在這一刻悉數爆發出來，凌若俯身自棺柩中抱起那具恐怖的屍體，將之牢牢抱在懷中痛哭不已。這是她的兒子，不管變成什麼樣，這都是她的兒子啊！

整個毓慶宮響徹著凌若悲傷絕望的痛哭聲，對於天底下的父母來說，沒有什麼比失去孩子更令他們感到痛苦的了。

若可以，她願傾盡所有，包括自己的性命來換取弘曆的重生；可是不行，死了便是死了，任她做什麼都不能讓弘曆活過來。

能擁有弘曆這個兒子，是上天賜給她最大的福氣，但生在皇家卻是弘曆最大的不幸。若有來生，她希望弘曆可以投胎去普通人家，平平安安地過完一輩子。

胤禛一直無聲地站在旁邊，直至凌若哭不出聲，方才哽咽地安慰：「若兒，事已至此，妳不要太難過了，相信弘曆也不願看到妳這樣子。聽朕的話，放手好不好？」

凌若只是抱著弘曆的屍體不住搖頭。她不想放手，一輩子都不想放手啊！

見凌若不肯聽自己的話，胤禛強行抓開她的手，蘇培盛在一旁趕緊接著屍體，將其安放到棺木中。

手中的空虛令凌若心慌害怕，拚命掙扎著道：「鬆手，放開我，放開我啊！」見胤禛一直不肯放，她竟然在眾目睽睽之下低頭一口咬上胤禛手背！

所有人都嚇壞了，那可是皇上啊！熹妃這樣傷害皇上龍體，不要命了嗎？

手背上傳來的劇痛令胤禛皺眉，但抓著凌若的手始終不肯放開。他不鬆開，凌若的牙齒亦不鬆開，雙目猶如鬼魅一般，毫無感情地盯著胤禛，鮮血順著她的牙，自胤禛手上緩緩滴落。

「娘娘，快鬆口！快鬆口！」蘇培盛最先反應過來，一邊說著一邊就要讓人將凌若拉開，卻被胤禛制止；同樣被制止的還有已經起身、正準備過來的弘時。

胤禛低頭，帶著無盡悲傷看著那雙冰冷的雙眼。「就算妳將朕的肉一塊塊咬去，朕也不會鬆手。若兒，弘曆死了，再也不會活過來，該走的終歸要走，勉強不得。」

許久，凌若終於慢慢鬆開牙齒，而胤禛的手上已經多了幾個正在冒血的傷口，蘇培盛看得眼皮直跳，趕緊吩咐人去請太醫。

「您可知您一句『該走的終歸要走』，對我來說意味著什麼？」這是在養心殿大吵後，凌若第一次主動與胤禛說話，卻是滿滿的傷心。

胤禛啞聲道：「朕知道，所以不論妳做什麼，朕都不會怪妳。」

這個時候，那拉氏亦到了，雙目通紅地向胤禛行禮。「臣妾一聽說弘曆的棺木運回來了，便立即趕過來了，還請皇上節哀。」說到這裡，她看到胤禛受傷的手，驚呼道：「皇上怎麼受傷了！出什麼事了？太醫呢！為何不見太醫？」

蘇培盛趕緊道：「奴才已經讓人去傳太醫了，應該很快便會到！」

雖然蘇培盛沒有回答她的第一個問題，但那拉氏注意到凌若脣邊的一絲血跡，頓時沉下臉道：「熹妃，可是妳弄傷了皇上？」

見凌若默認了，那拉氏聲音比剛才又嚴厲幾分。「本宮知道因為弘曆的死，妳很難過，甚至大鬧養心殿，責怪皇上派弘曆去福州，但誰都沒料到會發生這樣的事，論傷心難過，皇上不會比妳少。妳怎可以為此責怪皇上，還傷了皇上龍體？妳可知單憑這條罪，本宮就可以奪妳妃位！」

凌若沒有說話，反倒是胤禛有些不悅道：「皇后言重了，熹妃畢竟失了兒子，一時悲痛之下做出什麼過激的事來，也是情有可原，妳該諒解才是。」

見胤禛如此袒護凌若，那拉氏眸底掠過一絲隱晦的冷光，口中卻惶恐地道：「皇上說的正是，臣妾也是因為擔心皇上龍體，才會苛責熹妃。其實弘曆的事，臣妾等人心裡都很難過，只是逝者已矣，生者就算再傷心也不會令逝者重生，反而會因一味沉溺於傷心中，而難以自拔。」

那拉氏的話令胤禛面色稍霽，出言道：「總之這件事就這麼算了，以後誰都不許再提。」

既是胤禛開了口，自然不會有人那麼不長眼地反對，紛紛垂首答應。唯獨凌若不言不動，只是怔怔看著已經合起的棺木。

在太醫為胤禛包紮了傷口後，那拉氏道：「朝堂政事繁忙，皇上還是先去忙吧，這裡有臣妾在就行了。」

第一千兩百七十五章　追問

「也好。」

胤禛正要離開，一直不曾作聲的凌若忽然欠身道：「臣妾有事要說，請皇上暫且留步。」

胤禛依言停下腳步，溫聲道：「熹妃有什麼話儘管說就是。」

瓜爾佳氏心中一跳，連忙上前扯了扯她的袖子，小聲道：「妹妹，現在並不適宜提這事，還是晚些再說。」

凌若沒有理會她的勸說，逕自道：「剛才皇后娘娘說逝者已矣，生者就算再傷心也不能令逝者重生，臣妾很是認同；但若是因為不曾查清楚真相，致使死者走得不明不白，那麼不論對生者還是死者，都是一種傷害。」

胤禛眼皮微跳，道：「熹妃覺得什麼不清楚？」

在那拉氏與弘時的注視下，凌若緩緩吐出四個字。「弘曆的死！」

誰都沒想到她會說出這樣的話來，均是一臉詫異，當中又以那拉氏與弘時驚意最盛。那拉氏猶豫了一下道：「已經查實是那些發瘋的連江縣百姓害死了弘曆，還有什麼事情不清楚？」

凌若神色淡然地道：「這一點臣妾也知道，但總覺得事情還有些不清不楚，所以臣妾想再問一遍二阿哥關於當時的情況，不知二阿哥是否方便？」

那拉氏自然不願就此事多提，以免弘時露出馬腳，可是凌若這麼說了，她也不好直接反對，只得迂迴道：「弘時才剛回來，這些事還是等過幾日再說吧。」

凌若面無表情地道：「可是臣妾現在就想聽，二阿哥雖然趕路辛苦，但應該不至於連說件事也困難。」

不等那拉氏再說，胤禛已經道：「弘時，朕之前是看林學禮奏報知道的，你既是回來了，就親口說一遍給朕聽。」

「是。」弘時偷偷瞥了那拉氏一眼後，忍著心下的不安，將事先編排好的說詞講了出來，與林學禮奏報上的內容一模一樣，沒有任何出入。

凌若一直認真聽著，待他說完後道：「林學禮不過是一個文官，可說手無縛雞之力，為何他能逃得掉，你們兩個學過武的阿哥卻逃不掉？」

「當時兆惠他們是想護著弘曆……不，太子爺先走的。」弘時改了稱呼後，繼續道：「但太子爺不想留下我與林大人，所以拉著我們一起走，可是後來的情況越來越不利，無奈之下，只能讓林大人先走，我與太子爺留下抵擋。」

凌若狐疑地盯著他道：「你說他們有很多人是不是？」

「是。」

弘時話音剛落，凌若便追問：「既是有那麼多人，為何看到林學禮逃走，卻不派出一部分人去追，由著他逃走？」

弘時沒想到凌若如此細心，連這麼一點兒小事也看出了問題，強自鎮定道：「那些縣民一個個看起來跟瘋子一樣，無法用正常人的思維去衡量他們，或許他們根本就沒想到娘娘提的這一點。」

「他們既然知道在抓了你們之後，要派人看守，應該不至於如此無腦，是否有什麼事是二阿哥你沒注意到的？還有，二阿哥你被抓了之後，真的認不出關押你與弘曆的地方嗎？」

弘時額角微微見汗，低著頭道：「他們將我與太子爺關在一間黑漆漆的屋子裡，實在認不出那是什麼地方，否則我必會告訴林大人，讓他派人去救太子爺。要是當時去了，太子爺或許就不會死。」

凌若盯著他的頭頂道：「你們是一起逃出來的，為何最後你逃脫了，弘曆卻被人燒成了焦屍？」

「我在逃跑中被人不慎砍中後背滾下山，想不到就因為這樣撿回一條性命，太子他……」

弘時還沒說完，凌若便厲聲打斷他的話。「既然滾下山可以逃得性命，為何弘曆不像你一樣滾下山？為何？」
「我……我……」
正當弘時緊張思索著該如何圓話時，那拉氏插話道：「滾下山，可能是生路也可能是死路，弘時活著，只能說他命好，避過這一劫。」
凌若想也不想便大聲道：「那為什麼弘曆沒有命好地滾下山，沒有避過這一劫？」
見凌若越問越不像話，那拉氏不悅道：「各人命數不同，本宮如何回答得了妳。弘時已經將知道的事都告訴了熹妃妳，可妳卻像是審犯人一樣，不停地審問著弘時。是否熹妃覺得弘曆死了，弘時也應該死，他根本就不應該活著回來。」
凌若別過頭道：「臣妾沒有這樣說過。」
「妳是沒有說過，可言語間卻盡是這個意思。」那拉氏沉下臉道：「妳失去了弘曆固然難過，可也不應該有這樣的想法。弘曆固然是妳視若性命的兒子，弘時何嘗不是本宮的性命？本宮寧願自己有事，也不想他受一點兒傷害。」
瓜爾佳氏連忙上來打圓場道：「娘娘息怒，臣妾相信熹妃娘娘不是這個意思。」
那拉氏沒有理會她，而是一臉難過地對胤禛道：「皇上，因為弘曆一事，弘時已經很內疚自責了，可熹妃卻還要百般針對弘時，甚至覺得他不應該活著，實在是令臣妾無法接受。」
「就像謹嬪說的，熹妃並非此意，只是一時口快，所以才有誤會罷了，皇后不要放在心上。」安慰那拉氏後，胤禛道：「朕還有事，先回養心殿，晚些再過來。」

在經過凌若身邊時，胤禛腳步一頓道：「妳隨朕同去，朕有話要與妳說。」

凌若瞥了他一眼，冷然道：「臣妾想留在這裡陪弘曆，而且臣妾不覺得還有什麼話要與皇上說。」

聽著凌若毫不客氣的頂撞，瓜爾佳氏暗自捏了一把汗，唯恐胤禛怪罪。幸好擔心的事沒有發生，胤禛只是附在凌若耳邊輕輕說了句話後，便離開了毓慶宮，而凌若在猶豫了一會兒後，竟然也跟出去了。

第一千兩百七十六章　坦言

到了養心殿，意外看到允祥正等在殿外。

看到胤禛過來，允祥上前見禮後道：「臣弟得知二阿哥回來並且帶回了太子爺的棺柩，便想著來祭奠一番。」說罷，他看到了跟隨胤禛一道過來的凌若，輕聲道：「太子爺的事還請小嫂子節哀。」

因為聖旨已下，禮部曉諭全國，是以所有人都改了稱呼，喚弘曆為太子爺。

凌若微一點頭後，轉頭看著胤禛道：「皇上說有關於弘曆被害的消息告訴臣妾，究竟是什麼？」

「進殿再說。」胤禛待要進殿，看允祥神色有些猶豫地站在原地，便道：「老十三，你也一道進來吧，有些話你說比朕說更有用。蘇培盛，你在外頭候著。」

聽著胤禛有些無奈的聲音，允祥點點頭，進了養心殿。

進殿之後，胤禛道：「妳認為弘曆的死有所可疑？」

「是，臣妾覺得不論是奏報還有二阿哥的話，都有好幾處地方不詳細，甚至不合情理，所以臣妾有理由懷疑弘曆的死並非意外。」

胤禛沒有就她的話說什麼，而是道：「所以妳才會在毓慶宮對弘時咄咄相逼？」

凌若迎著胤禛的目光，一字一句道：「是，若皇上覺得臣妾做得不對，盡可處置臣妾，但這件事臣妾一定要查個清楚，弄明白弘曆的真正死因。」

「懷疑弘曆死因的人並非妳一個。」

胤禛突然冒出的這句話令凌若詫異不已，不明白他這麼說的意思。

允祥解釋：「不瞞小嫂子，其實早在多日前，皇上就在暗中調查二阿哥與太子爺在福州遇到的事了，而且已經查到了一些眉目。」

聽到這句話，凌若眸中閃現激動之色，盯著胤禛道：「當真嗎？」

「朕有何理由要騙妳？」胤禛從御案暗格中抽出密摺遞給凌若。「朕原想等查清楚後再告訴妳，沒想到妳也疑心此事，還在毓慶宮質問弘時。朕清楚妳的性子，一旦懷疑，必會追根究柢，若不與妳說清楚，不知後面會鬧出什麼事來；不過此事萬不能外傳，否則一旦讓加害弘曆的人有準備，想再查出線索就難了。」

「臣妾知道。」在應了一聲後，凌若迫不及待地翻開摺子看了起來，裡面果然記錄了許多關於弘曆遇害的事。最令凌若意外的，莫過於埋葬了百多人的屍坑。奏摺中也對此事提出質疑，既然那些屍體沒有被當成糧食吃掉，那麼連江縣百姓瘋狂吃人肉的說法便不成立，再加上找到的斷橋碎片上有人為痕跡，更是疑上加疑。

看完手上的幾封摺子後，凌若沉思良久道：「如此看來，連江縣之事，應該是有人刻意設下的圈套，目的就是要弘曆的性命。」

「不只弘曆，弘時也是他們目標之一，只不過他幸運一些，從那些人手裡逃了出來。」說到此處，胤禛語氣一沉道：「朕知道妳疑心弘時，但他當時也是險死還生，受了許多傷；且為了這件事，他一直心存內疚，不斷自責。若圈套是他設下，那他大可以讓弘曆一人去連江縣，而非自己以身犯險。」

凌若涼聲道：「或許這根本是他施的苦肉計，為的就是擺脫嫌疑。」

胤禛知道凌若此刻一心記著弘曆被人害死的事，聽不進勸，遂不與她多加爭執，只是道：「朕知道，所以朕才要追查下去，直至查清楚在連江縣究竟發生了什麼事。」

允祥在一旁勸道：「是啊，小嫂子，為了太子爺的事，皇上將密探全派去了福州，相信很快會有結果，還請小嫂子再耐心等候一陣子。」

凌若目光在允祥臉上一轉，復又落在胤禛身上，徐徐道：「皇上可是希望在查明真相之前，不要再針對二阿哥？」

「是。」這是胤禛給予凌若的回答。

在經過長時間的沉默後，凌若也給了胤禛一個回答：「臣妾可以答應皇上，但作為交換，皇上一定要查出究竟是何人害死弘曆。」

胤禛鄭重地道：「這不只是妳的心願，也是朕的心願！」

見凌若點頭，允祥趁機道：「恕臣弟多嘴，小嫂子，其實皇上對於太子爺的死，真的很懊悔、很難過。再說，若非有人故意破壞去連江縣的橋，憑著皇上派去暗中保護太子爺的人，根本不會有危險。臣弟知道太子爺是小嫂子的心頭肉，但又何嘗不是皇上的？只看皇上追封太子爺一事，便可看出皇上有多重視太子爺。」

允祥的話觸動了凌若的心事，神色戚戚地道：「追封又如何，弘曆始終不能活過來。」

「是，現在不管做什麼都不能令太子爺活過來，但至少皇上已經竭盡所能了。臣弟甚至可以放肆地說一句，若此刻有所選擇，皇上甚至會用自己的性命去換取太子爺的重生。」敢這樣說的，也就一個允祥了。換了其他大臣，不管多得胤禛倚重，都不敢說出這樣放肆的話來。

在沉默中，胤禛執起凌若的手，認真而凝重地道：「不是甚至，是一定會，因為朕不想看到妳這麼痛苦。」

胤禛簡短卻滿懷真摯的話，猶如一道清泉，緩緩流入凌若被仇恨禁錮的心靈，令那道禁錮有所鬆動，亦令凌若重新審視胤禛，審視這個一直被她不斷推開的人。

良久，她道：「若皇上不曾讓弘曆去福州，這一切都不會發生，所以臣妾——」

胤禛抬手道：「朕知道妳現在無法原諒朕，朕也不會強迫妳，一切等抓到害弘曆的凶手後再說。」

外頭響起叩門聲，只聽蘇培盛道：「皇上，福州有密報送來。」

胤禛精神一振，連忙道：「呈進來！」

隨著胤禛的話，蘇培盛手捧密匣走進來，在將密匣放到御案上後，他知趣地退下去。他雖然對密匣裡面的東西很感興趣，但處在他這個位置，可不能由著興趣控制自己，否則隨時會沒了性命。

蘇培盛退下後，胤禛自密匣中取出摺子細閱，看完後，他長出一口氣，將摺子遞給凌若，帶著震驚之色道：「朕雖想到那些人不會是連江縣百姓，卻沒想到，他們為了謀害朕的兩個兒子，竟然喪心病狂地將連江縣的百姓全部都殺了。除卻饑荒時餓死的，連江縣原本還有整整一千零八十九口，竟然一個都沒有留下！」

第一千兩百七十七章　線索

凌若與允祥分別看完摺子後，均明白了胤禛話中的意思。

胤禛派去的密探細勘了墳場，終於在另一個地方找到掩埋了許多人的大坑。經過清點，發現有一千零八十九具屍體，因為已經腐爛，無法辨知身分，但根據他們各自的服飾可以看出應為普通百姓。

如果是饑荒死去，不會一下子埋那麼多人，所以，只有一種可能，他們就是倖存下來，但又失蹤不見的連江縣百姓。

有人殺了他們，將他們埋在這裡，然後又故意裝扮成他們的樣子，引弘曆兩兄弟來此，襲擊兩人。

不過密摺中指出，線索到這裡就全斷了，不論他們如何仔細，都難以再查到一絲有用的線索。

允祥沉吟道：「這件事從一開始就有著很精密的布置，能夠布置出這個局，而又心狠手辣到這等地步的，絕對不簡單。不過臣弟現在倒是更好奇，此人究竟是從何時開始設局的？」

「心狠手辣……」凌若喃喃重複了一遍這四個字後，忽地道：「臣妾聽皇上說過，福州之所以會發生這麼大的饑荒，皆因兩批運糧船在附近海域沉沒是嗎？」

在胤禛點頭後，她走了幾步道：「既然布局者心狠手辣得可以隨時殺上一千幾百人，那麼弄沉運糧船，造成大面積的饑荒也不是什麼下不了手的事。」

允祥與胤禛對視一眼，臉上均帶著濃濃的驚意。

他們兩個最清楚，當初胤禛之所以會派弘曆、弘時去福州，就是因為懷疑運糧船沉沒是有人故意為之，所以才將兩人當作誘餌，引幕後者露出真面目，想不到，凌若的想法竟與他們不謀而合。

在壓下驚意後，允祥道：「小嫂子覺得有人從福州饑荒就開始布局？」

「不錯，這個想法雖有些匪夷所思，但兩批運糧船接連沉沒，這本身就是一件值得懷疑的事。」說到此處，她看著胤禛道：「我不知道皇上為什麼沒有懷疑此事，由著弘曆去福州。」

「其實……」允祥猶豫著沒有說下去，因為他想到後面的話可能令凌若對胤禛誤會更甚，而這不是他所願看到的。

正當凌若奇怪他為何吞吞吐吐時，胤禛忽地道：「老十三，把你知道的都說出來，不必再為朕藏著掖著。」

允祥一番話猶如抽絲剝繭，將偽裝的外殼剝去，只留下真正關鍵的東西。「臣弟相信，只要細查，一定會發現他們之間的聯繫。」

胤禛只是從御案上拿來一大疊卷宗給允祥。「這些是所有上奏舉薦過弘曆的大臣卷宗，朕已經全部看過，並未發現當中有什麼聯繫。」

第一千兩百七十八章　聯繫

允祥接過卷宗仔細翻看起來。正如胤禛所說，這些大臣之間並沒有直接的聯繫，同窗、同科自然有，但也只是少數幾個，無法將大多數人聯繫起來。若真是這樣就怪了，無緣無故，這些人怎麼會上同樣的摺子，難道真是巧合？

這個念頭剛一冒出來就被允祥否決了，世上哪裡有這麼多巧合，都是人為製造出來的，不過這一回，他還沒有瞧出破綻來罷了。

正不解之時，他目光落在正好翻到的兩個卷宗上面，輕聲唸著卷宗上的名字。「夏長青……圖巴赫……」思忖片刻，他道：「這兩個名字，臣弟記得好像在哪裡一起看到過。」

胤禛擰眉道：「他們兩人一個進士，一個是恩蔭，不可能是同科同年，你在哪裡看到過？」

允祥沒有回答，而是繼續翻著卷宗，越往後翻，眸色越發凝重。不會錯的，這兩個名字他絕對在某個地方看到過，還有卷宗上的其他人，不說全部，但至少七、八成有印象。可究竟會是什麼樣的大事，才會令得這麼多位大臣的名字出現在一起呢？真是奇怪！

這個問題允祥想了很久都沒有答案，胤禛在旁邊問了一句。「老十三，你說的那件事，是在朕繼位後還是繼位前？」

「應該是在皇上繼位之前。」這一點允祥倒是很肯定。

「繼位之前……」胤禛重複著這句話，手指在案桌上輕輕敲著，許久，他開口一件件說出發生在康熙朝時的大事，並且是他與允祥有參與的，從黃河水患籌銀開始，一路往下。

在說到廢太子允礽與鄭春華偷情幽會事發，乃至後來被廢一事時，允祥眼眸驟然一亮，連忙道：「皇上，臣弟想起來了。」

胤禛感到奇怪地道：「與允礽有關？朕怎麼一點兒印象也沒有。」

「不，不是與二哥有關，而是與八哥有關。」允祥急急說道：「皇上可還記得二哥第一次被廢之時，皇阿瑪讓大臣舉薦繼任太子一事？」見胤禛點頭，他又道：「當時有許多大臣保舉了八哥，那些大臣的名字臣弟當時也聽了個大概，與這些卷宗上的名字有許多重合。」

「你是說，這些都是老八的人？」胤禛一邊問一邊劈手奪過允祥手裡的卷宗翻閱，有了懷疑後，果然發現那些大臣的名字與當年保舉允禩為太子的人有重合。

允祥咳嗽著道：「事隔太久，臣弟不敢太過肯定，但八九不離十。」

胤禛恨恨地將卷宗擲在案上，怒聲道：「好一個允禩，他之前妄圖篡位，朕念著皇阿瑪臨終的話，還有多年的兄弟情分，已經寬待於他，他居然還賊心不死，設計害死朕的兒子！」

「皇上息怒，雖然這些大臣可能與八哥有所聯繫，但究竟福州的事是否是八哥做的，還有待查證。」

面對允祥的勸說，胤禛冷笑道：「你放心，朕一定會好好查清楚這件事。不過若讓朕查到真是允禩做的，就算皇阿瑪復生，也無法阻止朕要他的命！」

殺心，從未如此之重過！

當日，胤禛下密旨給遠在福州的密探，命他們立即回京，一方面調查舉薦過弘曆的大臣，另一方面則嚴密監視廉親王府，記清楚所有出入的人。

至於阿桂與兆惠屍體失蹤一事，也派了另外的人去查。

另一邊，弘時在毓慶宮守了半天後，隨那拉氏去了坤寧宮。

剛進坤寧宮，還沒坐下，弘時便不滿地道：「皇額娘，為什麼您要由著皇阿瑪追封弘曆為什麼寶碩太子？他不過是一個庶出的皇子，哪裡有這資格。而且這樣一來，兒臣以後要怎麼服眾？」

那拉氏沒好氣地睨了他一眼道：「你當本宮沒阻止嗎？本宮讓你舅父動用了手

上所有力量，讓眾位大臣出面，極力反對你皇阿瑪追封弘曆，結果不但沒能阻止，還被你皇阿瑪罰在養心殿前當眾杖責，你舅父費了好大的勁才安撫住他們。」

「那就真沒有別的辦法了嗎？」弘時不死心地問著。

那拉氏接過小寧子奉來的茶，冷笑道：「那你倒是說給本宮聽聽，還有什麼法子？難不成你要本宮跑到皇上面前說這事嗎？」

見那拉氏有所動氣，弘時忙道：「兒臣不是這個意思，只是兒臣一想到弘曆死了還要擺兒臣一道，實在是嚥不下這口氣。」

那拉氏撥著茶湯上的沫子，徐聲道：「嚥不下也得嚥，誰教皇上喜歡他。不過你也不用太在意，畢竟人已經死了，死人怎麼可能鬥得過活人呢？」

「話雖如此，可兒臣實在不甘心一次次輸給弘曆，現在還要兒臣給他披麻戴孝，真不知皇阿瑪是否……」他剛想說胤禛是否老糊塗了，兩道冰冷的目光就刺在臉上，正是那拉氏。

「雖然這是在坤寧宮，但有些話說習慣了就會變成自然，本宮不希望你因一句失言而釀成大禍，失去本已觸手可及的一切，明白嗎？」

弘時心中一凜，意識到自己太過隨意，連忙欠身道：「是，兒臣明白。」

那拉氏點一點頭道：「總之追封太子一事，就這樣過去了，不管你心裡有多少不甘，都不要再提及，否則對你有百害而無一利。除此之外，在弘曆下葬之前，你都盡量多待在毓慶宮，如此才會讓你皇阿瑪覺得你顧念手足之情，記住了嗎？」

「多謝皇額娘提醒，兒臣記住了！」

在弘時說完後，那拉氏將茶盞一擱道：「對了，有一件事本宮一直想問你，為何連江縣一事，你要讓廉親王的人去做，且事先也不通知你舅父的人？難不成在你心裡，廉親王比你舅父還值得信任嗎？」

第一千兩百七十九章　心有不安

那拉氏語氣不善，弘時連忙道：「皇額娘誤會了，那是兒臣的親舅父，哪裡會不信任，只是……」

見弘時不往下說，那拉氏涼聲道：「只是什麼，本宮聽著。」

弘時瞥了站在一旁的小寧子一眼，見那拉氏沒有讓他迴避的意思，只得作罷，不過心裡仍是頗為不喜，認為那拉氏太過寵溺這個太監。

「回皇額娘的話，將弘曆引到連江縣，然後再裝成百姓伏擊弘曆這個點子，乃是八叔託人告訴兒臣的；而且當時八叔已鋪好了路，做全了準備，若臨時再換人，不只費神，還可能錯過這個機會，所以兒臣才決定由八叔的人來完成這件事。至於事先未通知舅父的人，這一點確實是兒臣疏忽，兒臣願受皇額娘責罰。」

那拉氏原就覺得奇怪，以弘時的腦子怎麼能想出這麼一個完善的計畫來，如今這個疑團總算是解開了，敢情一切皆是允禩的主意。

「本宮並不是要怪你，只是這樣大的事，於情於理，你都該知會你舅父派去的人一聲；你可知找不到你後，他們有多緊張，唯恐你出事。」那拉氏自然不是真的不怪弘時，只是事已至此，一味責怪，反而會傷了她與弘時的情分，讓弘時更加偏向允禩。「你莫要忘了本宮與你說過的話，在這個世上，唯有本宮不會害你，其他的人，就算看起來對你多好，你都要防備，包括你八叔在內。」

儘管那拉氏已經說得很婉轉，弘時仍覺得刺耳。「皇額娘，兒臣知道您所說所做的一切都是為了兒臣好，但八叔真沒有任何私心。當初皇額娘越過八叔直接派人弄沉運糧船，八叔知道後也是沒有任何怨言，反而還勸兒臣不要誤會皇額娘。」

看到弘時對允禩深信不疑，那拉氏氣不打一處來。真不知允禩對弘時灌了什麼迷湯，竟讓弘時這樣信任，連她的話也聽不進去；他更不曉得，連江縣一事，已經讓允禩牢牢抓住他的把柄，足以要脅他一輩子。

若非舒穆祿氏的孩子沒有了，她真想換掉這個蠢貨，省得老讓他給自己添堵。不過氣歸氣，終是不能當著弘時的面表露出來，她只能道：「皇額娘也只是給你提個醒，不論何時何地，都不可失了防人之心。」

「兒臣明白，皇額娘儘管放心。」

看著弘時那一臉不以為然的樣子，那拉氏無奈地搖搖頭，轉而道：「對了，福州那邊的事，你都處理乾淨了，確定沒留下尾巴？」

「是，八叔那些人做事很小心，什麼都沒有留下，不過……」

這兩個字引起那拉氏的注意，連忙追問：「不過什麼？」

「不過在兒臣殺弘曆的時候，外面突然升起一只穿雲煙花，應該是用來求救的。兒臣派人搜查了附近，始終沒有找到放煙花的人，這一點很是奇怪。按理來說，當時所有該死的人都被清理乾淨了，不應該會有人放煙花，除非是有人從山路繞進連江縣的時間比兒臣預期的早了一些，發現連江縣情況不對，所以急著放煙花求救。」

「兒臣問過舅父的人，說是沒放過，兒臣懷疑，可能是皇阿瑪派去暗中跟著兒臣與弘曆的人放的。兒臣怕他們從弘曆屍體上發現什麼，所以讓人一把火將那宅子燒了，什麼都沒留下。」

弘時尚不知道被殺的那些軍士還有連江縣千餘名百姓的屍體，已經被胤禛派去的密探發現了，否則他就不會說得如此輕鬆了。

聽著弘時的話，那拉氏道：「中途可曾有什麼人滅火？」

弘時肯定地道：「沒有，兒臣一直有派人暗中盯著燒著的宅子，一直到火勢大到將整間宅子都吞滅了，根本不可能撲滅後，才離開。」

「那就好，否則若是讓弘曆逃得性命出去，咱們會很麻煩的。」

那拉氏剛說完，弘時便笑了起來。「皇額娘多慮了，弘曆都燒成焦屍了，怎麼可能逃得性命？」

那拉氏點頭之後又道：「不知為何，本宮這心裡總覺得有些不安，好像有什麼事要發生似的。」

弘時勸了幾句，無奈那拉氏始終有所擔憂，之後還是小寧子說了句：「主子若真放心不下，不如再讓人去福州查查，所謂小心駛得萬年船，謹慎一些總是沒錯。」

那拉氏目光一轉，對弘時道：「你再派人去一趟福州，仔細清查一遍，萬不要留下不該留的東西。」

見那拉氏態度堅決，弘時只得道：「是，兒臣知道了。若皇額娘沒有別的吩咐，兒臣這就去安排了。」

「嗯，安排好之後，早些回來，毓慶宮那邊……」

不等那拉氏把話說完，弘時便道：「兒臣知道，這幾天要盡可能守在毓慶宮。」

那拉氏微微一笑道：「你明白就好，皇額娘知道你委屈，不過只要熬過這幾天，以後就再不會有人擋你的路，整個大清天下都將屬於你。」

「大清天下」這四個字令弘時精神一振，他做了這麼多事，還拚著命受了一身傷，為的，無非就是這萬里江山，終於是快要如願了。

在弘時離開後，那拉氏沉眸道：「這個蠢貨，掉到別人圈套裡了還茫然不知，真是無可救藥。」

小寧子躬身道：「二阿哥涉世不深，鬥不過老謀深算的廉親王也是情理之中；不過就像英格大人說的，廉親王固然有控制二阿哥的心思，但能否趁心如意還是未知數。眼下最重要的是推二阿哥坐上儲君之位，成為皇上心中的不二人選。」

正說話間，杜鵑在外頭道：「主子，英格大人在外求見，說有要事見主子。」

那拉氏長眉一挑，道：「讓他進來。」

話音落下不久，便見英格走進來，走路向來四平八穩的他，這一次步履間竟帶著一絲匆忙之意。到了殿中間，他拍袖向那拉氏見禮。「微臣英格給皇后娘娘請安，娘娘吉祥！」

第一千兩百八十章　事態嚴重

在示意英格起來後，那拉氏抬一抬下巴道：「杜鵑，去給英格大人沏一盞雨前龍井來。」

不等杜鵑答應，英格便道：「不必麻煩了，微臣此來是有幾句要緊話要與娘娘說，說完便走。」

見他這麼說，那拉氏心中一動，揮手示意杜鵑退下後道：「可是本宮上次讓你查的事有眉目了？」

英格深吸一口氣後道：「是，微臣按著娘娘的吩咐，讓人追查當時放穿雲煙花的人，雖然沒有找到那人，卻讓微臣發現了另一件事。」他鄭重地道：「微臣發現，另外還有人在追查四阿哥被殺一事，而且那些人很可能是皇上派去的密探，而且查到了許多連微臣也不知道的事。」

饒是以那拉氏的城府，在驟然聽到這個消息時，也不禁駭然變色，連忙道：

「他們都查了些什麼？還有，你如何曉得是皇上所派的密探？」

「皇上手下那些密探雖然身分隱祕、行蹤詭異，但這麼多年下來，微臣手底下的暗衛終歸是與他們打過幾次交道，這次就是因為認出了其中一人，才知道原來皇上的密探一直沒離開過福州，並且一直在暗中調查。據微臣猜測，應該是皇上懷疑四阿哥的死因，所以派密探前來調查。」

那拉氏神色緊張地道：「那他們都查到了什麼？」

這才是她最關心的事，雖然弘時一再保證說沒有問題，但那絲不安始終縈繞在心底，如今再聽得英格這麼說，更是緊張。萬一真讓胤禛查到弘曆被害的真相，弘時與她都會死無葬身之地。

「他們……」英格猶豫了一下，方才咬牙道：「他們在墳場發現跟隨二阿哥與四阿哥一道去連江縣的軍士屍體，還有……連江縣被殺的千餘名百姓。」

「什麼！」那拉氏大驚失色。這批屍體被發現，就意味著弘時的計策被識破，胤禛已經知道攻擊弘曆並將他殺害的，並非所謂發瘋的百姓，而是有人刻意冒充。

在勉強定了定神後，她道：「廉親王底下的人做事為何會這麼不小心，竟然讓密探找到屍體。」

「娘娘有所不知，那些密探神出鬼沒，實在是令人防不勝防。在跟蹤他們的過程中，微臣那些暗衛也險些被發現。」英格停頓了一下道：「另外還有一件事讓微臣很是擔心，暗衛在檢查了那些死去的軍士後，發現裡面少了兩具屍體，分別是兆惠與阿桂。屍體是不會走的，所以微臣懷疑，他們沒有死。」

那拉氏目光一顫，旋即道：「這兩人是弘曆的死忠分子，若他們活著會很麻煩。雖然本宮不待見廉親王，但亦承認他心思縝密，否則也沒能耐與皇上鬥幾十年。這一回乃是關乎性命的要緊事，他怎會做得如此馬虎，被人逃走了都不知？還有弘時，他難道也沒發現？」

英格思索片刻道：「或許是他們利用裝死來避禍，待人都離開後，再從坑裡爬出來？若真是這樣的話，那恐怕咱們已經找到了放穿雲煙花的人。」

那拉氏輕敲著手指道：「你是說兆惠他們？」

英格輕聲道：「不錯，他們當時應該是想找人救四阿哥，不過以煙花為令的那些人，應該還在山路上沒有趕到；再加上二阿哥這次行事小心，殺了四阿哥後又派人守著宅子，一直到宅子燒盡方才離開，才沒讓他們找到可乘之機，只是不知道他們當時藏身在何處，竟然沒有被搜到。」

「換句話說，他們現在很可能還活著，對嗎？」在說出這句話後，那拉氏手指一頓，肅然道：「立刻讓人畫出兆惠與阿桂的畫像，著暗衛記熟後，盯住京城九門，一旦發現他們兩個出現，立刻格殺勿論，絕不能讓他們入城見到皇上。」

英格曉得事態嚴重，連忙起身道：「微臣明白，不過微臣擔心他們已經入城，藏在各自的家宅中。」

那拉氏眼眸微瞇，蘊了一絲森寒冷意道：「那就派人盯著，只要看到他們，哪怕是在大庭廣眾之下，也必須立即將他們格殺，明白嗎？」

「是，微臣這就下去安排。」正準備離開，英格心中忽地浮起一個念頭，停下腳步道：「娘娘，恕微臣直言，按皇上現在這個查法，就算咱們可以截殺兆惠兩人，只怕最後四阿哥真正的死因也會被皇上查出來。」

英格這句話令那拉氏鼻翼微張，瞳孔一陣收縮。「你的意思是，本宮與整個那拉一族，都會傾覆在弘時這件事上？」不等英格回答，她自己就斷然道：「不行！本宮等了這麼多年，好不容易等到弘時離皇位如此之近，絕不可以前功盡棄。英格，為了保住那拉家族的百年基業，你一定要阻止這件事發生！」

英格的回答令那拉氏無比意外。「不，娘娘誤會微臣的意思了，讓皇上查到事情真相，對咱們來說，未必是一件壞事。」

他的話讓那拉氏不解，茫然道：「這是什麼意思？」

英格露出一絲詭異的微笑。「娘娘您忘了布下連江縣這個局的人是誰了嗎？」

「你……」那拉氏遲疑著道：「你是說，將所有事都推到廉親王身上？」

「不能說是推到他身上，因為這件事本來就是他所為，沒人冤枉他。咱們要做的，只是在他要被查出來時，不要將咱們與二阿哥供出來。」

那拉氏猶豫了一下後，搖頭道：「只怕他未必肯一人背下所有的罪。」

「微臣倒是覺得很有可能。」英格重新在椅中坐下後道：「娘娘您想，廉親王這輩子最恨的人是誰？」

那拉氏想也不想便道：「廉親王奪嫡失敗，反而讓皇上登上帝位，這心裡最恨的自然是皇上。」

「娘娘說得是，只要是讓皇上不好過的事，廉親王都會去做。一旦這件事被查出來，就算拖著咱們下水，他同樣必死無疑，對他沒有半點好處。而皇上卻可以除去害死四阿哥的二阿哥，在五阿哥與六阿哥當中挑一個繼承他的皇位。」見那拉氏不說話，他續道：「可若是不將二阿哥抖露出來，那皇上一定會將皇位傳給二阿哥，傳給一個害死了親兄弟的人。娘娘覺得哪種情況是廉親王樂意見到的？」

第一千兩百八十一章　皇權路上

那拉氏已經完全明白了英格的意思，不過眉頭卻未曾舒展幾分，思忖半晌道：「你說的雖有幾分道理，不過不管選哪一種，對他自己都沒有任何好處。而在一般情況下，人總是喜歡拖著別人跟自己一起下水，除非……咱們能許給足夠讓廉親王動心的條件。活命自然夠讓他心動了，只是咱們許不起。」

英格笑笑道：「這一點咱們自然許不起，但咱們可以許他身後之事。譬如在二阿哥登基之後，追封他為皇叔父，並且保住他後人的性命，讓他們以後享盡榮華富貴。」

那拉氏仔細思索話，發現確有可行之處，就不知允禩是否會買這個帳。她道：「本宮一直怪弘時過於信任廉親王，連殺害弘曆這麼重要的事都交由廉親王的人去負責，眼下看來，他這個決定反而救了自己，世事真是難料至極。」感慨過後，她喚過小寧子道：「二阿哥一進宮，就讓他立刻來見本宮，不可耽擱。」

小寧子退下後，那拉氏又道：「本宮不方便出宮，更不方便召廉親王入宮相敘，這件事交由你去辦，一定要設法說服廉親王，讓他別將弘時供出來。不過進出廉親王府時，你小心一些，不要讓人發現了。」

「是，微臣會小心的。」

隨著英格的退下，坤寧宮重歸寧靜，然隱藏在寧靜背後的，卻是一場胤禛登基以來最大的腥風血雨。

以死人開始，亦將以死人結束！

皇權路上，白骨皚皚，踏過白骨從而登上頂峰的人，必難逃孤家寡人的結局。縱觀大清入關後的兩位皇帝，順治帝痛失至愛，出家為僧；康熙帝立過數位皇后，卻無一位得以善終，執政六十餘載，晚年因諸子奪嫡，心力交瘁而死。

那麼胤禛呢？這位雍正皇帝的結局又會是怎樣？

弘時在離開皇宮後，不曾回自己的宅邸，而是直接去了古玩齋，經由那裡的小轎進到廉親王府。

到了書房，弘時意外看到除了允禩之外，允禟與允䄉都在，三人看到弘時均是一臉笑意。

待得一一施禮後，弘時道：「九叔和十叔怎麼都在八叔這裡，可是有什麼事？」

允䄉第一個道：「當然是有事，不過是好事。」這般說著，他用力拍著弘時的肩膀笑道：「二阿哥，這次福州之行，可數你收穫最大。」

弘時心頭微跳，看著允禩，小心地問：「八叔，九叔、十叔他們都知道了？」

允禩點頭道：「不必擔心，你九叔、十叔都是與你一個陣線的，連江縣那件事也虧得他們全力支持，才能調得出這麼多人手出來。今日他們一聽說你回來，便立刻來我這裡，商量下一步行事。」

弘時放下心來，朝允䄉兩人拱手道：「多謝九叔、十叔襄助之恩，弘時一定銘感於心。」

「不必說這些見外的話，既然八哥信任你，我們兩個自然會不遺餘力地支持。」允禟微笑著道：「雖說此事波折不小，結果總算讓人滿意。四阿哥一死，將來的太子之位就非二阿哥莫屬了。」

「九叔說笑了。」弘時雖然說得客氣，但眉眼間卻露出自得之意，顯然他也覺得太子之位已是囊中之物，只在於時間早晚而已。

允䄉在一旁甕聲甕氣地道：「原本弘曆死了也就罷了，左右是一個庶子，偏皇上非得做出那麼多事來，還追封什麼寶碩太子，簡直是不知所謂！」

允禩不悅地道：「老十，那可是皇上，你怎可這樣說話。」

允䄉晃晃腦袋道：「我也是為二阿哥不值，明明他才是嫡長子，憑甚要讓那個庶子踩在頭上，皇上就算怎麼寵幸嬖妾，也該有個度。」

「好了，你越說越過分了，還不趕緊住口。」允禩身上永遠帶著一股儒雅之氣，就算是訓斥人，也是溫言輕語，讓人生不出反感。

允禟接過話道：「對了，二阿哥，你見到皇上的時候，他可有什麼不對的地方，或是對你有什麼懷疑？」

「沒有，皇阿瑪對我很是信任，就是熹妃在毓慶宮對我發難，看起來是對弘曆的死因有所懷疑，而皇阿瑪又一向寵信她，我怕……」

不等他說完，允禩便不以為意地道：「怕什麼，不過是一個妃子罷了，我就不信憑她一個小女子還能翻出什麼花樣來。」

允禟當頭一盆冷水潑下來道：「你別太小瞧了女子，連聖人都說過『唯女子與小人為難養也』，熹妃能夠從一個小小格格爬到今日的位置，可不是你我所能小覷的。前陣子皇上還打算封她為皇貴妃呢，只是臨時知會禮部，取消了冊封儀式。」

允禩還待反駁，允禩已經道：「老九說得在理，在這件事沒有塵埃落定之前，一定要小心謹慎。」說罷，他轉向弘時道：「為了避免皇上懷疑，這段時間你還是盡量少過來，真有什麼事，就寫成書信交給古玩齋的人，讓他們拿來給我。」

「我知道，這次也是因為剛回京城，有許多話要與八叔說，才會特意過來。」說到此處，他記起那拉氏的吩咐，道：「皇額娘得知有人放穿雲煙花的事，怕弘曆的事會被查出來，所以讓我設法查到放煙花的人。」

不等允禩說話，允禟已經皺眉道：「可是咱們當時已經搜遍了連江縣那邊，確實是沒找到人，如今再去找，也不過是徒勞無功。」

弘時為難地道：「這個我也知道，可是皇額娘她……」

允禩抬手道：「八叔明白你的意思，皇后娘娘也是怕會出事，八叔待會兒就讓人再回福州查一遍，以免留下破綻。」

他這話，令弘時鬆了一口氣，連忙道：「那就有勞八叔了。」

允禩一笑道：「你這說的是哪裡話，只要你以後別忘了八叔待你的好就行了。」

第一千兩百八十二章　遇襲

「絕對不會，不只八叔，九叔、十叔的恩情，我都會牢牢記在心中，將來一定好生報答三位叔叔。」

弘時的話令允禟幾個都露出了笑容，允䄉更是道：「有你這句話，十叔我就是再苦再累也值得。」

允禟亦道：「不錯，二阿哥你這麼有情有義，我們幾個幫得也心甘情願。不論從哪一方面看，你都是最合適的繼位人選，只可惜皇上被後宮奸妃蒙蔽了眼睛，對二阿哥諸多挑剔不滿。」

「行了，事情都已經過去了，你們兩個也別再提了，總之二阿哥是定然要做大事的，我們這幾個就盡自己所能，全力扶持二阿哥就是了。」

「不錯，八哥說得正是。」允禟說著，端起茶道：「今日咱們就以茶代酒，祝二阿哥早日得償所願！」

「好！」允禩大聲答應一聲，與允禩一道端起茶盞。

弘時神色激動地道：「幾位叔叔的恩情，弘時實在不知該說什麼好，總之弘時會牢記一生，永遠不忘！」

弘時在廉親王府逗留了許久，方才與來時一樣乘著小轎離開，在經過一處巷子時，卻是有些奇怪，這裡平日裡頗為熱鬧，常有小販擺攤，今日卻是冷清異常，一個人都沒有。

跟在轎子旁邊的阿大小聲道：「二阿哥，似乎有些不對勁，您當心著些。」

阿大是允禩的暗衛頭子，之前就是他帶人跟著弘時去福州，安排好所有事，回京之後便被允禩派去古玩齋，負責弘時來回廉親王府時的安全。

阿大話音剛落，原本空無一人的巷子裡突然冒出幾個黑色的人影來，這一幕正好落在掀開轎簾一角的弘時眼中，後背頓時升起一絲涼意。那幾個人影出現得太突然，若是放在深更半夜，他定會以為是鬼魅。

阿大警惕地擋在轎子前，厲聲道：「你們是什麼人！」

那幾個黑衣人沒有理會他的話，欺身上前，他們的目標很明顯，就是轎中之人。

黑衣人正是胤禛手下的密探，他們奉胤禛之命，嚴密監視出入廉親王府的人，弘時所乘的小轎自然沒能逃過他們的監視，不過為免打草驚蛇，一直等小轎進了巷子後，他們才出現。

為怕他們傷害弘時，也怕弘時身分曝光，阿大當機立斷，對四個轎夫道：「你們兩個隨我擋住那些人，另外兩個護著少爺離開這裡，快！」

幾乎是他話音剛落，幾道黑影就欺到近前，當先一人抬手就要掀簾子，眼見轎簾就要被掀開，當前那個轎夫一拍轎杆，一柄長刀立刻從轎杆中彈出來。轎夫執刀於手上，連劈數刀逼退了那隻手，另外三個轎夫也紛紛抽出武器，按著阿大的吩咐分別行事。

因為弘時出入廉親王府一事是祕密，所以不只阿大改口，負責安排他離開的兩個轎夫也一把撕下轎簾蒙在弘時頭上，遮住他樣貌後，方才從巷子另一端離開。

密探想要去截弘時，無奈被阿大他們三人纏住，分身無暇。他們原先見只是一頂小轎，所以只派出三個人來，沒想到隨轎的人還有轎夫都是高手，三對五，難免有些吃力。

在兩個轎夫護著弘時不見蹤影後，阿大等三人想邊打邊退，但密探失了弘時的蹤影，哪裡肯輕易放他們離去，發了狠心要將他們留下，也好跟胤禛交代。

能成為密探者，無一不是簡單之輩，纏鬥許久，除了阿大稍占上風之外，那兩個轎夫都開始支撐不住，節節敗退。

眼見他們兩人早晚會被抓住，阿大咬一咬牙，竭盡全力將對面的密探逼退幾步後，飛退到那兩個轎夫身後。正當密探以為他要逃的時候，刀光一閃，兩道血柱噴天而起，緊接著兩顆頭顱骨碌碌地滾在地上，兩雙眼睛都大睜著。

阿大一刀得手，立刻往後飛退，躲避密探的追捕。

這個時候，另兩個轎夫已經護著驚魂甫定的弘時回到古玩齋，假裝無事地從前門離開，為掩人耳目，還買了一串翡翠佛珠。

弘時剛一進宮門，便被告知立刻去坤寧宮，恰好他也想與那拉氏說之前遇襲的事，便匆匆過來了。剛一踏進坤寧宮，就感覺氣氛壓抑得很，所有宮人都低頭站在正殿外，鴉雀無聲，猶如一群泥雕、木雕的假人。

進了正殿，那拉氏坐在上首，一手支額，不知在想什麼。弘時不由自主地放輕腳步，垂首喚了聲「皇額娘」。

那拉氏自沉思中驚醒過來，撫一撫額道：「弘時來了。」

弘時小心地問：「是，皇額娘在想什麼，為何看起來如此疲憊？」

那拉氏睨了默不作聲的小寧子一眼，道：「去把殿門關上。」

看著小寧子從自己身旁經過，弘時道：「不知皇額娘急著喚兒臣來，有何要事？」

那拉氏嘆了口氣道：「剛才你舅父來見過本宮，從你舅父口中，本宮得知了一些事。福州一事，只怕沒有你想像中的那麼樂觀。」

弘時倏然一驚，忙問：「皇額娘何出此言？」

「你皇阿瑪對弘曆的死一直心存懷疑，派出密探暗中調查。那些密探無孔不入，讓他們發現你們埋葬軍士與連江縣百姓的地方，如今這些消息想必已經傳到你皇阿瑪耳中。」

那拉氏的每一個字都像箭一樣戳在弘曆耳中，令他耳膜一陣生疼，亦心慌不已。「皇額娘，您說皇阿瑪已經知道是我殺死了弘曆？」

「那倒不至於。本宮看之前在毓慶宮時，皇上待你的態度並不像作假，應該是沒有疑心到你，但弘曆被殺一事別有內情，想必是知道了。」

那拉氏的話雖令弘時稍安心一些，但仍有心驚肉跳之感，緊張地道：「那現在情況到底怎麼樣了，皇額娘您倒是趕緊告訴兒臣。」

「你皇阿瑪手下那些密探，你也有所耳聞，個個都不簡單，既然已經查到這個程度，那你皇阿瑪一定會接著查下去，一直到查清楚真相為止，所以福州那件事被揭發出來只是早晚的事。」

第一千兩百八十三章　自身利益

弘時頓時六神無主，顫聲道：「那……那咱們現在該怎麼辦？皇額娘，兒臣……兒臣該怎麼辦？您一定要想辦法阻止皇阿瑪繼續查下去，否則咱們都會死的。」

「本宮自然知道，可你皇阿瑪的性子，你難道不清楚嗎？他決定的事沒人可以更改。另外還有一件事，在埋葬軍士的那個坑裡沒有發現兆惠與阿桂的屍體，你舅父懷疑他們可能還活著，放穿雲煙花的人也是他們。」

「這兩條該死的狗！」弘時恨恨地罵了一聲，慌張地喚道：「皇額娘，您一定要想想辦法，兒臣不想死！」

那拉氏道：「兆惠和阿桂那邊，有你舅父的人盯著京城九門還有他們兩家的宅院，只要他們一出現就必死無疑，這個你不用太擔心。主要還是福州那件事。」頓一頓，她沉聲道：「弘時，皇額娘問你，你究竟想不想活命？」

弘時點頭如搗蒜，忙不迭地道：「兒臣自然想活，求皇額娘為兒臣指點迷津！」

「本宮倒真有一個辦法，就不知你肯不肯去做。」

弘時迫不及待地道：「只要可以避過此劫，兒臣願意做任何事。」

那拉氏不再賣關子，把英格的計畫細細說了一遍，臨了對失魂落魄的弘時道：「雖然你舅父說會說服廉親王，但畢竟事關生死，他沒有必然的把握。本宮想著，你與廉親王情同父子，若由你去求他，把握會更大一些。」

弘時無力地跌坐在椅中，喃喃道：「皇額娘要兒臣送八叔去死？」

「本宮知道你在想什麼，但這是沒辦法中的辦法。還有，不論供不供出來，你八叔都必死無疑，所以實在說不上是你送他去死。」

話雖如此，但弘時還是有些難以接受，想要站起來，可試了幾次都未能如願，渾身的力氣都似被抽空了一般。

剛剛他還春風得意，認為一切盡在掌握中，一轉眼，卻被潑了這麼大一盆冷水，實在是讓人難以接受。

好半晌，弘時從喉嚨裡擠出一句話。「當真沒有別的辦法嗎？」

那拉氏輕嘆一口氣，站起來撫著弘時的背道：「皇額娘知道你敬重你八叔，再加上你八叔對你有恩，你不想做一個忘恩負義的人，可眼下實在沒有別的法子。而且，你想想你八叔最大的願望是什麼？無非就是看你成為儲君，乃至未來的皇帝，只要你可以達成這個願望，你八叔就算死也含笑九泉了。」

「可是……」

弘時還想要說什麼，那拉氏已是道：「弘時，若有別的選擇，皇額娘與你舅父都不想這麼做，實在是別無他選。你要明白，一旦廉親王將你供出來，你、皇額娘以及整個那拉家族都會毀於一旦，而你所做的一切也將沒有任何意義。」

那拉氏的話似是刺激到弘時，他自言自語地道：「不！我好不容易才走到這一步，絕對不可以前功盡棄，更不可以死！我要活著，成為大清天子！」

那拉氏不動聲色地將他這番話聽入耳中，繼續道：「人生必是有捨才有得，現在就是你抉擇的時候，相信你不會讓皇額娘失望。」

痛苦、無奈、難過，在弘時眼中一一閃過，最終變成了決絕。雖然允禩待他很好，但在自身利益面前，一切都變得輕如鴻毛，唯有自己才是最重要的。

他深吸一口氣道：「兒臣明白了，兒臣會設法勸說八叔，但說實話，兒臣沒有十足的把握。」

那拉氏微微一笑，肯定地道：「保下他兩個兒子，許他死後追封皇叔父的名分哀榮，本宮相信他會答應。不過你也不必太急，等你舅父與他談過後再說，眼下你要做的，就是做個你皇阿瑪眼中的好兄長、好兒子，在弘曆下葬前，好好守在毓慶宮。只要戲做足了，就算將來真出現對你不利的局面，也可有句話好說。」

弘時正要答應，記起一事來，連忙道：「皇額娘，兒臣剛才去找八叔，談讓他派人去福州檢查一事，在回來途中，遇到幾個行蹤詭異的黑衣人，想要對兒臣不利，不曉得是什麼來頭。」

那拉氏想不到這一會兒工夫，弘時就遇到這麼大的事，連忙道：「那你可有受傷？」

「皇額娘放心，兒臣沒事。兒臣只是奇怪，那些人怎麼會知道兒臣去了廉親王府，從而在半道上埋伏？兒臣每次去，都是換了轎子從古玩店後門離開，他們沒理由會知道的；還有，他們為什麼要對兒臣不利？兒臣在京中並沒有什麼仇家。」

這兩點，弘時在路上也想了許久，卻沒有任何頭緒。

那拉氏想了一會兒道：「就算真有仇家，以你阿哥的身分，也不會有人膽大到敢刺殺你，這件事真是奇怪。那後來怎麼樣了？」

「虧得八叔安排縝密，除了阿大之外，抬轎的那幾個轎夫也武功高強，三人纏著那幾個黑衣人，另外兩個則護著兒臣離開。」

「那他們有沒有看到你的樣子？」那拉氏緊張地問著。以現在這個情況，弘時是絕對不能與允禩扯上關係的。

弘時知道那拉氏在擔心什麼，連忙道：「兒臣離開的時候用轎簾裹著頭，那些黑衣人沒看到兒臣的模樣。」

那拉氏撫著胸口，緩緩吁出一口氣。

「那就好，看樣子你下次再去廉親王府，真的得加倍小心了。」待弘時應聲後，她揮揮手道：「好了，快去毓慶宮吧。」

「兒臣這就過去。」弘時答應一聲，快步離去。

此刻他最怕的就是胤禛疑心自己，只要能打消胤禛的疑心，莫說讓他給弘曆披麻戴孝，就算要他給弘曆磕上一百個響頭都願意。

第一千兩百八十四章　羨慕

到了毓慶宮，弘時看到凌若也在，心裡不禁有些發怵。之前她那一番疾言厲色的追問可還歷歷在目，如今皇阿瑪與皇額娘都不在，她若再發起瘋來，自己可不知該如何應付才好。

弘時戰戰兢兢地在靈堂前跪下，心裡一直提防著凌若發難。幸好他擔心的事並沒有發生，凌若甚至沒往他方向看一眼，只是默默地看著棺柩，彷彿那就是她的全部。

「娘娘，您已經站了很久了，不如去歇一會兒用點兒東西吧，太子爺還要幾日再下葬，一直這樣子，身子可吃不消。」

瓜爾佳氏一直待在毓慶宮沒有離開過，她不知道胤禛與凌若說了些什麼，只知凌若回來後，眸中的神采比原先更加微弱，甚至給人一種隨時會熄滅的感覺。

就在瓜爾佳氏以為這一次凌若也不會回答時，她忽地道：「姊姊，陪我一道吃點兒東西可好？」

在吃驚過後，瓜爾佳氏連忙道：「自然是好，臣妾陪您去東暖閣。」說罷，她讓從祥趕緊去御膳房拿些點心過來。

在經過弘時身邊時，凌若腳步微微一頓，正當弘時忐忑不安，以為她要發難時，凌若又離開了，連一個字都沒有說。

在進了東暖閣後，瓜爾佳氏扶著凌若坐下道：「先等一會兒，從祥很快就回來了。」見凌若不作聲，她拉過凌若的手在一旁坐下道：「若兒，我曉得妳現在什麼都聽不進去，但……」

凌若搶過她的話道：「但事情已經發生了，再難過也無濟於事是嗎？」見瓜爾佳氏點頭，她仰頭看著梁上的彩畫，輕聲道：「一直到剛才，我才知道原來皇上早就懷疑福州的事是別人布下的局，但他還是將一無所知的弘曆扔到這個局中。」

瓜爾佳氏吃驚地道：「竟有這種事？」

「是怡親王告訴我的，皇上也親口承認了。」凌若愴然一笑道：「皇上原想將弘曆當成誘餌，引出布局的人，結果人沒有引出，弘曆卻死了。我之前說是他推弘曆上死路，真是一點兒都沒錯！」

瓜爾佳氏沉默半晌，道：「我不知該怎樣勸妳，但一直抓著仇恨不放，只會讓自己痛苦。親者痛、仇者快的道理妳很清楚，不需要我再教妳，只看妳自己是否能夠勘透。」

「我勘不透。」凌若苦笑道：「我不能接受身為阿瑪，卻將兒子當成誘餌這樣的事，哪怕他已經做足了萬全準備，也不能夠！」

瓜爾佳氏低頭看著青筋浮現的素手，沉聲道：「若兒，妳忘了一件事，這是皇家，身為皇家子嗣，不用與普通百姓一樣為了柴米油鹽奔波；但同樣的，他們要擔負的責任也比普通百姓更重、更大。皇上將太子爺當成誘餌固然不對，但換一個角度想，他也是為了太子爺好。」

凌若一怔，茫然道：「我不明白姊姊的意思。」

瓜爾佳氏沒有立刻解答她的疑惑，而是反問：「我問妳，皇上是否一直有意將皇位傳給弘曆？」

「是。」雖然凌若心中有結，但對於這件事卻沒有任何置疑。帝心雖說難測，但這一次追封弘曆為寶碩太子的事，卻將胤禛這方面心思剖析得明明白白。

「妳想想，由著一個翻手就能將整個福州攪得天翻地覆的人隱藏在暗處，會有多麼可怕，皇上在時，或許還可以壓得住；但若皇上駕崩，換了弘曆繼位呢？妳確信他能壓得住朝局？壓得住那個人？」

這句話問得凌若啞口無言。弘曆聰慧不假，但不論在閱歷、手段，還是威望上都遠輸於胤禛。除非他可以與胤禛一樣，做四十五年的皇阿哥，辦盡各式各樣的差事；但對於四十五歲才登基的胤禛來說，顯然不太可能在位那麼多年。

「皇上將弘曆當成誘餌確實不對，但他也是想揪出幕後黑手，為弘曆鋪平往後的道路，讓他可以順利繼位。說到底，皇上還是為了弘曆好，只是結果不盡如人意；但謀事在人，成事在天，妳又如何能全怪到皇上身上呢？」

瓜爾佳氏語音一頓，道：「其實這件事皇上完全可以瞞著妳，但他選擇了告訴妳，足見皇上對妳的重視。反倒是若兒妳，這一次對皇上實在是過於苛刻了。」

在凌若默然不語的時候，從祥端了幾碟糕點還有兩碗蓮子羹進來，瓜爾佳氏試了一口道：「嗯，味道很新鮮，應該是剛煮出來的。從祥妳去的時候，御膳房正好煮了蓮子羹嗎？」

從祥瞅了凌若一眼，小聲道：「其實就算奴婢不去，御膳房煮好蓮子羹之後也會送來。因為皇上派喜公公吩咐了御膳房，每隔一個時辰就送膳點給熹妃娘娘，哪怕娘娘不用，也得按時送。」

從祥的話讓凌若將目光移到蓮子羹上，眼裡帶著難言的複雜。

「皇上有心了。」這般說著，瓜爾佳氏端起另一碗蓮子羹塞到凌若手中。「快吃了，若是涼了就沒味道了。」

「我……」

凌若剛說了一個字，瓜爾佳氏便道：「我知道妳心裡還怪皇上，但也不要與自己的身子過不去，吃一些吧，妳還要抓到害弘曆的凶手呢。」

不知是瓜爾佳氏之前的話起了作用，還是凌若想著要抓到害死弘曆的凶手，她沒有再拒絕，舀著蓮子羹慢慢吃著。

在吃完後，瓜爾佳氏忽地道：「若兒，妳可知我有多羨慕妳。」

凌若擱下碗，驚訝地道：「姊姊為什麼這麼說？」

「都說皇家無真情，我卻在皇上身上看到了真情真意。先帝在時，雖然君心仁厚，卻也未曾做到像皇上這樣。以前皇上待妳好，尚可說妳是母憑子貴；但現在弘曆不在了，皇上卻待妳比以前更好、更包容，哪怕妳數度觸犯天顏，也沒有任何責怪之意。不錯，失了弘曆妳確實是很痛苦，但妳還有皇上，不像我，什麼都沒有，沒有子嗣，更沒有皇恩，只有一具漸漸老去的身體。」

「姊姊妳不要這樣說，妳……」

凌若剛說到一半，瓜爾佳氏便抬起手，哽咽地道：「妳先聽我把話說完。」

「不管是哪一朝、哪一代的後宮，都是一篇寫滿了辛酸悲苦的文章，能在後宮中得到幸福的女子，萬中無一。既入了這道牆，就不該與尋常女子相比。在這裡，妳擁有的一切隨時都會失去，榮華、子嗣，可能一覺睡醒就全都沒有了。這是咱們的命，妳不認也得認。」

瓜爾佳氏忍著眼中將要落下的淚，繼續道：「失去弘曆讓妳很痛苦，可妳還有皇上，有皇上的真心，只要妳肯拋下仇恨，就會發現，皇上為妳真的做了許多，這是皇后、劉氏等人永遠也盼不來的。若兒，世間難得有情郎，更難得有情的皇帝，若是這樣一味恨下去，相信我，有朝一日，妳定會後悔。」

第一千兩百八十五章　放下

聽著瓜爾佳氏的話，凌若久久未語，但眸中的恨意卻在漸漸鬆動，腦海裡更是不斷浮現胤禛痛苦無奈的眼神。

瓜爾佳氏拭去眼角的淚道：「人不能永遠活在過去，得往前看才行。而且妳真正該恨的，應該是那個害死弘曆的人，他才是那個該千刀萬剮之人！」

隨著她話音的落下，東暖閣陷入無聲的寂靜中，不知過了多久，終於有幽幽的聲音響起。

「姊姊說得沒錯，是我過於執著了。」

瓜爾佳氏心中一鬆，露出許久沒有過的笑意。「妳能想通就好，我真怕妳鑽在牛角尖裡出不來。」

「姊姊這樣費心勸我，我若再不明白，就真是一個蠢人了。」凌若深吸一口氣道：「我會努力學著去放下，但是害死弘曆的那個人，我一定要抓到，我一定不可以讓弘曆死得不明不白！」

瓜爾佳氏點頭之後，又擔心地問：「那皇上呢，妳還恨他嗎？」

「皇上……」凌若猶豫了一下，緩緩道：「就像我會努力學著去放下弘曆的死一樣，也會努力學著放下對皇上的恨，但這並非朝夕可成，還請姊姊給我一段時間。」

「我知道，只要妳肯去試，我已經很高興了。」

瓜爾佳氏話音剛落，手便被凌若握住了。「姊姊，妳與我說實話，這些年妳是不是過得很苦？」

瓜爾佳氏知道她是在意自己剛才的那番話，搖頭道：「既然擺在面前的只有一條路，那麼何必去想苦不苦的問題，再說我不是還有妳嗎？若兒，我不像妳還有皇上，我只有妳了，妳明白嗎？所以妳一定不可以有事，否則……」說到這裡，她忍不住紅了眼道：「我不知自己還能用什麼理由熬下去。」

「姊姊！」凌若抱住瓜爾佳氏，哽咽道：「我會的，我一定會好好活著，不讓姊姊再擔心。之前，是我太任性，自己鑽了牛角尖。」

待各自平復了情緒後，瓜爾佳氏道：「若兒，妳之前在靈堂上那樣迫問二阿哥，可是覺得他有可疑？」

凌若的思緒比原先清晰許多，輕言：「這個我不敢肯定，但二阿哥不喜歡弘曆是肯定的，哪怕他後來裝得多好，我都不相信他是真心待弘曆好。所以，若他與弘曆一道被抓了，他一定不會顧弘曆死活，甚至為了自己，還會推弘曆去死。」

瓜爾佳氏蹙眉道：「妳懷疑他們在逃走的時候，二阿哥故意害得弘曆被發現，好讓他自己脫身？」

凌若點頭道：「姊姊別忘了，推舉弘曆去戶部的人正是二阿哥。雖說現在還說不準他的舉薦與福州饑荒是否有聯繫，但他無緣無故地示好，總讓我覺得不簡單。」

「妳說得有道理，一直以來，二阿哥雖然掩飾得很好，但我依然能看出他對皇位的野心。只要有野心，那麼弘曆就會成為他的擋路石，搬走了這塊擋路石，在他面前就沒有了任何阻礙。」瓜爾佳氏思索片刻道：「不過妳這樣追問下去也沒有用，因為二阿哥就算真做了什麼見不得光的事，也絕對不會承認，反倒是妳會被皇后抓住把柄，在皇上面前狠狠告妳一狀。」

「我也知道，所以剛才在靈堂上才沒有繼續追問下去，不過……」

瓜爾佳氏突然接口：「不過明著不行，就暗著來是嗎？」

凌若為之一笑，雖然還透著淒涼之意，但終歸是笑了。「知我者莫若姊姊也。」

瓜爾佳氏拍一拍手道：「與妳處了那麼多年，哪還會不知道。妳既是懷疑就儘管去查，我亦會全力助妳，若真查到弘時有害弘曆之心，就算有皇后護著，也非得刮下他一層皮不可！」

正當凌若疑心弘時與弘曆的死有關時，密探也將之前在廉親王府外攔截失敗的事告訴胤禛。他們的失手令胤禛惱怒，盯著跪在底下的密探頭子道：「朕吩咐過一定要查清楚每一個出入廉親王府的人，你們究竟有沒有聽在耳中，居然讓人從眼皮子底下溜走！」

「皇上息怒，奴才派了三個人攔截那頂小轎，原本是應該足夠的，只是沒想到那四個轎夫居然個個身手不凡，攔住了奴才派去的人。奴才本想抓住兩個轎夫拷問，沒想到另一人狠絕毒辣，直接將他們兩人的頭斬了下來，讓奴才無法生擒。」

胤禛冷哼道：「應該？什麼時候你辦事也變得這樣馬虎隨便了？」

密探頭子知道此次事情是自己失責，不敢再分辯，低了頭道：「奴才該死！」

「待會兒自己下去領十鞭子，那三個各領二十鞭。」處置過後，胤禛又道：「知道那轎子是從哪裡抬出的嗎？」

「回皇上的話，奴才不知。但那頂轎子看著不起眼，卻一直抬進廉親王府，沒有在府外下轎，再加上那兩個轎夫用轎簾包著轎中人的臉，奴才斷定，轎子裡的人身分一定不簡單。」

密探頭子話音剛落，胤禛就冷笑道：「若是簡單，就不用在轎中藏著，還讓四個武功高強的人扮成轎夫。繼續給朕盯著廉親王府，若這一次再讓人逃去，你自己提頭來見。」說罷，待要示意密探頭子退下，忽又想起一事來。「你讓人去廉親王府附近打聽，看看能否打聽到往常那頂轎子抬出後去了哪裡。」

「奴才遵命！」密探頭子依言退下。

這些專擅於刺探消息的人動作很迅速，太陽沒落山便已經回來覆命。雖然那頂轎子不起眼，但出入的畢竟是廉親王府，且又不是一次、兩次，少不得會有人注意到，細細詢問之下，得知轎子是從一家古玩齋中抬出的。

「古玩齋？」

在胤禛重複這三個字時，密探頭子忍著背上火辣辣的鞭傷又道：「那家古玩齋在京中頗有些名氣，二阿哥也常有出入。」

「弘時？」胤禛眉眼間露出一絲詫異，沒想到會與弘時扯上關係。弘時以前與允禩很是親近，自己多次訓斥後才總算收斂了一點兒，難不成他又故態復萌，藉口去古玩齋，實際上是換了轎子去廉親王府？

第一千兩百八十六章 推測

那關於轎中人身分的推測，便合情合理了，且還扯到了另一件事上，就是允禩在福州的所為。

如果弘時與允禩一直有聯繫，剛一回京就去廉親王府，他們之間肯定關係密切，那麼允禩在福州的所作所為，他應該一清二楚，可弘時什麼都沒跟自己提過。

胤禛將四喜喚進來道：「你去打聽一下，二阿哥現在在哪裡，可曾出宮過。」

「嗻！」見胤禛語氣不善，四喜不敢多問，隔了一會兒，他進來回話道：「啟稟皇上，二阿哥如今在毓慶宮。聽侍衛說，二阿哥之前確曾出過宮。」

在問了弘時出宮的時辰後，胤禛發現與密探看到轎子的時間大致吻合。難道，真是弘時？

隨著這個念頭在心底盤旋不去，胤禛對弘時疑心漸長。假設弘時知道允禩的計畫，那麼他的受傷就是假的。

細細想來，弘曆一死，得益最大的便是弘時。畢竟弘晝出身不高，資質也不如弘曆那麼出眾，而弘瞻年紀又小，最合適繼位的人便只有弘時一個。

難道真是弘時與允禩聯手害死弘曆？

先帝二十幾個兒子，一個個為了皇位，各施手段、手足相殘，胤禛自己也身在其中，手上或多或少沾染了兄弟的鮮血。他們一個個或死或廢，就連允祥也被圈禁多年，待出來時，身子已經被熬壞了。

正因為如此，他現在最恨兄弟相殘，更不許自己兒子做出這樣的事來！這般想著，胤禛起身下了御案，一路往外走去。四喜不敢多問，只緊緊跟在他身後。

胤禛去的地方不是別處，正是毓慶宮，到了那邊，發現除了弘時之外，弘晝也來了，跪在地上低泣不已。裕嬪與瓜爾佳氏一道陪著凌若，她們看到胤禛進來，連忙拉著凌若屈身行禮。

「都起來吧。」當他目光落在凌若臉上時，胸口隱隱作痛。這一次弘曆的死，使得凌若對他誤會極深，也不知是否有化解的那一天。

不過，不管要多久，他都會等下去，這是他欠凌若的，必須要還。

待眾人起身後，胤禛上前輕撫著裝有弘曆屍體的棺柩，不知在想什麼，過了許久，他忽地道：「弘時，你隨朕出來。」

「是。」弘時不安地應著，腦海裡浮起那拉氏之前與他說的話，唯恐會發生他最擔心的事。

在胤禛與弘時先後離開後，凌若與瓜爾佳氏悄悄說了一句，也跟著走出去。水秀他們想跟著，被瓜爾佳氏喚住道：「留著吧，妳家主子很快便回來。」

水秀瞅了一眼凌若離去的背影，小聲道：「娘娘可知我家主子去哪裡？」

「等在這裡便是，不要多問。」說完這句，瓜爾佳氏便不再多言，任由水秀他們幾個面面相覷。

入了東暖閣後，胤禛第一句話就是質問弘時是否有出宮，弘時握著手，努力壓住心底的緊張道：「是，兒臣……」

不等他把話說完，胤禛就嚴厲地道：「出宮去做什麼？」

「兒臣……兒臣……」弘時渾身肌肉皆繃得緊緊的。該死的，皇額娘之前還說皇阿瑪沒有疑心到自己，怎麼一轉眼就跑來質問自己？難道皇阿瑪知道了自己去廉親王府的事，可是自己行事極為小心，怎會被皇阿瑪知道？

正在這個時候，他忽地記起路上遇到的那夥黑衣人，行蹤詭異，身手高明，難道……他們就是皇阿瑪底下那些從不曾露面的密探？

弘時的猶豫令胤禛疑心更甚，盯著他道：「怎麼，朕的問題令你很難回答嗎？還是說你去了不該去的地方。」

「沒有！」弘時趕緊否認。開玩笑，要是承認自己見了八叔，那他就得跟著弘曆一道下葬；不過弘曆是以太子身分入葬皇陵，他則不知會被扔在什麼地方了事。

「既是沒有，那就回答朕的話，究竟去了哪裡？」胤禛的語氣比剛才更加嚴厲，落在弘時耳中猶如滾地雷一樣，令他心驚肉跳。

黑衣人出現的時候，轎夫用簾子蒙住他的頭，沒有讓黑衣人看到，所以皇阿瑪對自己應該只是懷疑，沒有任何確鑿的證據。

要不然，現在等著自己的就不是質問，而是直接問罪了，所以他絕不能承認這件事。想到這裡，他咬緊了牙關道：「回皇阿瑪的話，兒臣去了一家古玩齋。」

胤禛不動聲色地問：「好端端的去那裡做什麼？」

弘時從懷裡掏出一串翡翠佛珠，雙手奉在頭頂，神色懇切地道：「這串佛珠早在去福州之前，兒臣就在古玩齋看到了，原想買來孝敬皇阿瑪，無奈當時身上銀兩不夠，未能買成；但這件事兒臣一直記著，所以剛才特意去古玩齋買來孝敬皇阿瑪。」

弘時無比慶幸自己之前為了掩人耳目，隨便在古玩齋買了一串翡翠佛珠，否則現在還不知道用什麼話來搪塞。

胤禛隨手接過佛珠，涼聲道：「不過是一串佛珠罷了，何必要急著去買，有時間應該守在毓慶宮才是。」

弘時連忙低頭道：「皇阿瑪說得正是，但是兒臣看到皇阿瑪因為太子爺的事愁眉不展，便想著早些將佛珠買來。」

雖然弘時拿出了佛珠，話中也沒有什麼錯漏，但胤禛依舊疑心未消。「那你除了古玩齋之外，還去過哪裡？」

弘時一臉茫然地道：「兒臣只去了古玩齋一個地方，買了佛珠後就立刻進宮了，不知皇阿瑪為什麼這麼問。」

「朕只是隨便問問。」隨口敷衍一句後，胤禛道：「好了，你回靈堂前去守著吧，至於這串翡翠佛珠……朕就收下了。」

弘時捏著一手冷汗離去，而在他走後，一個令胤禛意外的人出現在視線中，他訝然道：「若兒，妳怎麼來了？」

凌若欠身道：「請皇上恕臣妾無禮，臣妾剛才在外頭聽到了皇上與二阿哥的話。」

胤禛眉頭微微一皺，旋即釋然道：「無妨，聽到便聽到了，朕不過召他來隨便問問，又不是什麼大事。」這般說著，突然覺得此刻的凌若與之前有些不一樣，不只主動來見自己，還肯與自己說話，難不成……

想到這裡，他看著凌若，小心地問：「若兒，妳可是原諒朕了？」

熹妃傳 第三部第四冊

作　　者／解語
執 行 長／陳君平
榮譽發行人／黃鎮隆
協　　理／洪琇菁
總 編 輯／陳昭燕
美術監製／沙雲佩
美術編輯／陳又荻
國際版權／黃令歡、高子甯、賴瑜妗
文字校對／朱瑩倫、施亞蒨
內文排版／謝青秀

國家圖書館出版品預行編目資料

熹妃傳. 第三部 / 解語作. -- 1版. -- 臺北市：城邦文化事業股份有限公司尖端出版：英屬蓋曼群島商家庭傳媒股份有限公司城邦分公司尖端出版發行, 2024.4-
冊；　公分
ISBN 978-626-377-491-9（第4冊：平裝）

857.7　　112018389

出版／城邦文化事業股份有限公司　尖端出版
臺北市南港區昆陽街16號8樓
電話：（02）2500-7600　傳真：（02）2500-2683
讀者服務信箱：7novels@mail2.spp.com.tw
發行／英屬蓋曼群島商家庭傳媒股份有限公司城邦分公司　尖端出版
臺北市南港區昆陽街16號8樓
電話：（02）2500-7600　傳真：（02）2500-1979
劃撥專線：（03）312-4212
戶名：英屬蓋曼群島商家庭傳媒（股）公司城邦分公司
劃撥帳號：50003021
※ 劃撥金額未滿500元，請加付掛號郵資50元
法律顧問／王子文律師　元禾法律事務所　台北市羅斯福路三段37號15樓

台灣地區總經銷／中彰投以北（含宜花東）　楨彥有限公司
電話：（02）8919-3369　傳真：（02）8914-5524
雲嘉以南　威信圖書有限公司
（嘉義公司）電話：（05）233-3852　傳真：（05）233-3863
（高雄公司）電話：（07）373-0079　傳真：（07）373-0087
馬新地區總經銷／城邦（馬新）出版集團 Cite（M）Sdn Bhd
電話：603-9057-8822　傳真：603-9057-6622
E-mail：cite@cite.com.my
香港地區總經銷／城邦（香港）出版集團 Cite（H.K.）Publishing Group Limited
電話：852-2508-6231　傳真：852-2578-9337
E-mail：hkcite@biznetvigator.com

版　次／2024年4月1版1刷

版權聲明
本書原名為《熹妃傳》，作者：解語。
本著作物中文繁體版通過成都天鳶文化傳播有限公司代理，經著作權人授予城邦文化事業股份有限公司尖端出版獨家發行，非經書面同意，不得以任何形式，任意重製轉載。

版權所有・侵權必究
本書若有破損或缺頁，請寄回本公司更換